Zu diesem Buch

Hans Fallada hat nicht nur weltberühmte Romane wie «Kleiner Mann – was nun?» und «Wer einmal aus dem Blechnapf frißt» geschrieben, sondern auch Erzählungen, in denen wir – wie Carl Zuckmayer es einmal ausdrückte – eine «Welt voll Enge und Dumpfheit so zart gedichtet» wiederfinden, «so zart und stark, daß sie erlöst wird aus ihrer Finsternis und Duft, Glanz und Wärme bekommt: den Duft der Jugend – den Glanz der heimlichen Hoffnung, die nicht ersterben kann, solange ein Herz schlägt – die Wärme der wahren, der unverlogenen, der einzig schöpferischen Liebe zum irdischen Wesen, zur Kreatur». Mit diesem Sammelband wird der riesigen Gemeinde des Dichters endlich auch die kleine, verstreute Prosa des beliebten Autors zugänglich gemacht. Ein bemerkenswerter, bisher unbekannt gebliebener autobiographischer Beitrag «Wie ich Schriftsteller wurde» aus dem Jahre 1946, kurz vor seinem Tode geschrieben, schließt diese Auswahl typischer, spannender, gemüt- und humorvoller Geschichten ab, denen auch die dramatische und tragische Note nicht fehlt. Vielen seiner Leserfreunde wird dieser Band damit zu einem Vermächtnis des großen Erzählers werden. «Was vor allem auffällt, ist die Echtheit des Jargons. Das kann man nicht erfinden, das ist gehört. Bis auf das letzte Komma richtig wiedergegeben: es gibt eine Echtheit, die sich sofort überträgt: man fühlt, daß die Leute so gesprochen haben und nicht anders» (Kurt Tucholsky).

Hans Fallada wurde am 21. Juli 1893 in der kleinen Universitätsstadt Greifswald als ältester Sohn eines Landrichters und späteren Reichsgerichtsrates geboren. Nach humanistischer Vorbildung übte er lange Jahre hindurch die verschiedensten Berufe aus, war landwirtschaftlicher Beamter und Buchhalter, Kartoffelzüchter und Nachtwächter, Adressenschreiber, Getreidehändler und Anzeigenwerber. Zwischen 1919 und 1920 schrieb er zwei heute vergessene expressionistische Romane. Dann schwieg er ein Jahrzehnt. 1931 erschien sein erster erfolgreicher Roman «Bauern, Bonzen und Bomben» (rororo Nr. 651), eine zeitnahe Darstellung Deutschlands um 1930, angeregt durch seine Teilnahme als Berichterstatter am Landvolkprozeß in Neumünster 1929. Ein Jahr später machte ihn sein Arbeitslosenroman «Kleiner Mann – was nun?» (rororo Nr. 1), der zweimal verfilmt wurde, weltberühmt. Weitere internationale Bucherfolge schlossen sich an. Die Kriegswirren führten Fallada, der inzwischen auf einem ländlichen Besitztum in Mecklenburg zurückgezogen gelebt hatte, 1945 wieder nach Berlin zurück, das er in vielen seiner Bücher aufs lebendigste geschildert hatte und wo er am 5. Februar 1947 starb. Über sein Leben und Wirken berichtet er selbst in den beiden Werken «Damals bei uns daheim» (rororo Nr. 136) und «Heute bei uns zu Haus» (rororo Nr. 232). Ein postumer Welterfolg wurde sein in Geheimschrift hinterlassener Roman «Der Trinker» (rororo Nr. 333). Als rororo-Taschenbücher erschienen ferner sein berühmter Gefängnisroman «Wer einmal aus dem Blechnapf frißt» (rororo Nr. 54), der Roman «Jeder stirbt für sich allein» (rororo Nr. 671), der den tragisch-aussichtslosen Kampf eines Arbeiter-Ehepaars gegen die Maschinerie des totalitären Staates schildert, der große Inflationszeitroman «Wolf unter Wölfen» (rororo Nr. 1057), der Roman einer plötzlichen Millionenerbschaft «Kleiner Mann, Großer Mann – alles vertauscht» (rororo Nr. 1244) und der Roman «Ein Mann will nach oben – Die Frauen und der Träumer» (rororo Nr. 1316). Als Rowohlt-Nachttisch-Bändchen liegt die kleine Liebesgeschichte «Zwei zarte Lämmchen weiß wie Schnee» vor.

In der Reihe «rowohlts monographien» erschien als Band 78 eine Darstellung des Dichters in Selbstzeugnissen und 70 Bilddokumenten von Jürgen Manthey, die eine ausführliche Bibliographie enthält.

Gesamtauflage der Werke von Hans Fallada in den rororo-Taschenbüchern: Über 2,1 Millionen Exemplare.

Hans Fallada

Lieschens Sieg

und andere Erzählungen

rororo

Rowohlt

Titel der Originalausgabe «Hans Fallada, Gesammelte Erzählungen»
Die vorliegende Ausgabe wurde um die Erzählung «Zwei zarte Lämmchen weiß wie Schnee» gekürzt
Umschlagentwurf Eva Kausche-Kongsbak

1.–20. Tausend März 1973
21.–28. Tausend September 1973

Veröffentlicht im Rowohlt Taschenbuch Verlag GmbH, Reinbek bei Hamburg, März 1973

Gesamtherstellung Clausen & Bosse, Leck/Schleswig
Printed in Germany
ISBN 3 499 11584 0

Inhalt

Das versunkene Festgeschenk

Als der Frachtdampfer ‹Fröhlicher Neptun› nach fast einjähriger Ostasienfahrt beim Asia-Kai in Hamburg am 22. Dezember festmachte, hatte er siebenunddreißig höchst aufgeräumte Mann der Besatzung an Bord – und einen sehr betrübten, nämlich den zweiten Offizier, mit Namen Hein Martens.

Was die siebenunddreißig vergnügten Leute angeht, so bedarf ihre Fröhlichkeit – die noch die des lachenden Neptun an der Gallion übertraf – keiner weiteren Begründung. Es ist immer herrlich, nach langer Fahrt in den Heimathafen einzulaufen, und wie erst am 22. Dezember, direkt vor dem lieben Weihnachtsfest! Eltern und Kinder, Freunde und Bräute, Herren mit Sehnsucht, mit Freude, mit Ungeduld der Heimkehrer, und das, was man ihnen allen aus der Seekiste an Geschenken zuteilen kann, ist immer willkommen: denn um ein Geschenk zum Weihnachtsfest strahlt immer ein besonderer Glanz.

Aber das war es ja gerade, was dem zweiten Offizier Hein Martens alle Freude an der Heimkehr verdarb und den frohen Schimmer des nahen Weihnachtsfestes verdunkelte: er hatte die schönste Seide aus Japan in seinem Koffer, gezuckerten Ingwer, herrliche, hauchdünne Teeschälchen und ein Lacktablett in Schwarz mit Rot und Gold, das jedes Frauenherz höher schlagen lassen mußte. Doch das, was er eigentlich hätte haben müssen, was er sehr wohl gehabt hatte, wonach er mit Ausdauer und Klugheit gejagt hatte, was er die ganze Heimfahrt bei sich in der Tasche getragen und zehntausendmal angesehen, gestreichelt und geliebkost hatte – mit all den sehnsüchtigen Wünschen, die ein junger und sehr verliebter Ehemann in sein kleines, nagelneues Puppenheim schikken kann, das hatte er eben nicht mehr! Gewissermaßen angesichts der Heimat, ein paar Seemeilen vor der Alten Liebe, war es ihm aus den Händen gerutscht, ohne jeden merklichen Plumps hatten sich die trübgrauen Wellen der Nordsee darüber geschlossen: atjüs, kleiner Buddha, auf Nimmerwiedersehen!

Der Kapitän ist, wie immer, mehr Freund und Kamerad als Vorgesetzter: sobald sich der erste Ankunftstrubel gelegt hat, fragt er seinen zweiten Offizier: «Na, Martens, wie ist es denn mit Ihnen? Wenn mir recht ist, sind Sie diesmal dran mit der Bordwache, und zwar das ganze Fest über.»

«Geht in Ordnung, Käpt'n», antwortet Martens, so betrübt wie ein Kabeljau, der auf Land liegt.

«Was?!» ruft der Kapitän und rollt vor Erstaunen seine kugelrunden, ein bißchen vorstehenden Augen. «Geht in Ordnung, sagen Sie junger Ehemann?! Als wir vor über zehn Monaten hier in Hamburg ablegten, waren Sie, wenn ich mich nicht sehr irre, sechs Wochen verheiratet...?»

«Fünf Wochen vier Tage, Käpt'n.»

«Na also! Und Sie schreien nicht Zeter und Mordio, daß Sie das Fest über hier Kahnwache halten müssen? Was ist denn in Sie gefahren?!»

«Gar nichts, Käpt'n. Nur...»

«Was nur...?»

«Ich bin nämlich ganz einverstanden, wenn ich hier Wachdienst tue.»

«Das Fest über...?»

«Das Fest über.»

Der Kapitän rollte jetzt die Augen und ballte die Fäuste, er schnaufte vor Zorn wie eine Dampfmaschine unter Überdruck. «Ihr jungen Esel!» rief er wütend. «Lernt erst mal euch in der Ehe benehmen! Ich kann mir schon denken, was los ist. Erst schreibt sich das alle Tage die verliebtesten Turteltaubenbriefe – ich habe ja Ihre Post in jedem Hafen gesehen, ein Generaldirektor hat keine größere – und dann schleicht sich irgend so ein Mißverständnis ein oder eine gute Nachbarin schreibt eine hübsche kleine Gemeinheit. Und gleich ist der Pott entzwei, und wo eben noch der Himmel voll lauter Lerchen hing, krähen jetzt bloß noch die Raben...»

«Entschuldigen Sie, Käpt'n, wenn ich Ihnen erklären dürfte...»

«Das dürfen Sie eben nicht! Kein Wort will ich von all Ihrem Liebeskummer hören! – Warten Sie, heute und morgen haben wir noch zuviel mit der Entladung zu tun, aber am 24. morgens, vor der ersten Wache, verdünnen Sie sich von der ‹Fröhlichen Neptun›, fahren schnurstracks nach Haus, fassen Ihr Frauchen liebevoll um, und wenn Sie ihr dann in die Augen sehen, werden Sie auf der Stelle begreifen, daß Sie durch die lange Trennung bloß in ein albernes Spintisieren geraten sind, daß Sie aber...»

«Wenn ich Ihnen auseinandersetzen dürfte, Käpt'n... Ich möchte wirklich, wenigstens das Fest über...»

«Fallen Sie jetzt schon Ihrem Vorgesetzten ins Wort, Herr...?! Ich erteile Ihnen hiermit den dienstlichen Befehl, Herr Martens, Ihren Mund zu halten und übermorgen um acht Uhr morgens von Bord zu verschwinden. Verstanden, Herr Martens?»

«Zu Befehl, Käpt'n!» sagte Herr Martens sehr kleinlaut und grüßte mit der Hand am Mützenrand. «Schellfisch!!!» brummte der Alte recht vernehmlich hinter ihm drein. «Dorsch!!! Katzenhai!!! Ach, nichts weiter wie ein jämmerlicher Stint...!»

Und wirklich, ganz wie ein jämmerlicher Stint fühlte sich Hein Martens, als er am Morgen des Weihnachtstages die ‹Fröhliche Neptun› verließ, in jeder Hand einen Koffer. In den Koffern waren all die schönen Dinge, die bereits aufgezählt worden sind, vom Lacktablett bis zum Ingwer. Aber der kleine Buddha war nicht darin. Der kleine Buddha lag auf dem Grund der Nordsee, und auf ihn allein kam es doch an! Für den kleinen Buddha hatte er seiner jungen Frau Wort und Ehre verpfändet (wie er sich jetzt in seiner Trübsal einbildete), er hatte ihn schon besessen, und direkt vor dem Ziel hatte er ihn absaufen lassen. Es ist eine schreckliche Sache, wenn man eine sehr erstrebte Aufgabe im Leben schon gelöst hat, und plötzlich – durch einen törichten Zufall – ist die Lösung zerstört, unwiederbringlich!

Nicht einmal einen Plumps hatte er im Wasser getan, und da lag er nun unten, nützte niemandem und verdarb ihm und ihr alle Freude! Es war, um mit den Zähnen zu knirschen und sich das Haupthaar auszuraufen! Aber Hein Martens hatte das nach jenem unseligen Verlust schon so ausgiebig getan, daß jetzt alle Zorneskraft in ihm verpufft war und er wirklich nichts weiter war als ein jämmerlicher Stint, der Käpt'n hatte ganz recht!

Warum aber war der kleine Buddha für das Lebens- und Eheglück der jungen Martens-Leute so wichtig?

Das muß nun zuerst berichtet werden, sonst versteht kein Mensch, warum der sehr junge zweite Offizier – sonst ein recht fröhlicher, tatkräftiger Mann – trotz der Weisung seines Kapitäns nicht direkt mit seinen Koffern nach Haus fährt, sondern statt dessen durch den nebligen, niesligen, naßkalten Hamburger Morgen zu Tante Paula geht. Das ist ein Seemannshaus, das er in seinen Junggesellentagen regelmäßig aufgesucht hat, ein völlig anständiges Quartier übrigens; aber eigentlich hatte er gedacht, er würde es als Ehemann nie wieder aufsuchen müssen.

Nun sitzt er also dort in der verblakten Gaststube, die andern Gäste haben ihren Kaffee vor sich, er aber einen steifen Grog. Ein wenig früh für diese Morgenstunde, aber ihm ist so, leider. Und wie kam es mit dem kleinen Buddha? Einfach und geheimnisvoll wie die meisten wichtigen Dinge unseres Lebens. Denn daß er seiner Braut und später seiner jungen Frau viel von seinen Fahrten erzählte und von den Ländern und Städten, die er gesehen und von den Menschen aller Farben und ihrem Leben und von den fremdartigen Dingen, das war einfach und selbstverständlich.

Es war auch weiter einfach und selbstverständlich, daß in der jungen Frau der Wunsch aufwachte, von diesen Dingen nicht nur zu hören, sondern sie auch zu sehen, und so gingen sie denn in die Museen und sahen sie sich an. Es war ganz herrlich, wie ihm da angesichts der aufgestapelten Herrlichkeiten die Erinnerung wieder lebendig wurde. Wenn er da so ein Baströckchen hängen sah, ein wenig verstaubt und unfrisch, so kam ihm gleich ein Morgen in einem kleinen Südseehafen ins Gedächtnis. Ein junges, sanftäugiges, sanfthäutiges Mädchen war an ihm vorbeigegangen, ganz schnell hatte es ihn einmal angesehen, und eine Blüte hatte sie zwischen den Lippen gehabt. Ja, da wurde bei solchen Erinnerungen das Baströckchen wieder frisch, wie der Morgen und das junge Weib frisch gewesen waren, und sein junges Weib hörte diesen Erzählungen mit leuchtenden Augen zu, manchmal aber auch ein ganz klein bißchen eifersüchtig. Ja, das war alles schön und selbstverständlich gewesen, das Rätselhafte aber hatte damit begonnen, daß seine Frau sich in die Buddhas verguckt hatte. Es gab sehr viele Buddhas in diesem Museum, im Grunde sagten sie ihm gar nichts, wie sie da auf ihren Lotosblättern hockten, in Bronze oder vergoldet oder pechschwarz, manche so klein, daß man sie in die Westentasche stecken konnte, und andere riesengroß wie drei Männer. Manche hatten noch eine Scheibe hinter dem Kopf, bei den meisten aber war das Haar in eine komische Schafslöckchenperücke gelegt. Und alle lächelten sie ein wenig dümmlich, fand wenigstens er.

Sie aber fand das gar nicht. Im Gegenteil, je öfter sie in das Museum kamen, um so länger verweilten sie bei den Buddhas. Vorbei war es mit den fröhlichen Erinnerungen, sie stand stumm vor den Bildern. Manchmal aber drückte sie fest seine Hand und flüsterte: «Nein, wie schön das ist! Es ist das Schönste, was ich je gesehen habe!» Oder: «Siehst du nicht, wie herrlich er lächelt, Hein? Er muß schon ein Gott sein, um so lächeln zu können!»

Hein Martens sagte zu alldem ja und hielt auch geduldig aus. Er verstand nicht viel von Mädchen und Frauen, sie waren wohl sehr anders als die Männer, das mußte man eben in Kauf nehmen. Ein bißchen ängstlich wurde er erst, als sie ihm erzählte, sie fange jetzt an, nachts von den Buddhas zu träumen, und immer wieder komme es in ihrem Traum vor, daß sie ganz schnell und heimlich einen klitzekleinen Buddha in die Handtasche steckte. Sie konnte es genau schildern, der Aufseher war im Raum, sah aber gerade fort – und sie war so geschickt!

Erst schämte sie sich schrecklich wegen dieser diebischen Träume, aber komisch, diese Scham verlor sich rasch. Bald brachte sie es fertig, ihn anzustoßen: «Jetzt würde es großartig passen! Ach, Hein ...»

Ja, da bekam er es mit der Angst. Immerhin ging er auf lange Fahrt, überließ seine junge Frau für viele Monate sich selbst – das war schon ängstlich. Aber da fiel ihm zur rechten Zeit ein, daß sie ja nach Indien, nach Japan und nach China fahren, alles Länder, in denen es die Buddhas haufenweise gibt. Er schlug also seiner Frau vor, ihr einen Buddha mitzubringen. Diese Aussicht machte sie ganz glücklich! Sicher hatte sie auch schon unter ihrem Verlangen gelitten. Er mußte ihr schwören, auf Ehre und Seligkeit, daß er ihr einen schönen alten Buddha mitbringen würde, keinen nachgemachten aus Meerane oder Birmingham, sondern einen echten!

Sie sprach nun immer nur davon. Manchmal wurde sie ganz trübsinnig, er könne es vergessen oder doch nicht den richtigen bringen, das mußte ihrer Ehe Unheil bringen, schien es. Dann fuhr er fort, und ihr letztes Wort war nicht «Auf Wiedersehen!», sondern «Vergiß nicht!» (Komisch, rätselhaft sind diese Frauen!) Und nun kamen ihre Briefe, und in jedem Brief schrieb sie von ‹ihrem› Buddha, und dann schrieb sie ihm davon, daß sie ihm dafür auch etwas Schönes schenken würde, etwas ganz besonders Schönes, das er sich gar nicht denken könne...

Er machte sich nicht viel Gedanken deswegen. Der Käpt'n hatte ganz recht, ihn einen jungen Esel zu nennen, und von jungen Frauen hatte er wirklich nur eselhafte Kenntnisse. Doch der Buddhakauf gelang, es war nicht einmal ein Kauf, sondern er lernte zufällig in Nagasaki einen sehr netten, gebildeten Japaner, der sogar in Deutschland studiert hatte, kennen. Und wie es eben kam, in einem Gemisch aus Englisch und Deutsch erzählte er Herrn Mikimoto von dem brennenden Wunsch seiner Frau.

Herr Mikimoto lächelte ernst dazu und nickte würdig mit dem Kopf und sagte: «Das ist aber gut! Aber sehr gut ist das!» (Was Hein Martens gar nicht fand.) Und beim nächsten Wiedersehen überreichte er seinem deutschen Freunde einen daumenlangen Buddha, aus rötlichem Speckstein geschnitten. Es war wirklich ein Kleinod, wie Martens nachher Kenner sagten, und Herr Mikimoto wollte um keinen Preis Geld dafür nehmen, mit Mühe und Not brachte es Hein Martens fertig, ihm den schönen neuen Fotoapparat dafür zu ‹schenken›.

Auf der langen Heimfahrt hatte Hein Martens den Speckstein-Buddha stets bei sich getragen, er hatte ihn hundertmal in Händen gehalten und ihn in Gedanken an die so geliebte, ersehnte Frau gestreichelt. Er hatte sich sogar mit ihm angefreundet, er fand ihn weder langweilig noch dümmlich. Der kleine Buddha war gewissermaßen ein Stück von Elisabeth geworden – ehe sie ihn noch gesehen hatte!

Und nun lag er auf dem Grunde der Nordsee!

Drei steife Grogs, am frühen Morgen auf nüchternen Magen genossen, hatten doch ihr Gutes, so kam es wenigstens Hein Martens jetzt vor. Schließlich war es ja gar nicht so schlimm, daß der kleine Buddha des freundlichen, brillenäugigen Herrn

Mikimoto abgesoffen war – es mußte auch in Hamburg genug Buddhas zu kaufen geben. Und Geld genug hatte er augenblicklich in seiner Brieftasche stecken, gutes, sorglich gehütetes Heuergeld!

Es war zwar eigentlich für ganz andere Dinge bestimmt, zum Ausbau des jungen Heims, von der Nähmaschine an bis zum Radioapparat, aber das war jetzt egal. Der Alkohol, der nie etwas anderes ist als ein Lügner, Prahler und Schwätzer, redete Hein Martens ein, daß es seiner jungen Frau gleich sein könne, ob der Buddha aus Nagasaki oder vom Johannisbollwerk stammte – wenn sie es nur nicht merkte! Er war sonst ein anständiger und ehrlicher Kerl und nicht gesonnen, seine Frau auch nur in den geringsten Dingen zu hintergehen. Aber hier, in diesem Fall, setzte plötzlich die Leitung aus, der Grog flüsterte ihm ein, er tue seiner Frau nur etwas Gutes, wenn er einen falschen Buddha unterschöbe.

Er stand also mit einem Ruck auf, vertraute Tante Paula seine Koffer an und ging auf die Buddhajagd. Es war immer noch diesig und naßkalt, im Hafen tuteten, heulten und klingelten sie mit allerhöchster Geschäftigkeit, wahrscheinlich, um sich am Heiligen Abend um so besser ausruhen zu können, aber das alles ging Hein Martens nichts an. Er war von Bord und auf der Jagd für das Weihnachtsfest, zwar ein mogliges, aber, wie schon gesagt, der Grog ...

So ganz einfach war die Jagd aber scheinbar nicht. Hein Martens suchte auf und ab, am Baumwall, auf den Vorsetzen, bei den Mühren, am Hopfenmarkt und im Dornbusch, er rannte mit einer löblichen Ausdauer in die unmöglichsten Geschäfte und fragte um einen Buddha, daumenlang, aus rötlichem Speckstein – denn so war er ja seiner Gattin bereits signalisiert! –, aber alles umsonst.

Die Buddhas waren in Hamburg nicht so dicht gesät wie in Ostasien, helfende Mikimotos stellte das Geschick auch nicht zum zweitenmal zur Verfügung, und was Hein Martens so zu sehen bekam, das war alles einfach Dreck aus Birmingham oder Meerane, was es ja gerade nicht sein sollte. Es erwies sich nun, daß der Umgang mit dem kleinen Buddha des Herrn Mikimoto Hein Martens Geschmack gelehrt hatte. Er sah auf den ersten Blick, wie unzulänglich diese Massenerzeugnisse waren und wie schön sein kleiner Freund gewesen. Als er noch neben Elisabeth im Museum gestanden hatte, waren alle Buddhas, ob Gold, ob Speckstein, ob schwarzes Holz, für ihn gleich gewesen, alle hatten sie in derselben dümmlichen Art gelächelt. Jetzt entdeckte er plötzlich, daß sein Buddha wirklich schön gelächelt hatte, etwas Feierliches und himmlische Ruhe hatten darin gelegen.

Sein Irrweg hatte Hein Martens allmählich immer weiter aus der vertrauten Hafengegend fortgeführt, über den Großen Burstah war er so sachte auf dem Jungfernstieg angelangt. Hier herrschte heute – trotz des ungemütlichen Wetters – Großbetrieb: vor den Läden stauten sie sich, und in den Läden quetschten sie sich. In den Schaufenstern aber standen die Weihnachtsmänner mit Brille, Rute und Bart, und alle mit dem roten Mantel. Auch funkelte es in den Fenstern von Weihnachtstannen, strahlend bedeckt mit Flitterkram, und die Kinder drückten sich an den Scheiben noch immer die Nasen weiß und breit, genau wie er es als Junge getan hatte.

Das Herz wurde dem Hein Martens immer schwerer, wenn er an all die seligen Wünsche dachte, die sich heute zur Nacht erfüllen würden, und er sollte seiner Elisabeth ihren Lieblingswunsch nicht erfüllen dürfen! Als er dann ein Geschäft sah, das sich nach seinem Schild mit Ostasienkunst befaßte, trat er ohne Zögern ein, obwohl er sonst nie in dieses Geschäft gegangen wäre: es sah viel zu fein und teuer für ihn aus!

In dem Laden waren auch nur wenig Käufer, sie standen auf dicken Teppichen, und es wurde leise und vornehm mit ihnen geflüstert. Ebenso leise und vornehm wurde Hein Martens von einem bleichen, dunklen Herrn nach seinen Wünschen gefragt. Ein wenig unsicher brachte er sein Verlangen nach einem daumengroßen Buddha aus rötlichem Speckstein vor.

Der dunkle, bleiche Herr dachte einen Augenblick nach,

sagte dann: «Ich will einmal nachsehen. Es ist möglich, daß wir so etwas dahaben.» Und verschwand.

Mit pochendem Herzen wartete Hein Martens – vielleicht konnte er doch noch den Wunsch seiner Frau erfüllen? Unwillkürlich faßte er nach seinem Geld, es wölbte seine linke Brusttasche erfreulich!

Dann kam der Verkäufer zurück und trug auf einem Tablett, feierlich wie eine Reliquie, einen kleinen rötlichen Buddha! Martens sah zwar sofort, daß dieser kleine Gott längst nicht den Vergleich mit seinem verlorenen aushalten konnte: er war lange nicht so fein geschnitten, hatte derbe Züge, und auch sein Lächeln war etwas derb, außerdem war er über handlang – aber was machte das alles?

Elisabeth kannte den andern nicht, und so würde ihr dieser schon gefallen!

«Den nehme ich!» sagte er rasch. «Was kostet er?»

Der Verkäufer hob den Buddha mit zwei spitzen Fingern und sah unter seinen Sockel. Dort war ein Zettel aufgeklebt, und auf dem Zettel standen einige Buchstaben. Diese Buchstabenschrift schien nicht ganz leicht zu entziffern, es dauerte eine ganze Weile, bis der bleiche Herr mit ernstem Blick «tausendsiebenhundertfünfzig Mark» sagte.

«Wie?!!!» schrie Hein Martens und tat einen Satz, als sei ihm die Marsstange gegen den Kopf geschlagen.

«Eintausendsiebenhundertundfünfzig Mark, bitte schön», wiederholte der dunkle Herr vollkommen deutlich.

«Aber das ist doch unmöglich!» rief Hein Martens, und Aufregung und Grog machten ihn recht unlogisch. «Ich hab einen viel hübscheren Buddha gehabt und habe ihn in die Nordsee fallen lassen!»

Der Verkäufer sah ihn aufmerksam und ernst an.

«In der Nordsee liegt er!» wiederholte Hein Martens mit Nachdruck. «Wie kann Ihrer da so viel Geld kosten?! Das kann ich nie bezahlen!»

«Tja!» sagte der Verkäufer. Er setzte den Buddha auf das Tablett zurück und wandte sich zum Gehen. «Da hätten Sie eben besser aufpassen müssen. Wir hätten Ihnen viel Geld für einen guten Buddha aus rotem Speckstein bezahlt – so etwas ist eine Rarität.»

Eine Weile später saß Hein Martens in einem Lokal an der Reeperbahn.

Doch diesmal tat ihm der Alkohol nicht den Gefallen, sein Herz mit Hoffnungen zu erfüllen, er machte alles nur immer düsterer. Es war aussichtslos, einen Buddha zu kaufen; es war ausgeschlossen, mit leeren Händen vor seine liebe Frau zu treten, sein Leben war verpfuscht, durch seine Schuld, er hätte eben besser aufpassen müssen, das hatte der Verkäufer sehr richtig gesagt.

Er weiß nicht, wie er aus dem Lokal gekommen ist, aber hier ist er nun vor dem Portal des Museums, grade wie ein Baum, seiner Sinne völlig mächtig – so ein bißchen Grog tut ihm doch nichts!

Immerhin weiß er nicht, warum er hier hineingeht. Der Pförtner schaut auf und sagt: «Wir schließen in einer knappen halben Stunde, mein Herr!»

«Macht nichts!» ruft er fast fröhlich. «Ich will bloß was nachsehen. In einer Viertelstunde bin ich wieder draußen.»

Er geht schnurstracks auf die Ostasienabteilung, zu den Buddhas. Hier hat er mal Angst gehabt, seine Frau könnte eine Dummheit machen, und darum hat er ihr versprochen ... Jedenfalls ist hier jetzt kein Mensch. Ein Aufseher (nicht der, den er von früher kennt) geht vorüber und sagt mahnend: «In einer Viertelstunde schließen wir.»

Drei Minuten später verläßt Hein Martens das Museum, einen daumenlangen Buddha aus rotem Speckstein in der Tasche.

«Das ist ja wirklich schnell gegangen», sagte der Mann am Tor und lächelt.

Aber Hein Martens antwortet nicht. Er steht nun auf der Straße, sein Weg ist klar: so schnell wie möglich zu Tante Paula, um die Koffer zu holen, und dann ebenso schnell zu

Elisabeth, mit all den Geschenken, der Seide, dem Ingwer, den Teeschälchen, dem Lacktablett und dem kleinen Buddha. Er hat alles, was für ein fröhliches Weihnachtsfest notwendig ist.

Aber in Wirklichkeit beeilt er sich gar nicht. Es dauert ziemlich lange, bis er bei Tante Paula eintrifft. Und auch dort verlangt er nicht sofort seine Koffer, sondern läßt sich einen starken Kaffee kochen. Mit dem setzt er sich an den Holztisch, stützt den Kopf in die Hand und denkt nach.

Es ist eine ungeheure Veränderung in seinem Leben eingetreten, sein umduselter Schädel versteht es nur langsam, aber eines weiß er schon: er kann sich nicht mehr freuen. Er kann sich nicht mehr über seine Frau freuen, nicht über das Weihnachtsfest, auch nicht über das eigene Heim, die ‹Fröhliche Neptun› – er wird nie wieder mit dem Käpt'n wie früher reden können.

«Ich bin ein unehrlicher Mensch», sagt er halblaut zu sich und sieht sich scheu in der Gaststube um, ob die ihm wohl was ansehen. Nein, sie sehen ihm nichts an, aber das ändert nichts, da er es von sich weiß. Wie soll ich heute mit Elisabeth Weihnachten feiern? denkt er wieder.

Schließlich nimmt er die Koffer und geht. Er geht den ganzen weiten Weg bis Hammerbrook, in jeder Hand einen Kabinenkoffer. Dabei kann er nachdenken, und damit kann er das Wiedersehen etwas hinausschieben.

Und nun steht er vor dem Haus und sieht hinauf. Dort oben, hinter dem schwacherleuchteten Fenster, sitzt sie und wartet auf ihn. Sie weiß natürlich aus der Zeitung, daß die ‹Fröhliche Neptun› eingelaufen ist, aber sie haben ausgemacht, daß sie sich nicht vor fremden Leuten, daß sie sich nur im eigenen Heim wiedersehen wollen.

Und nun kommt er in dieses eigene Heim, er stellt es sich genau vor, wie er die Koffer absetzt, sie umfaßt, in ihr Auge sieht... Sie küssen sich – aber in der Tasche hat er den gestohlenen Buddha. O du mein lieber Herr und Gott, was ist denn das für ein Wiedersehen! Das ist doch kein Wiedersehen für einen Mann und Gatten – das ist was für feige Lumpen! Und wenn es die ganze Welt nie erfährt, er weiß es – und sie wird es spüren, von der ersten Minute, vom ersten Blick an!

Nein, er geht nicht in das Haus. Er dreht sich um, stellt die Koffer in der nächsten Wirtschaft ab und winkt einer Taxe. Soll sie warten – soll sie lieber ein halbes Jahr, ja, ein ganzes Jahr warten müssen, aber verlogene Feste feiern – nein, er nicht!

Die Taxe hält vor dem Museum, aber da ist alles dunkel und still. Kein Mensch da! Daran hat er nicht gedacht – was soll er nun tun? Es bleibt nur ein Weg, der schwerste, sich selbst anzuzeigen. Er läßt sich zur nächsten Wache fahren.

Auf der Wache sitzen sie ziemlich gelangweilt herum, sie haben alle Zeit, ihn sich genau anzusehen. Sie sind auch nicht besonders fröhlicher Stimmung, die Herren Beamten, ein Weihnachtsabend mit den obligaten Festbetrunkenen statt mit lachenden Kindern ist nicht stimmungsfördernd.

«Was wollen Sie denn?» fragt ihn einer ziemlich unfreundlich.

Hein Martens hält den Buddha in der Tasche umklammert, eigentlich wollte er ihn jetzt vorziehen und alles beichten. Aber bei diesem unfreundlichen Ton schreckt er zurück. Im Augenblick fällt ihm etwas anderes ein: Er bittet um die Adresse von dem Leiter der Ostasienabteilung im Museum.

«Wozu wollen Sie die denn wissen?»

«Ich habe ihm was zu bringen.»

«Ist denn das so eilig? Heute ist Weihnachten!»

«Gerade darum. Er muß es noch vor dem Fest haben!»

«Sie sind doch Seemann? Was haben Sie denn für ihn?»

«Ich muß ihm was abliefern.»

«Gib ihm doch die Adresse!» schlägt ein Freundlicher vor.

«Du siehst doch, er hat einen sitzen», antwortet der Scharfe. «Wenn wir ihm die Adresse geben, kriegen wir womöglich einen auf den Deckel. – Zeigen Sie erst mal, was Sie für ihn haben.»

Vorsichtig nimmt Hein Martens den kleinen Buddha aus der Tasche. Nun kommt es darauf an, ob sie hier schon etwas von dem Diebstahl wissen – in einer Minute kann er verhaftet sein!

Aber sie sehen ganz gleichgültig auf den kleinen Gott.

«Ach, so 'ne Puppe!» sagt der Scharfe. «Ja, die sammeln solches Zeugs. Komisch, ich kann bei so was nichts finden. – Du, Hinnerk?»

«Die Menschen sind eben verschieden», antwortete der Freundliche. «Also fahren Sie zu Professor Soundso Dieunddiestraße ...»

Hein Martens fährt. Schon etwas leichter klopft nun sein Herz, er hat kehrtgemacht, er ist beim Wiedergutmachen. Er denkt auch daran, sich sein Haar zu kämmen, den Schlips zu richten – vorhin kam es nicht darauf an, wie er aussah. Jetzt ist es wieder wichtig geworden.

Aber er muß sehr hartnäckig sein, um beim Professor vorgelassen zu werden. Da brennt schon der Baum, da hört er Kindergelächter ...

«Es muß sein!» beharrt er.

Schließlich, draußen auf der Diele, empfängt ihn der Professor. «Nein, das ist aber zu schlimm!» schilt er. «Heute abend muß man wirklich seine Ruhe haben! Was wollen Sie denn? Aber sagen Sie es in einer Minute!»

Hein Martens braucht nicht einmal eine Minute. In der geöffneten Hand hält er dem alten, weißbärtigen Herrn den kleinen Buddha hin ...

«Da!» sagt er mit ganz leiser, zitternder Stimme. «Den habe ich heute zehn Minuten vor drei aus dem Museum gestohlen.» Und schweigt.

Der Professor starrt durch seine gewölbten Brillengläser den Störenfried an. Er nimmt den Buddha nicht, obwohl er ihn längst erkannt hat. Er sagt: «Mann! Sie werden doch nicht ... Sie machen sich ja unglücklich ...»

Dann tut er etwas Seltsames. Er greift in die Tasche, zieht seine Uhr heraus. «Es ist jetzt zwanzig nach sechs. Das machte zweieinhalb Stunden Verzweiflung, Einkehr, Reue. Sehr lange Stunden, wie?»

«Ja, sehr lange.»

«Kommen Sie – Sie müssen mir erzählen. – Frieda, ich kann jetzt nicht. In einer Viertelstunde, in einer halben Stunde – ganz egal!» Und er schiebt den Störenfried in ein Zimmer. «So – und nun erzählen Sie – von allem Anfang an!»

Und Hein Martens erzählte, erzählte von Braut und junger Frau, den Besuchen im Museum, den immer drängenderen Wünschen von Elisabeth und dem Ehrenwort. Er erzählte von Herrn Mikimotos Geschenk, der fröhlichen Heimfahrt auf der ‹Fröhlichen Neptun› – und dem endlichen Sturz des kleinen Buddha in die langsamen, trübgrauen Nordseewellen – drei Seemeilen vor der Alten Liebe.

Dann schwieg er eine Weile, und obwohl die Kinder nach ihrem Vater riefen, drängte ihn der Professor nicht. Und schließlich erzählte er mit leiserer, stockender Stimme weiter, und obwohl das alles eben erst erlebt, so grauenhafte Wirklichkeit war, schien es ihm wie ein böser Traum, als könnte er es gar nicht sein, der das alles getan hatte. Aber es war also doch in ihm, auch das...

Und schließlich verstummte er.

Der Professor sah nachdenklich auf den jungen Menschen, der da so zerknirscht vor ihm saß, und schließlich fragte er: «Wie alt sind Sie eigentlich?»

«Im Januar werde ich siebenundzwanzig.»

«Da wird es aber Zeit, daß Sie ein Mann werden, nicht wahr? Denken Sie doch, wenn der Diebstahl gleich entdeckt wäre, Ihr ganzes Leben wäre doch verpfuscht...»

«Das habe ich ja auch gefühlt – schon ohne Entdeckung.»

«Also!» sagte der Professor. «Ich denke doch, Sie haben was gelernt. – Und nun stecken Sie den Buddha wieder ein. – Nein, nur als Leihgabe, morgen nachmittag um fünf liefern Sie ihn mir hier wieder mit Bericht ab. Sie sollen doch heute abend Ihrer Frau einen Buddha schenken können – und da werden Sie merken, Sie ungewöhnlich törichter junger Mann, warum Ihre Elisabeth durchaus einen Buddha haben wollte und heute gar keinen mehr braucht! – Und nun machen Sie, daß Sie fortkommen! Fröhliche Weihnachten übrigens!»

«Fröhliche Weihnachten und vielen, vielen Dank!»

In der kleinen Wohnung steht der daumenlange Buddha auf dem Flur, auf der Spiegelkonsole, genauso wie er bei einem ersten flüchtigen Ansehen hingestellt wurde mit den Worten: «Ganz reizend – aber nun sollst du mein Geschenk sehen!»

Steht da, einsam und verlassen.

Die junge Frau aber sitzt mit ihrem heimgekehrten Mann am Bett des Kindes, und wie einstmals (und doch so anders!) flüstert sie in seine Ohren: «Siehst du nicht, wie herrlich er lächelt, Hein? Wie schön, daß Menschen so lächeln können; es ist das Schönste, was ich je gesehen habe!»

Und er sieht sie dabei lächeln, und dieses mütterliche, stolze Lächeln scheint nun ihm das Herrlichste auf der Welt, und bei diesem Lächeln findet er den Mut, sich ganz nah zu ihr zu beugen und die Geschichte seiner Irrungen zu erzählen: die Geschichte von dem kleinen ertrunkenen Buddha, der jetzt auf dem Grunde der Nordsee lächelt, sein fernes, fremdes Lächeln, weit fort von Schuld, Liebe und Torheit.

Er aber, Hein Martens, zweiter Offizier von der ‹Fröhlichen Neptun›, ist ein Mensch; Schuld und Liebe kennt er, und er findet es gut, kein Gott zu sein, sondern bloß ein törichter Mensch ...

100 Mark und ein fröhliches Weihnachtsfest

Wir waren frisch verheiratet, Itzenplitz und ich, und hatten eigentlich gar nichts. Wenn man sehr jung ist, dazu frisch verheiratet und sehr verliebt, macht es noch nicht viel aus, wenn man ‹eigentlich gar nichts› hat.

Gewiß, manchmal kamen so kleine, seufzerische Anwandlungen, aber dann war immer einer von uns, der lachend sagte: «Es braucht ja nicht alles auf einmal zu kommen. Wir haben doch alle Zeit, die Gott werden läßt...» Und die kleine Anwandlung war vorbei.

Aber dann erinnere ich mich doch an ein Gespräch, das zwischen uns im Stadtpark geführt wurde, wo Itzenplitz aufseufzend sagte:

«Wenn man doch nicht immer gar so sehr mit dem Pfennig rechnen müßte...!»

Ich hatte keinen rechten Begriff von der Sache. «Na und?» fragte ich. «Was dann...?»

«Dann würde ich mir was anschaffen», sagte Itzenplitz träumerisch.

«Und was denn zum Beispiel?»

Itzenplitz suchte. Sie mußte wirklich erst suchen, ehe sie sagte: «Zum Beispiel ein Paar warme Hausschuhe.»

«Ach nee!» sagte ich ganz verblüfft und war völlig außer Fassung über meines Weibes Elisabeth (wurde Ibeth, wurde Itzenplitz) Sinnen und Trachten. Denn wir führten dies Gespräch im Hochsommer, die Sonne prallte, und was mich anging, so gingen meine Wünsche in diesem Augenblick nicht weiter als bis zu einer kühlen Brause und einer Zigarette.

Doch müssen als Niederschlag dieses Hochsommergesprächs dann unsere Weihnachtswunschzettel entstanden sein. «Weißt du, Mumm», hatte Itzenplitz gesagt und energisch ihre lange, spitze Nase gerieben, «wir sollten jetzt schon anfangen, jeden Wunsch, der uns einfällt, aufzuschreiben. Nachher zu Weihnachten geht alles in einer Hatz, und man schenkt sich womöglich etwas ganz Dummes, was man nachher nicht braucht.»

Auf einen Zettel aus meinem Abonnentenwerbeblock schrieben wir also den ersten Weihnachtswunsch: ‹1 Paar warme Hausschuhe für Itzenplitz› und darunter, weil es doch streng gerecht bei uns zugehen sollte, setzte ich nach vielem Stirnrunzeln und Nachdenken: ‹1 gutes Buch für Mumm.› (Mumm bin ich.)

«Fein», sagte Itzenplitz und fixierte den Wunschzettel so begeistert, als könnten sich aus dem Papier Hausschuh und Buch stracks loslösen.

Und dann wuchs unser Wunschzettel aus dem Hochsommer in den Spätherbst, in den ersten Schlackerschnee, in die ersten weihnachtlichen Schaufenster, wuchs, wuchs... «Das macht gar nichts, daß so schrecklich viel darauf steht», tröstete Itzenplitz. «Dann haben wir die Auswahl. Eigentlich ist es doch mehr eine Streichliste. Kurz vor Weihnachten streichen wir alles, was nicht geht, jetzt haben wir das Wünschen noch frei.» Sie dachte nach und sagte: «Wünschen kann ich mir doch, was ich will, nicht wahr, Mumm?»

«Ja», sagte ich leichtsinnig.

«Schön», sagte sie, und schon schrieb sie, schon stand da: ‹1 bleu-seidenes Abendkleid (ganz lang).› Sie sah mich herausfordernd an.

«Na, weißte, Itzenplitz», bemerkte ich.

«Wünschen ist frei, hast du gesagt.»

«Richtig», stimmte ich zu, und schrieb: ‹1 Radio-Super

mit Plattenspieler› – dabei sah ich sie herausfordernd an. Und dann gerieten wir in einen heftigen, mit ungeheurem Scharfsinn geführten Streit, was wir nötiger brauchten, Abendkleid oder Radio – und wußten beide ganz genau, daß weder das eine noch das andere in den nächsten fünf Jahren auch nur in Frage kam.

Aber das alles war viel, viel später, vorläufig stehen wir beide noch im sommerlichen Stadtpark und haben unsere ersten beiden Wünsche aufgeschrieben. Ich habe schon ein paarmal Itzenplitz' Nase erwähnt. «Entenschnabel», sagte ich manchmal auch dazu.

Also mit dieser Nase wittert sie immer herum, und dazu hat sie die raschesten Augen von der Welt. Sie fand immerzu was, und so rief sie auch in diesem Augenblick: «Da ist er ja! Oh, Mumm, da ist unser erster Weihnachtsgroschen!» Und sie stieß ihn mit der Fußspitze an.

«Weihnachtsgroschen?» fragte ich und hob ihn auf. «Dafür hol ich mir jetzt im Schützenhaus eine Zigarette.»

«Gibst du ihn her! Der kommt in unsere Weihnachtssparbüchse!»

Lauter neue Dinge. «Hast du denn eine Sparbüchse?» fragte ich. «Nie so 'n Ding bei dir gesehen.»

«Ich find schon was, du! Laß mich man suchen.» Und sie sah sich unter den Parkbäumen um, als solle das Suchen gleich losgehen.

«Wir machen es so», schlug ich vor. «Wir überschlagen uns, was wir uns zu Weihnachten spendieren wollen, sagen wir mal hundert Mark ... Bis Weihnachten gibt's noch sechsmal Geld, und da legen wir uns jedesmal sechzehn Mark, nein, sechzehn Mark fünfzig zurück. Und jetzt hole ich mir meine Zigarette.»

«Der Groschen gehört mir! Und überhaupt, so was Dummes und Ausgerechnetes wie deinen Quatsch eben, das ist eine stramme Leistung. Das machen wir ganz anders ...»

«Ach nee ...? Wie denn?»

«Wenn wir sonntags vom Ausflug ganz müde sind und

möchten mit der Bahn nach Haus fahren, dann nehmen wir die fünfzig Pfennig und latschen zurück, und je schwerer es uns fällt, um so schöner ist es...»

«Wahrhaftig?!» höhnte ich.

«Und wenn du 'ne Brause möchtest und ich Schokolade, und wenn wir sonntags Rouladen möchten und essen statt dessen saure Linsen – und überhaupt: ein ganz dummer Junge bist du! Und mit dir rede ich drei Tage kein Wort, und auf der Straße gehe ich nun schon überhaupt nicht mit dir...!»

Und damit ließ sie mich stehen und peste allein los, ich ging langsam hinterher. Aber wie wir nachher in die Stadtstraßen kamen, ging sie auf der einen und ich auf der andern Seite, als hätten wir nichts miteinander zu tun. Und nur, wenn so ein richtiger, dicker Haufe sonntäglicher Bürger daherkam, wurde ich furchtbar gemein und rief nach der andern Straßenseite hinüber: «Pssst! Frollein! Hören Sie doch mal, Frollein!»

Die Bürger machten Stielaugen, und sie kriegte ein rotes Gesicht und warf den Kopf wütend in den Nacken...

Aber einmal lief sie doch zu mir rüber, da war ihr eingefallen, daß wir ja eine leere Büchsenmilchdose hätten, nur mit den zwei Löchern drin, und da könnte ich doch mit dem Stemmeisen einen Schlitz reinhauen, und wir hätten eine knorke Sparbüchse. Wo es doch sogar Büchsenmilch ‹Glücksklee› war...

«Großartig», höhnte ich. «Wie das Geld wohl aussehen mag, wenn es ein halbes Jahr im Milchschlamm gelegen hat!» Weg war sie und: «Psst! Frollein!» Sie war richtig auf achtzig.

Aber dann fiel *mir* was ein, und ich raste zu ihr rüber und schrie: «Hör mal, du, daran haben wir ja gar nicht gedacht, zu Weihnachten gibt's doch hundert Mark Gratifikation!»

Erst wollte sie mich ja anfunkeln und fing schon an, wer mir Trottel wohl eine Gratifikation geben würde, aber dann überlegten wir den Fall doch ernsthaft und grübelten, ob es in diesem Jahr bei den schlechten Geschäften überhaupt eine

Gratifikation geben würde, und vielleicht doch ja, beinahe sicher doch ja, und kamen zu dem Ergebnis: «Wir wollen so tun, als käme keine. Aber herrlich wäre es . . .!»

Nun muß ich aber noch berichten, wieso wir eigentlich so mit dem Groschen rechnen mußten, und wovon wir eigentlich lebten, und was für Aussichten wir eigentlich mit der Gratifikation hatten. Es ist gar nicht so einfach auseinanderzusetzen, was für eine Art Tätigkeit ich hatte, und ich muß heute selber den Kopf schütteln, und klar ist mir nicht mehr (so kurze Zeit das auch nur her ist), wie ich meine mancherlei Tätigkeiten miteinander vereinigte. Vormittags ab sieben jedenfalls saß ich erst mal auf der Redaktion eines Käseblättchens und machte die Hälfte des lokalen Teils voll, während mir gegenüber Herr Redakteur Preßbold saß und die ganze sonstige Zeitung mit Hilfe von Bildern, Matern, Korrespondenzen, Radio und einer sehr defekten Schreibmaschine füllte. Dafür bekam ich hundertfünfzig Mark im Monat, und das war unsere einzige feste Einnahme. War das aber überstanden, dann ging ich los auf Abonnenten- und Inseratenfang, dafür bekam ich Tantieme, eine Mark fünfundzwanzig für den Abonnenten und zehn Prozent von jedem Inserat. Dazu hatte ich aber auch das Inkasso einer freiwilligen Krankenkasse (drei Prozent der Beiträge) und die Erhebung der Mitgliedsbeiträge eines Turnvereins (fünf Pfennig pro Mann und Monat).

Und, um die Sache recht zu krönen, fungierte ich auch noch als Schriftführer des Wirtschafts- und Verkehrsvereins, aber davon hatte ich nur die Ehre und die Spesen und die etwas nebulose Aussicht, daß die Herren mal was für mich tun würden, wenn sich grade mal was fände.

An Tätigkeit fehlte es also nicht, und das Betrübende an der ganzen Geschichte war nur, daß alle Tätigkeiten zusammen kaum so viel einbrachten, um Itzenplitz und mich am Leben zu erhalten – Was-Anschaffen war Fremdwort. So manchesmal kam ich vergnittert und trostlos nach Haus, wenn ich den halben Tag umhergelaufen war, an fünfzig Türen geklingelt und keine fünf Groschen verdient hatte. Heut bin ich fest davon überzeugt (wenn sie's auch immer noch nicht wahrhaben will), daß Itzenplitz nur darum so voller aufreizender Einfälle war, um mich in Fahrt und damit auf andere Gedanken zu bringen.

Es muß so im Herbst gewesen sein, nasses Nebelwetter und mieseste Stimmung bei mir, und unsere Weihnachtssparbüchse hatte noch immer keine rechte feste Form angenommen, daß ich nach Haus kam und Itzenplitz mit einem Küchenmesser in der einen und einem der Länge nach durchgesägten Brikett in der anderen Hand vorfand.

«Was in aller Welt machst du da?» fragte ich erstaunt, denn sie war dabei, mit der Messerspitze dies halbe Brikett auszuhöhlen. Die andere Hälfte lag vor ihr auf dem Tisch.

«Still, Mumm!» flüsterte sie geheimnisvoll. «Überall sind schlechte Menschen.» Und sie zeigte mit dem Messer nach der nur mit Tapete überklebten Tür, hinter der jener Nachbar hauste, den wir unter uns nur Klaas Störtebeker nannten.

«Also was ist los?» Und nun erfuhr ich es denn im Verschwörerton, sie hatte das Brikett halbiert und wollte es aushöhlen und einen Schlitz reinmachen und mit Syndetikon wieder zusammenkleben, und das sollte unsere Weihnachtssparbüchse werden, und zwischen die andern Briketts wollte sie's stecken. Und ihre Augen funkelten vor List und Geheimnis, und ihre lange Nase schnüffelte mehr als je...

«Und vollkommen meschugge bist du!» sagte ich. «Und außerdem, Weihnachten, der Heber hat gesagt, an eine Gratifikation ist dies Jahr überhaupt nicht zu denken, der Chef ist sooo, weil's Geschäft schlechtgeht...»

«Fein», sagte sie, «erzähl mir alles schön der Reihe nach, damit ich richtig weiß, wer das Brikett am Weihnachtsabend an den Kopf kriegt.»

Ich habe schon berichtet, unser Redakteur war Herr Preßbold. Das war ein feiner Kerl, schnauzig, polterig, immer dicker werdend, aber zu sagen hatte er nichts, soviel er auch sagte. Zu sagen hatte alles Herr Heber, der die Kasse unter sich hatte und die Bücher führte und das Ohr des Großen Häuptlings besaß.

Den Großen Häuptling bekamen wir kleinen Indianer nur alle halbe Jahre mal zu sehen, der kariolte ewig mit seinem Mercedes im Lande umher und hatte hier ein Sägewerk und da 'ne kleine Provinzzeitung und hier ein Zinshaus und da ein Gütchen.

Aber bei uns war seine rechte Hand Herr Heber, ein langschinkiger, dürrer, trockener Zahlenmann, und bei dem hatte ich eine Bohrung angelegt von wegen Weihnachtsgratifikation und hundert Mark, aber ich war nicht fündig geworden, im Gegenteil, er hatte sich bei mir erkundigt, ob ich denn schon vom ersten diesjährigen Frost was abbekommen hätte, und ob ich 'ne Ahnung hätte, was das hieße, in einem Verlustbetrieb zu arbeiten, und ich sollte froh sein, wenn der Saustall nicht zu Neujahr zugemacht würde.

Und was das Schlimmste war, Preßbold, mit dessen Unterstützung ich fest gerechnet hatte, tutete auf demselben Horn und machte mir noch Vorwürfe wegen meiner Rosinen, ich sollte froh sein, wenn wir nicht abgebaut würden und den Großen Häuptling bloß nicht reizen. Und während die beiden so auf mich einredeten, dachte ich, daß mir Verlustbetrieb und die Sorgen des Großen Häuptlings ganz piepe seien, und an meinem Auge rauschten die Wunschzettel vorbei, weggeweht wie vom Herbstwind, und es tanzten dahin die warmen Hausschuhe und das Abendkleid und das gute Buch mit der Weihnachtsente.

Ja, richtig, die Weihnachtsente, sie bietet mir Gelegenheit, eine neue Person (nur einmal flüchtig erwähnt) in meinen wahrheitsgetreuen Bericht einzuführen: unsern Nachbarn hinter der Tapetentür, genannt Klaas Störtebeker. Wie Störtebeker richtig hieß, das haben wir wohl nie gewußt, er hatte jedenfalls die nördliche, wie wir die südliche Mansarde hatten. Er war ein richtiger schwarzer Mann, eigentlich kann ich ihn nur so zeichnen, daß ich berichte, daß er völlig schwarz wirkte: schwarze, struppige Haare, schwarze, wildfunkelnde

Augen und einen schwarzen, strubbligen Bart. In der Stadt und namentlich bei der Polizei war er eine sehr bekannte und gefürchtete Persönlichkeit, weil er ein Säufer und ein Krakeeler war. Nebenbei war er noch Heizer im städtischen Elektrizitätswerk.

Wir wohnten dicht bei dicht: und wenn er sich im Bett umdrehte, hörten wir das, und so wird er denn von uns ja auch alles gehört haben.

Das mit der Ente jedenfalls hatte er gehört, das war auch eine Weihnachtsdiskussion zwischen uns gewesen. Bei ihr wie bei mir war im elterlichen Haus zu Weihnachten die Gans traditioneller Vogel gewesen, aber darauf gerieten wir nun doch bei der Debatte, daß eine Zwölf-Pfund-Gans («wenn sie weniger wiegt, sind's nur Haut und Knochen») für uns zwei beide etwas zuviel war. Also eine Ente, sozusagen Gans in Oktav statt Folio, grade das Richtige für zwei, aber wo kaufen und wie teuer...?

In diesem Augenblick erklang in Störtebekers Kammer ein Gebrüll, ein rauhes, unverständliches Gebrüll, und eine Minute darauf schlug eine Faust gegen unsere Tür. Schwankend, aber wild anzusehen wie ein Urwaldbiest, direkt aus dem Bett, so stand Störtebeker in unserer Tür, nur in Hemd und Hose, die er mit einem strammen Griff der linken Hand hochhielt.

«Besorg ich euch, den Weihnachtsvogel», krächzte Störtebeker und funkelte uns an.

Wir waren ziemlich erschrocken und verlegen. Itzenplitz rieb sich die Nase und murmelte immerzu nur was von «sehr freundlich» und «sehr liebenswürdig», und ich versuchte einen Sermon, daß wir noch nicht völlig entschlossen wären, vielleicht käme doch eine Gans in Frage, oder ein Truthahn...

«Dussels!» brüllte Störtebeker und schmiß die Tür, daß der Kalk von der Decke flog.

Er muß uns aber unsere ‹Dusselei› trotzdem nicht übelgenommen haben, das Entenangebot erneuerte er zwar nicht, aber als er eine Woche vor Weihnachten Itzenplitz auf dem Vorplatz traf, wie sie versuchte, aus zwei Brettern einen Tannenbaumfuß zusammenzuhämmern, nahm er ihr die Bretter fort und erklärte:

«Mach ich. Hab ein gehobeltes Brett beim Kessel. Schenk ich euch zu Weihnachten. Prima Fuß.»

Aber das ist schon wieder vorgegriffen, eigentlich sind wir noch bei der Gratifikation. Mein erster Angriff also war abgeschlagen, und gewissermaßen zum Trost unternahmen wir nun eine Überprüfung unserer Finanzlage, stellten fest, was wir denn nun eigentlich seit dem großen Weihnachtssparentschluß beiseite gebracht hatten. Das war gar keine so einfache Feststellung, denn Itzenplitz hatte ein ganzes System von Einzelkassen: Wirtschaftsgeld, Taschengeld, Mumms Geld, Kohlenfonds, Neuanschaffungskasse, Mietefonds und Weihnachtskasse.

Und da in fast allen Schachteln und Schächtelchen entsprechend unserer Finanzlage meistens Ebbe herrschte, schliefte das bißchen Geld, das da war, wie ein Dachs aus einer Kasse in die andere, und anzusehen war dem Rest nicht, in welche Kasse er gehörte.

Itzenplitz rieb viele Male ihre immer röter werdende Nase, legte hierhin und dorthin, nahm weg, tat zu, während ich am Ofen stand und sarkastische Bemerkungen machte. Schließlich schien festzustehen, daß der Weihnachtsfonds innerhalb dreier Monate auf siebenundzwanzig Mark fünfundachtzig angeschwollen war, vorausgesetzt, daß die Briketts bis zum Ersten reichten. Falls nein, gehörten noch sieben Mark fünfzig in den Kohlenfonds.

Wir sahen uns an...

Aber es kommt kein Unglück allein, und so tauchten ausgerechnet in diesem Moment vollständiger Pleite in Itzenplitzens Hirn erstens Schwiegermama, zweitens Tutti und Hänschen auf, Neffe und Nichte: «Mama und den Kindern habe ich doch immer was zu Weihnachten geschenkt. Das muß gehen, Mumm!»

«Bitte, bitte... aber wenn du mir verraten möchtest, wie...?»

Itzenplitz verriet es nicht, sondern tat etwas Geniales, sie holte mich mal wieder ab vom Käseblättchen und spann dabei den ollen, langweiligen Knochen von Heber in eine geradezu hinreißende Unterhaltung. Ich sehe ihn dort noch sitzen mit seinem langen, betrübten Pferdegesicht, ordentlich mit ein bißchen Rot auf den Backen, sitzen an der einen Seite der Schranke in der Expedition, und Itzenplitz auf unserm einzigen Rohrstuhl auf der anderen Seite der Schranke, Itzenplitz mit Glacéhandschuhen und ihrer rotgetupften, weißseidenen Bluse zum Trägerrock, in ihrem billigen Sommermäntelchen. Und sie packte aus, sie plauderte, sie brabbelte, sie schwatzte, sie klönte! Sie gab ihm das Gift, das er haben wollte, sie fütterte sein olles, verstocktes Junggesellenherz mit Klatsch, sie erfand vom Fleck weg, sobald nur ein Name fiel, die schönsten Geschichten. Sie klatschte über Leute, die sie nie gesehen, verlobte, entlobte, es war ein Wirbel, setzte Kinder in die Welt, ließ Erbtanten sterben, aber die Köchin von Paradeisers...!

Und in Hebers alte, glupsche Fischaugen kam richtiges Leben, seine Knochenfaust schmetterte auf die Schranke: «Von dem habe ich mir das doch immer gedacht...! Nein, so was!»

Und sachte, sachte pirschte sie sich von der Liebe ins Geld, von den teuren neuen Gardinen bei Spieckermanns, wie die das könnten, und wir könnten es jedenfalls nicht, und bei Leisegangs sollte es ja auch wackeln, aber hier sähe es ja, Gott sei Lob und Dank, glänzend aus, kein Wunder, bei der Geschäftsführung: «Und überhaupt rechnen wir fest darauf, daß Sie beim Chef ein gutes Wort für uns einlegen wegen der Weihnachtsgratifikation. Herr Heber, Sie können's erreichen...»

Sie saß da, leergepumpt, aber ihre Augen hatten förmlich einen Strahlenkranz von Eifer und Entzücken und Beschwörung – und ich konnte nicht anders, ich schlich mich hinter sie und stieß sie drei-, viermal mit den Knöcheln in den Rükken, um ihr meine Begeisterung merklich zu machen. Aber das olle, lange Ekel von Heber war natürlich keine Spur gerührt, er räusperte sich nur trocken und erklärte mit erhobener Stimme und einem Seitenblick auf mich, er wüßte schon Bescheid, und mit Speck finge man Mäuse, ihn aber nicht, und wer sich die Pfoten verbrennen wollte, der möchte nur immer selbst zum Chef gehen, bitte schön ...!

Es war eine vollkommene, schmähliche Niederlage, mit kläglichem Gestammel flohen wir aus der Expedition, und Itzenplitz tat mir schrecklich leid. Mindestens fünf Minuten sagte sie kein Wort, sondern schnüffelte nur kummervoll vor sich hin, so zerschmettert war sie.

Aber wie dem auch sein mochte, wie tief auch die Aussichten auf Gratifikation stehen und wie düster unser Weihnachtsausblick auch sein mochte – am 13. Dezember schneite es in diesem Jahr zum erstenmal. Es war ein richtiger trockener Kälteschnee, der auf gefrorenen Boden fiel und da liegen blieb, und wir hielten es natürlich nicht aus, sondern liefen los in Frost und Gestöber.

Gott, die kleine, olle, langweilige, geduckte Kleinstadt ...! Die Gaslaternen brannten im Schneegestöber für gar nichts, und in unserer Vorstadtstraße liefen die Leute wie blasse Schemen einher. Aber dann kamen wir in die Breite Straße, und alles war strahlend hell von den vielen Schaufenstern. Und die ersten Weihnachtskerzen (olle elektrische) brannten, und wir lehnten mit den Köpfen gegen die Scheiben und diskutierten dies und zeigten uns das. «Sieh mal, das wäre grade für uns richtig!» (Siebenundneunzig Prozent der ausgestellten Sachen waren grade für uns richtig.)

Und dann war da das alte, gute Feinkostgeschäft von Harland, und eine Welle von Leichtsinn hob uns, und wir gingen hinein und kauften ein halbes Pfund Haselnüsse, ein halbes Pfund Walnüsse, ein halbes Pfund Paranüsse: «Nur, damit es ein bißchen weihnachtlich wird bei uns. Nußknacker brauchen wir nicht, knacken wir zwischen der Tür.» Und dann kamen wir zu der Buchhandlung von Ranft, und siehe, da war etwas Herrliches: Dreisers *‹Amerikanische Tragödie›* für drei Mark sechzig... «Und sieh mal, Itzenplitz, die haben sicher bisher zwanzig Mark gekostet, und jetzt drei Mark sechzig, das sind doch bar gespart sechzehn Mark vierzig... Und es *muß* doch was an Inseraten zu Weihnachten einkommen!» Und wir kauften die *‹Amerikanische Tragödie›* und kamen zum Kaufhaus von Hänel und gingen hinein, bloß um mal zu sehen, was für Mutter und Tutti und Hänschen in Frage käme, und wir kauften für Mutter ein Paar schwarze, sehr warme Handschuhe (fünf Mark fünfzig) und für Tutti einen Ball, phantastisch groß für eine Mark fünfzig und für Hänschen ein Spielzeugauto (zwei Mark fünfzig). Und noch immer trug die Woge und hob uns, und noch sehe ich Itzenplitz unter dem Gewimmel von Käuferinnen vor einem Spiegel stehen und den kleinen weißen Kragen auf ihrem Mantel probieren, mit so einem ernsten, glücklichen Gesicht (welch glücklicher Ernst!):

«Und etwas schenkst du mir ja doch zu Weihnachten, nicht wahr, Mummimännchen, und später ist vielleicht der Kragen nicht mehr da – ist er nicht süß?»

Es schneite noch immer, als wir nach Haus wanderten, wir gingen dicht eingehängt, ihre Hand in der Ulstertasche bei meiner, und richtig wie richtige Weihnachtskäufer waren wir mit Paketen behängt.

Und waren unglaublich glücklich, und die Inserate würden schon kommen...

Aber während zu Haus Itzenplitz die Bratkartoffeln zum Abendessen fertig machte, packte ich, der ich ein ordentlicher, beinahe pedantischer Mann bin, die Pakete aus und legte die Einkäufe zusammen, und dann steckte ich das ganze Einwickelpapier in unsern kleinen Kochofen, genannt Brüllerich, und er brüllte auf und prasselte. Wir waren so glücklich beschwingt über unsere Bratkartoffeln, und plötzlich sprang Itzenplitz auf und rief: «Sei nicht bös, Mumm, ich muß mal schnell den kleinen, süßen Kragen anprobieren!»

Ich gewährte es, aber – wo war der Kragen? Und wir suchten, nein, nein...

«O Gott, du hast ihn sicher mit dem Einwickelpapier verbrannt!»

«So blöd werd ich sein, Kragen zu verbrennen, gar nicht mitgebracht hast du ihn...»

Und sie riß den Ofen auf und starrte in die Glut, starrte, starrte («er war sooo süß»), ich aber raste los und drang in das geschlossene Kaufhaus und ängstigte müde Verkäuferinnen beim Zusammenpacken um ein verschwundenes Paket und ging langsam, langsam wieder nach Haus... und bedrückt und still schlichen wir umeinander herum, bis es Schlafengehzeit war...

Aber immer wieder wird es Morgen, man wacht auf, und noch liegt der Schnee, blinkend und strahlend unter dem klaren Winterhimmel. Und ein Kragen ist nicht die Welt: «Warte nur, wieviel Kragen wir uns noch in unserm Leben kaufen können...»

«Wir sind die richtigen, haben's ja dazu, mit Kragen für fünf Mark zu heizen...!»

Doch dies war nun der 14., und zweimal sieben ist zweimal meine Glückszahl, und ob ich nun besonders früh auf die Zeitung kam oder ob die olle Lenzen verschlafen hatte, jedenfalls spukte sie da noch rum bei ihrer Reinmacherei, unsere olle Lenzen, ein Reibeisen, mit einem Gesicht wie ein Reibeisen, die neun Kinder großgezogen hatte, unfaßbar, wie, aber alle taten nicht gut und ließen lieber ihre olle Mutter für sich arbeiten, als daß sie einen Finger krumm machten.

Und die olle Lenzen erzählte mir krächzend und spuckend, wie sie bei Hesses im Schokoladengeschäft – da macht sie auch rein – einen großen Weihnachtsmann aus Schokolade geschenkt bekommen hatte...: «Bald 'nen halben Meter hoch, war ja man bloß hohl, aber was hätten meine Enkelkinder für 'nen Spaß gehabt! Und ich stell ihn auf den Vertiko und hab all die Tage meine Freude dran, und wie ich ihn heute beim Staubwischen anfasse, da hat doch das Aas, die

Friedel, meine Jüngste, die jetzt in die Spinnerei geht, der verfressene Balg, hat sie doch von hinten den ganzen Weihnachtsmann aufgefressen, nur noch das bißchen Vorderseite ist da ... Hatte 'ne Vase hintergestellt, daß er bloß nicht umfällt ...» Sie krächzte, schnaubte, röchelte geradezu vor Wut. «Aber warte, wenn ich von Heber meine fünfzig Mark zu Weihnachten kriege, nicht einen Pfennig kriegt sie ab, und wenn sie mir das ganze Weihnachtsfest rumtückscht, daß sie nicht zum Tanz gehen kann ...»

Wozu ich bemerkte, daß es dies Jahr mit den Heberschen Gratifikationen wohl Essig sein würde. Aber die olle Lenzen ... ein Pulverfaß, wie sie spuckte und spie! «Dem werde ich es zeigen, dem Jammerknochen, dem elenden! Der soll von mir noch was zu hören bekommen! Zu Weihnachten kein Geld? Ach, hauen Sie doch bloß ab, Herr Mumm! Glauben Sie, der Olle kippt einen Klaren weniger wegen der schlechten Geschäfte? So blau! Aber immer auf die kleinen Leute! Der soll was hören!»

Und Heber bekam zu hören. Da stand sie, die Lenzen, grauslig anzuschauen, zerschlissen, verschabt, verrunzelt, und sie gab an ... Der Lärm zog sogar Preßbold aus seiner Höhle, und seltsam, dieser selbe Preßbold, der mich schnöde im Stich gelassen hatte, jetzt, da die Lenzen loslegte, gab auch er Töne von sich, sachte Begleitmusik: «Richtig finde ich es ja auch gerade nicht, Heber ...» Und: «Da hat Frau Lenz ganz recht ...»

Bis Heber, kalkweiß vor Wut, ausbrach: «Raus hier alle aus meiner Expedition! Bewillige ich die Gratifikationen ...? Verrückt seid ihr alle, meschugge! Aber warten Sie, Mumm, Sie sind der Stänker, Mumm ...» Ich wartete nicht. Wieder ein Angriff abgeschlagen. Trübe Aussichten ...

Mein Bericht über unser erstes Weihnachten wäre nicht vollständig, wenn nicht Kinder darin vorkämen. Sprachen Itzenplitz und ich von unsern früheren Weihnachtsfesten, so waren es die Feste unserer Kinderzeit, die lebendig wurden. Später gingen sie ineinander über, wie damals hatten nie wieder die Tannenbäume gestrahlt – und ich konnte Itzenplitz noch alles erzählen, wie es gewesen war, als ich das Puppentheater bekam und dann, zwei Weihnachten später, die Bleifiguren zum Robinson Crusoe...

«Richtig schön ist es nur mit Kindern. Ein bißchen allein wird es ja sein bei uns...» Und Itzenplitz sah langsam um sich, sah in die Winkel, wo die dunklen Schatten standen...

Und dann bekamen wir doch noch ein Kind, kurz vor Weihnachten. Es war der 18. Dezember, aus dem Schnee war Schmutz geworden, grausige, alles durchdringende Nässe, trübe, zähe Nebel, Tage, die nicht hell wurden. An einem dieser Nachmittage, die nicht Tag und nicht Nacht waren, hatte es vor unserer Zimmertür geklagt und geweint, fast wie ein kleines Kind, und als Itzenplitz die Tür aufgemacht hatte, da kauerte dort etwas, halbtot vor Nässe und Kälte: eine Katze, eine junge, grauweiße Katze.

Ich bekam unsern Gast erst ein paar Stunden später zu sehen, als ich nach Haus kam von der Werbung, er sah schon ein bißchen trocken aus und glatter, aber auch da war es kein Zweifel, daß dieses kleine grauweiße Biest mit einem schwarzen Fleck über das halbe Gesicht eine richtige hundskommune Straßenkatze war... «Hule-Mule», sagte Itzenplitz. «Unsere Hule-Mule...»

Ja, da war nichts dagegen zu sagen, diese Nacht würde sie noch in der Sofaecke schlafen, und morgen würde Itzenplitz sehen, daß sie beim Kaufmann eine alte Margarinekiste bekam und Flicken darein für Hule-Mule (trotzdem in einem so jungen Haushalt selbst Flicken knapp sind) – nun, und so hatten wir jedenfalls ein Kind und würden nicht ganz, ganz allein sein.

In dieser Nacht aber wachte ich auf, es mußte spät sein, aber das Elektrische brannte, und am Sofa stand eine weiße Gestalt im Nachthemd, stockstill. «Itzenplitz», rief ich. «Komm doch, du erkältest dich ja...» Sie machte nur eine abwehrende Bewegung, und nach einer Weile stand auch ich auf und trat neben sie.

«Sieh doch», flüsterte sie. «Sieh doch!» Das Kätzchen war wach geworden. Es strich mit den Vorderpfoten den Kopf entlang, dann streckte es eine rosige Zunge aus und gähnte. Es streckte sich. Itzenplitz sah atemlos zu. Mit zwei Fingern kraulte sie die Katze leise unterm Kopf.

Sie sah mich an.

«Hule-Mule», flüsterte sie. «*Unsere* Hule-Mule...»

So was vergißt sich nicht. Eigentlich hatte ich mein Weihnachten schon weg, und Ostern, Pfingsten und alle großen Festtage dazu. «Unsere Hule-Mule!»

Und aus dem Siebzehnten wurde der Achtzehnte und die Tage gingen weiter und das Geld blieb knapp und das Annoncengeschäft hielt nicht, was es versprach, und die Aussichten waren düster.

Am 22. abends fing Itzenplitz zu bohren an, ob Heber sich denn gar nichts merken ließe und ob ich denn nicht einmal mit dem Großen Häuptling selber sprechen wollte, und es wäre doch keine Art, und es müßte einem doch Bescheid gesagt werden...

Am 23. strich ich um Heber herum wie ein Bräutigam um seine junge Braut, aber er ließ sich nichts merken und war so knochig und fischig wie je. Und am 23. abends hatten Itzenplitz und ich unsern ersten richtigen Krach, weil ich nichts gesagt hatte, und außerdem hatte Hule-Mule aus einem Alpenveilchen, das uns Frau Preßbold geschenkt hatte, alle Blütenstiele rausgezogen, und außerdem hatte Störtebeker den Tannenbaumfuß noch immer nicht abgeliefert, sondern Itzenplitz wieder mal auf morgen vertröstet.

Morgen brach an, der 24. Dezember, Weihnachtstag, und sah aus wie ein ganz gewöhnlicher, diesiger grauer Wintertag, nicht warm und nicht kalt. Um zehn ging Heber zum Chef, und ich hab gesessen und auf seine Rückkehr gelauert und hab einen Kohl über den Weihnachtsfilm, der im Olympia-Kino lief, geschrieben, der war nicht von schlechten Eltern. Heber kam wieder und sah knochig und fischig aus wie eh und je und setzte sich an seinen Platz und rief brummig zu mir rüber: «Mumm, Sie müssen gleich zu Betten-Ladewig gehen. Der behauptet, er hat nur 'ne viertel Seite aufgegeben und Sie haben 'ne halbe geschrieben. Immer machen Sie so 'nen Mist...»

Und während ich durch die Straßen trabte, dachte ich immer nur: Arme Itzenplitz... arme Itzenplitz... Ich war innen ganz zusammengefallen, fünf Mark hatten wir noch im Haus, aber richtig, richtig hatte ich nie an eine Gratifikation geglaubt. Wenn man was ganz nötig braucht, kriegt man es nie.

Bei Ladewig hatte natürlich ich recht, es fiel ihm wieder ein und er war so anständig, es zuzugeben. Und ich schlich langsam zurück auf die Zeitung und sagte es Heber und der meinte: «Na also, ich sag's ja immer... So was wollen Geschäftsleute sein. Übrigens da, unterschreiben Sie die Quittung, ich hab den Chef doch wieder mal rumgekriegt...»

Erst war es wie ein Taumel, einen Augenblick war mir richtig schwarz vor den Augen. Und dann wurde alles hell, strahlend hell, und am liebsten hätte ich den ollen Kabeljau rechts und links abgeknutscht. Und dann griff ich nach dem Hundertmarkschein und schrie: «Eine Sekunde, Herr Heber...!» und raste, wie ich ging und stand, den Schein in der Pfote, die Breite Straße runter in die Neuhäuser Straße über den Kirchplatz, über den Reepschlägergang in die Stadtrat-Hempel-Straße und stürmte die Treppe hinauf und brach wie ein Hurrikan in unsere Bude und knallte den Schein auf den Tisch und schrie: «Schreib auf, was wir kaufen, Itzenplitz! Hol mich um zwei ab!» Und küßte sie und wirbelte sie rum und war schon wieder unten und wieder auf der Zeitung, und dieser Spiegelkarpfen von einem Heber hatte sich doch wahrhaftig noch nicht von seiner Verblüffung erholt und mümmelte nur ganz kümmerlich vor sich hin: «So doof wie Sie möchte ich nur mal 'ne Stunde am Sonntag sein, Mumm!»

Aber als es zwei wurde und Heber gegangen war, kam sie. Dies aber war der Zettel, unser Weihnachtsbesorgungszettel, unser endgültiger, den sie mir zu lesen gab:

1. *Fürs Essen:*

1 Ente	11,00	
Rotkohl	0,50	
Äpfel	1,80	
Nüsse	3,00	
Süßigkeiten, Rosinen	4,00	
Sonstiges	5,00	25,30

2. *Für den Baum:*

Unser Baum	3,00	
12 Kerzen	2,50	
Kerzenhalter	2,50	
Lametta	2,00	
Wunderkerzen	1,00	11,00

3. *Für Hule-Mule:*

1 Eimer frischen Sand	0,50	
1 Bückling	0,50	1,00

4. *Für Mumm:*

Handschuhe	6,00	
Zigaretten	4,00	
1 Oberhemd	15,00	
1 Schlips	3,50	
Noch was	2,00	30,50

5. *Für Itzenplitz:*

1 Lotterielos	3,00	
1 Schere	6,00	
1 Kragen	5,00	
1 Schal	10,00	
Friseur	7,00	31,00

Unser Weihnachten: 98,80

«Hör mal zu», begann Itzenplitz im Eilzugtempo, denn um vier war Hebers Mittagspause vorbei und bis dahin mußte alles besorgt sein. «Hör mal zu. Es ist ja schrecklich viel Geld für die Fresserei, aber die Ente langt mindestens vier Tage, und es ist ja nur einmal Weihnachten. Für meine Nähe-rei muß ich jetzt endlich 'ne richtige Schere haben, mit der Nagelschere, das geht nicht länger. Und die Preise werden alle so ziemlich stimmen, und bis zum Ersten behalten wir grade einundzwanzig Mark übrig, für jeden Tag drei Mark, und damit kommen wir gut aus. Wunderkerzen muß ich am Baum haben, weißt du, die so zischen und prasseln, und ich kann wirklich nichts dafür, daß ich fünfzig Pfennig besser weggekommen bin als du, ich könnte ja auf das Los verzichten, aber man muß doch auch nach Weihnachten auf was hoffen, wenn wir auch sicher nichts gewinnen ...»

«Was ist ‹noch was› ...?» unterbrach ich ihren Redestrom.

«Oh, Mummimännchen, daß ich so 'ne ganze kleine, klitzekleine Überraschung für dich habe!»

«Ich will auch drei Mark für ‹noch was› haben», erklärte ich drohend.

«O Gott, da bleiben uns nur achtzehn Mark übrig, und wenn der Gasmann kommt, und ich schneide drei Mark fünfzig besser ab als du! Und es ist wirklich nicht nötig, ich bin ja sooo glücklich über unser Weihnachten!»

«Ich will aber», beharrte ich.

Und dann ging Itzenplitz und holte die olle Lenzen, und die versprach, bis vier mich stellzuvertreten – und eine einladende Stellvertreterin war sie. Aber wer sollte schon am 24. nachmittags auf die Zeitung kommen?

Wir aber rasten los, und natürlich stimmten alle Preise nicht, sondern mein Oberhemd kostete siebzehn Mark fünfzig, und dafür ließen wir den Schlips fallen und drückten die Handschuhe um eine Mark. Itzenplitz aber fand einen herrlichen Schal, rot und weiß und blau aus so 'nem gefältelten Seidenstoff für neun Mark fünfzig. Und den gleichen Kragen wie den verbrannten bekamen wir auch! Die Ente aber aus dem alten, guten Feinkostgeschäft von Harland wog vierdreizehntel Pfund und kostete elf Mark zwanzig, was war das aber auch für eine Ente!

Natürlich reichte die Zeit nicht bis vier, aber wir verabredeten, daß ich jetzt rasch, rasch auf die Zeitung sollte, damit der Heber nichts merkte, und um halb fünf sollte ich mir Feierabend erbitten. Bis dahin aber wollte Itzenplitz sich frisieren lassen und dann wollten wir gemeinsam den Rest unserer Einkäufe besorgen.

Fünf Minuten vor vier war ich auf der Zeitung, und siehe, die olle Lenzen hatte einem Brautpaar eine Verlobungsanzeige für neun Mark achtzig abgenommen (alles konnte die Frau), und als Heber kam, ruhte ich nicht, bis er mir meine achtundneunzig Pfennig Tantieme ausbezahlt hatte. Und er war ganz fassungslos, daß ich schon wieder Geld brauchte, wo ich grade meine Gratifikation bekommen hatte, aber ich muß sagen, schließlich war er richtig weihnachtlich großzügig und gab mir eine ganze Mark.

Gleich nach halb fünf hatte ich wirklich Feierabend und raste in die Steinmetzstraße, und richtig war der gute Unger wirklich zu Haus, der vor drei Wochen seine Verlobung aufgelöst und sich seine Brautgeschenke hatte zurückgeben lassen. Und wir wurden handelseins, und ich kaufte von ihm die süße, dünne Goldkette mit dem Aquamarinanhänger: vier Mark Anzahlung (drei Mark ‹noch was› plus eine Mark Verlobungstantieme) und fünfzehn Wochenraten zu zwei Mark ab 1. Januar.

Aber wenn ich gedacht hatte, daß Itzenplitz schon wartend vor der Friseurtür stehen würde, so war das nicht so. Alle Mädchen und Frauen schienen sich ausgerechnet heute frisieren zu lassen. Aber dann war ich, trotz meiner kalten Füße, nicht böse, als sie da vor mir mit ihren Locken und Löckchen und Ringelchen auftauchte, und wir stürzten wieder in den Strudel der Weihnachtseinkäufer, an meiner Brust aber lag der Aquamarin.

Dann aber waren wir zu Haus, es war schon lange dunkel,

und ich kriegte den Eimer zu fassen und raste los ins Baugeschäft nach Sand, und schön knurrig war der Platzverwalter, daß ich da noch mit so 'nem dicken Auftrag auf Katzensand um Viertel vor sieben angetrudelt kam. Zu Haus aber fand ich Itzenplitz in heller Verzweiflung. Störtebeker hatte sich noch immer nicht mit seinem Tannenbaumfuß gemeldet, aber zu Haus war er, wir hörten ihn rascheln.

Hand in Hand schlichen wir über den dunklen Vorplatz und klopften an seine Tür, hörten, wie er sich im Bett hin und her schmiß, hörten ihn schnarchen, machten leise die Tür auf: in einer Pulle steckte eine Flackerkerze und mit einer andern, halb geleerten Pulle war der Klaas Störtebeker eingepennt. Wir hatten ja schreckliche Angst vor ihm, aber wir schlichen doch wie die Indianer in die Kammer und suchten nach dem Fuß. Es war nicht viel zu suchen, und der Fuß war eben noch immer nicht da. Grade aber war Itzenplitz dabei, mit echt weiblicher Hartnäckigkeit eine Schublade aufzuziehen, da krächzte es vom Bett her: «Na, ihr jungen Lauser... Tannenbaumfuß? Morgen bestimmt!» Und schlief schon wieder.

Fünf Minuten vor sieben raste ich stadtwärts, und im Eisengeschäft von Günther waren Tannenbaumfüße ausverkauft, und bei Mamlock rasselte vor meiner Nase die eiserne Rolljalousie runter.

Zehn Minuten nach sieben trat ich wieder daheim an, ohne Tannenbaumfuß, und da stand unser Bäumchen, in einem Sandeimer, in einem Hule-Mule-Katzensandeimer, herrlich drapiert mit einem weißen Tischtuch – stand unser Weihnachtsbaum, strahlte und funkelte.

Schönes, herrliches Weihnachtsfest – und die olle Itzenplitz fing doch wahrhaftig an zu heulen über den Aquamarinanhänger. «So was Schönes hab ich nun freilich nicht für dich», und das Feuerzeug war doch wirklich gut. Dann aber standen wir und sahen uns an, wie ‹unsere Hule-Mule› mit Knacken und Zerren ihren Bückling verdrückte, und leise sagte Itzenplitz: «Im nächsten Jahr brauchen wir keine Hule-Mule.»

Blanka, eine geraubte Prinzessin

Mitten in der Silvesternacht sagte der Vater: «Nun komm.»

Alwert schlich hinter dem Alten aus dem von Gästen lärmenden Haus über die Hofstatt zum Kuhstall. Es fror leicht, die Sterne funkelten.

Der Vater zog die Tür auf und sie kamen in warmes Dunkel. Überall knisterte Stroh, eine Kuh käute wieder, Halfterketten rasselten. Die Stallaterne wurde angebrannt, ein Fenster geöffnet. Die kalte Winterluft drang ein, kämpfte mit der Wärme und war plötzlich überall. Der Junge stand im Schatten beim Rübenschneider und schwieg. Da deutete der Vater zum offenen Fenster: die Glocken begannen zu läuten, Silvester vorbei, das neue Jahr hatte begonnen.

Der Vater ging zur ersten Kuh, er sagte kein Wort, aber er verbeugte sich vor ihr und bekreuzte sie dreimal. So tat er bei der nächsten, bei der dritten, bei der vierten. Bei der fünften, der einzigen, die stand, stutzte er einen Augenblick, der Knabe sah es wohl. Aber dann ging Vater weiter, reihauf, reihab. Das Jungvieh beachtete er nicht, auch nicht die Pferde. Er ging wieder ans Fenster und schloß es. «So, nun kannst du reden, Alwert», sagte der Vater und nahm den Jungen bei der Hand. «Jetzt will ich dir etwas zeigen.»

Die beiden kletterten über die Krippen weg, gingen zwischen zwei Kühen durch und zu jener fünften, die gestanden hatte und noch stand. Da sah Alwert freilich sogleich, um was es ging: die Kuh bekam ein Kalb. Die Vorderpfoten und der Kopf schauten schon heraus, der Vater faßte die Pfoten und zog leicht, und nun war es, als schlenkerte er etwas unendlich Langes, Schwarz-Weißes auf die Erde.

Da lag das Kälbchen auf der Seite, den Kopf von sich gestreckt, und atmete hastig. «Lauf und hol Schrot», rief der Vater, und Alwert lief und holte Schrot. Damit wurde das Kalb bestreut und der Kuh zum Ablecken hingelegt. Der Vater sprach: «Gerade zur zwölften Stunde in der Silvesternacht hat es das Licht erschaut. Das wird kein gewöhnliches Kalb.»

Und nun zeigte er dem Sohn, daß es auch nicht wie die andern einen weißen Fleck, einen Stern auf der Stirn trug, sondern eine Krone. Man konnte ganz leicht erkennen, daß es eine Krone war. Jetzt wurde es noch sicherer, daß dies kein gewöhnliches Kalb war.

«Es ist ein Kuhkalb», sagte der Vater noch und beide gingen wieder in das Haus hinüber. Das Mädchen wurde in den Stall zum Ausmelken und Tränken geschickt. Sie aber traten in das Wohnzimmer, wo der Besuch war.

Es war dies zu einer Zeit, da der Bauer Gäntschow wieder einmal gut Freund mit allen Nachbarn war, und so saßen viele Leute in der guten Stube und viel Geschrei und Gelächter begrüßten die beiden. Der lange Gemeindevorsteher Wilms rief: «Du alter Heide, kannst du gar nicht von deinen Heidentücken lassen?»

Es war nun gar nicht so sicher, daß er selbst völlig erhaben über solch Heidentum war. Wer weiß, vielleicht hatten seine Frau oder sein Sohn daheim zur gleichen Stunde das gleiche getrieben, vielleicht hatten sie sich sogar unter eine aufgestellte Egge gesetzt und versucht, in die Zukunft zu schauen. Aber zugegeben durfte so etwas keinesfall werden. Und Alwert war ganz glücklich, als der Vater antwortete: «Heidentücken? Was meinst du denn, Adolf? Meine Klio hat eben gekalbt, darum bin ich mit dem Jungen in den Stall gegangen. Sind das Heidentücken?»

Welches Geschrei, welcher Unglaube! Sie zogen alle in den Kuhstall, und da sahen sie nun freilich das Kalb und mußten still sein. Sie taxierten es auf achtzig Pfund und fanden, es sei ein strammes Kalb. Das war alles. Alwert verachtete sie tief. Sie hatten die Krone nicht gesehen, das Geheimnis nicht erraten. Das Geheimnis war geheim geblieben, es war nicht verlorengegangen. Alwert brauchte sich nur in den frühen Dämmerstunden, wenn die Kühe satt und still waren, in den Stall zu setzen und sein Kalb anzuschauen. Dann war das Geheimnis wieder da. Das war keine Kunst, dachte Alwert, zu entdecken, daß hinter den Augen einer Kröte eine verzauberte Prinzessin wohnt. Jeder, der diese schönen, traurigen Augen in dem häßlichen Leib sah, mußte es gleich erraten. Aber die Verzauberung seines Kalbes, das Wunderland, aus dem seine Seele kam, war viel schwerer zu entdecken. Daß sie mit Menschen nichts zu tun hatte, war sicher. Mit menschlichen Wundern hatte sie nichts gemein. Da war nun die Wanderung der Kinder Israel durch das Rote Meer, von der sie solch Geschwätz beim Kantor in der Schule machten. Das war doch nur ein menschliches, ein ausgerechnetes Wunder. Diese Mauern, die das Wasser bildete, und sie gingen trockenen Fußes über den Sand, Gott ja, aber ein Tunnel war ebensolch ein Wunder. Es war alles einfach, ausgerechnet. Es war gar nicht so geheimnisvoll und rätselhaft.

Nimm nun einmal ein Kalb, das ist es, was ich ein Wunder nenne! Kann man sich etwa einbilden, es hätte je schon auf einer Graswiese geweidet? Das war einfach lachhaft! Man nehme die feinste, zarteste Prinzessin, die Krötenprinzessin etwa: schon aus der Art, wie eine Kröte hüpft, sich hinsetzt, das Maul auftut, sieht man, sie weiß auf dieser Erde Bescheid, sie ist immer hier gewesen. Aber sieh nur ein Kalb aufstehen, die ersten Torkelschritte machen, nach einem Euter tasten, und du begreifst sofort, daß es ganz neu auf dieser Erde ist, daß es alles von Anfang an erlernen muß. Es ist eben einfach nicht auszudenken, wie und wo es früher war. Ausrechnen, vorstellen läßt sich da nichts, man muß es träumen.

Selbstverständlich kamen auch sehr schwere Zeiten für Alwert und das Kuhkalb. Es kam die Zeit, wo es nicht mehr saugen durfte, wo es Milch aus dem Eimer zu trinken bekam, und da trieb es natürlich Unfug mit allem, was es von Alwert fassen konnte. Es saugte an Händen, Haaren und dem Rock. Es leckte die Wichse von den Stiefeln ab, von oben bis unten machte es ihn mit seinem Speichel naß. Es wäre ganz zwecklos gewesen, darüber böse zu werden und nach ihm zu schlagen, alles kam daher, daß es noch nie auf dieser Welt gewesen war. Langsam mußte es sich an sie gewöhnen, und vielleicht würde es sich nie ganz an sie gewöhnen können, keine Möglichkeit lag zu solcher Veränderung vor.

Dann kam die Zeit, wo der Vater den Entschluß fassen mußte, ob das Kalb angebunden werden sollte oder ob es der Fleischer bekam. Alwert wurde weiß vor Angst. Aber er verbarg das und wurde dafür belohnt: das Kalb sollte hierbleiben. Die Mutter schalt natürlich darüber, über das viele unnütze Jungvieh, diese Fresser. Aber der Vater nickte Alwert zu. Nun wurde er glühend rot, er verkroch sich mit dem Kopf unter den Tisch: hatte der Vater etwas von seinen Besuchen im Kuhstall bemerkt? Aber er beruhigte sich wieder. Der Vater sprach davon, daß dies Kalb in der Neujahrsnacht geboren sei und daß er es deshalb behalten wollte. Nichts wußten Eltern noch Geschwister von seinen heimlichen Besuchen, er konnte sich weiter in den Stall schleichen, zur stillen Stunde, und mit ihm sprechen und bei ihm träumen und mit ihm spielen. Ganz ruhig konnte er den Vater fragen, wie denn dies Kalb heißen sollte, und der Vater war einverstanden, daß es einen Namen bekam, da es doch nun unter den Nachwuchs des Stalles aufgenommen war. Und als Alwert den Namen Blanka vorschlug, war er auch damit einverstanden. Es war ein sehr vornehmer Name für ein Dreimonatskalb, nun mußte es sich zeigen, ob es dieses Namens auch wert sei.

Jetzt vergingen zwei glückliche Jahre für Alwert und Blanka. Alwert wurde vierzehn Jahre alt und konfirmiert, aber das war gar nichts, wenn man bedachte, wie Blanka wuchs und gedieh. Sie wurde eine starke und schöne Färse, eine wahre Pracht. Den ganzen Sommer, solange sie auf der Weide getüdert wurde, lag er bei ihr mit seinen Büchern, und sie lernten alles sozusagen gemeinsam. Nun höre einmal zu, Blanka, was das nun wieder ist, konnte Alwert sagen, und dann kam ein schrecklicher Name aus dem vaterländischen Geschichtsbuch. Blanka hörte zu. Sie hob den Kopf und sah ihn an. Sie stieß den warmen Laut aus, den sie nur für ihn hatte, sie hörte das Wort an, und auch ihr schien es ganz ungeheuer, was sich diese Menschen da wieder ausgedacht hatten. Dann senkte sie den Kopf und fraß weiter.

Blanka mußte alles hören, über den Dreißigjährigen Krieg und Friedrich den Großen, sie erfuhr, was der Kleine und der Große Katechismus war, sie ertrug auch eine Rechnung mit Zinsen. Und das schönste war, daß dies beider Geheimnis blieb. Kein Mensch ahnte, daß Blanka und Alwert überhaupt etwas miteinander zu tun hatten. Wer weiß, wie der Junge es fertigbrachte, wieviel hundert Lügen er ersann, um sein ewiges Fortsein, sein Niezeithaben zu erklären. Er brachte es fertig, und es sollte sich ja dann zeigen, daß er später noch viel Schwereres für Blanka fertigbrachte. Aber dies waren doch die glücklichsten Jahre.

Für Bauer Gäntschow waren sie nicht so glücklich. Er hatte zuviel getrunken, zuviel Geld ausgegeben und die Wirtschaft verlottern lassen. Er hatte auch Pech auf den Feldern gehabt, einen zu trockenen Sommer. Dazu war ein Pferd gefallen, das Geld war alle. Eines Tages hieß es beim Mittagessen, daß es nun nichts mehr helfe, morgen käme der Händler, alles Jungvieh, das bloß fresse, solle verkauft werden. Der Junge neigte die Stirn, er verbarg sein Gesicht im Schatten. Blanka fort! Blanka verkauft! Es war unmöglich. Er fühlte, wie stark sein Herz pochte, und auch dieses Pochen sagte ihm, daß es unmöglich sei. Blanka war nicht zu verkaufen. Den ganzen Nachmittag lag er bei ihr und weinte. «Da gehst du, Blanka», schluchzte er, «und frißt. Du weißt nichts von dieser Welt, dein Herz sehnt sich erst, wenn wir getrennt sind.»

Er zerbrach sich den Kopf, hundert Pläne waren da, aber keiner ausführbar. Wie, wenn man zum Vater ginge und alles gestände ... daß er Blanka liebte? Aber der Vater würde ihn nur auslachen. Aber selbst wenn er ihn verstehen würde, da war die Geldnot. Sie war ja nur eine Fresserin, die nichts brachte. «Blanka! Blanka!» schluchzte er und legte die Arme um ihren Hals.

Und da wußte er es, plötzlich wußte er es. Nun hatte er immer diese Bücher gelesen, den Robinson, den Karl May, den Lederstrumpf. Große Abenteuer geschahen, und er hatte gemeint, daß sie draußen seien, auf den unendlichen Meeren, an fremden Küsten, unter wilden Völkern.

Aber nein, das Abenteuer war hier wie dort. Es war auf jedem Hof und in jedem Wald, am Grugenteich war es und in Vaters Kuhstall. War nicht Abenteuer genug, was ihm schon geschehen? Er liebte eine verzauberte Prinzessin aus fernen Landen, er allein wußte um sie, und sie stand als Kalb in seines Vaters Stall! Welchem andern Jungen geschah dies? Und darauf kam es nun eben an, sich dieses Abenteuer nicht fortnehmen zu lassen, nicht zu werden wie die andern. Alle Abenteuer kommen zu uns. Robinson hätte auch zu Haus bleiben und Kaufmann werden können. Nichts zwang den Arzt Gulliver, sich immer von neuem einzuschiffen: sie wollten das Abenteuer! Auch er wollte es! Seine Blanka, seine ... auch er wollte es!

Am nächsten Morgen war der Kuhstall erbrochen und Blanka gestohlen. Es war eine Sache, von der die Halbinsel Fiddichow noch nach Monaten redete. Der dicke Landgendarm war nun jeden Tag auf dem Hof und sprach mit dem Vater. Dann betrachteten sie das Vorhängeschloß, das so seltsam zerschlagen war, so unsinnig zerwütet mit einer Axt, und kamen wieder zu dem Schluß: ein Neuling hatte das getan.

Aber dieses Kalb war ja nicht zu verkennen. Sie mußte wieder auftauchen; hatte Alwert den Vater nicht daran erinnert, daß sie eine Krone auf der Stirn trug, eine weiße, etwas verwischt gezeichnete Krone? Nun, an dieser Krone würde man sie wiedererkennen. Und in der Folge machte der Vater manche lange Reise über das Land, wenn ihn das Gerücht von dem Auftauchen seiner Blanka irgendwohin rief.

Unterdes lag der Knabe im Wald, und seine Blanka graste bei ihm. Der Wald war verwachsen und dicht. Hier fand sie keiner. Nur der Großvater hatte gewußt, daß sich durch dieses Tannendickicht ein Wildwechsel schlängelte, der zum Grugenloch führte. Das war ein Teich, ein kleiner Teich, mitten in den Tannen. Hierher war Alwert mit dem Großvater gekommen, und die beiden hatten sich auf den Grugenstuhl gesetzt, eine abgehauene Tanne. Und der Großvater, dieser seltsame Mann mit dem langen weißen Bart, der nie Hosen trug, sondern die Enden seines unmäßig langen Leibrocks in die Schäfte der Stiefel steckte, der Großvater hatte ihm von den Grugen und Quaken erzählt, kleinen Geistern, die an diesem Teich ihr Wesen trieben.

Nun waren die andern Wunder gekommen. Der Großvater war gestorben und mit ihm waren die ein wenig künstlichen Wunder der Quaken und Grugen vergangen. Nun hatte sich Alwert seine echten Wunder selbst geholt. Da graste Blanka, schon hatte sie sich an das härtere, spärlichere Waldgras gewöhnt. Sie sah prall und voll aus, ihr ging nichts ab, das sah man. Und neben ihr liegend, in der Sonne, unter dem leisen Rauschen der Tannenzweige, durch die raschelnd die Vögel schlüpften, träumte Alwert davon, wie er jahraus, jahrein zu seiner Blanka kommen würde, zu diesem schwarzweißen Geheimnis, an dem niemand teilhatte. Er begriff nicht, daß man anderes lieben könnte als dieses Tier. Das war das Wunder. Menschen lieben? Menschen sind der Alltag, sie sagen etwas, sie tun etwas, und man konnte sie erraten, man konnte hinter sie kommen, und plötzlich schien die Sonne klar durch sie hindurch. Menschen sind nichts.

Wer aber kam hinter Blanka? Da lag sie und käute wieder, aber das war nur ihr Vorwand, den man nicht beachten durfte. Wenn man in ihre Augen sah, begriff man, daß sie dies alles, Bäume, Sonne, Gras, Wasser und Alwert dazu nur obenauf sah. Was aber sah sie tiefer drin, was sah sie wirklich?

Nicht daß alles leicht war. Gewiß, dort war Blanka und hier im Bett lag Alwert. Aber diese Blanka war so unvernünftig, da lag sie nun in der dunklen Nacht allein im Walde, konnte nicht die Sehnsucht sie nach den andern, nach Alwert überkommen? Konnte sie sich nicht losreißen und auf den Hof laufen? Das war es, daß man ihr nicht erzählen konnte, sie würde verkauft. Sie war eben eine Prinzessin, sie begriff nichts von diesem Leben, alles mußte man für sie tun. Und indes der Regen gegen die Fensterscheiben spritzte, sagte er immer wieder zu sich: da liegt sie draußen, die Blanka, und ich hier.

Auch das war ein Rätsel, daß man eines liebte, an es dachte und getrennt war von ihm. Es war so eine dicke, greifbare Sache, die die andern sich ausgedacht hatten. Gewiß, nach den Augen, mit dem Verstand war es so, daß sie dort war und er hier. Aber war es nicht vielleicht doch unwahr? Lag er nicht etwa auch neben ihr in der Mulde, die er für sie gegraben, unter dem Tannendach, das er für sie geflochten? Er war hier und er war dort. Das war die eigentliche Wahrheit. Ebenso wie Blanka hier und in einer andern Welt war. So ging das zu.

Es war ein glücklicher Sommer! Es war ein seliger Sommer. Endlose Träumereien des Knaben auf dem Grugenstuhl, indes oben langsam Wolken dahingingen, sich ballten, zergingen. Dann schien die Sonne. Sie waren wunderbar diese Wolken, aber sein größeres Wunder hatte er sich aus seines Vaters Kuhstall geholt. Er hatte es gezwungen, wahr zu sein, und gegen sie alle hatte er es behauptet. Die kleinen Grashalme um ihn, die Tannenzweige über ihm, das Wasser vor ihm, der Himmel oben, sie bestätigten es. Da graste sie, sie war schwarz-weiß, in einer Neujahrsnacht war sie geboren, sie trug eine Krone auf ihrer Stirn. Sie hätte eine Kalbe wie alle

Kalben werden können. Er hatte sie vereinzelt. Er hatte ein Schicksal geschaffen, abseits von allen andern.

Da saß er auf seinem Grugenstuhl, mit seinem langen braunen Jungengesicht voller Sommersprossen, ein Bauernjunge wie alle andern, der in die Dorfschule ging und alltags barfuß lief: ein Junge wie keiner. Solch endloser Sommer! Die kleinen Fliegen schwirrten, und die kleinen Mücken sangen: «Ji-Ji», und die Zeit rauschte ganz fern. Oh, meine Blanka!

Dann kam der Herbst mit seinen langen, sonnigen Tagen, und das Futter wurde knapp. Er hatte daran gedacht, für den Winter Heu zusammenzutragen, aber das wenige, was er gesammelt hatte, war im Umsehen zu Ende. Was Blanka auch fraß! Und es war natürlich ausgeschlossen, daß man ihr etwas abgehen ließ. Nun mußte man eben jede Nacht mit einer Traglast Heu zu ihr. Dann war er den ganzen Tag müde, er wurde blaß, er wurde mager, er schlief ewig, wenn er zu Haus war.

Und sie paßten so auf nun! Eines Nachts war der Vater im Zimmer der großen Kinder gewesen und hatte sein Bett leer gefunden. Da mußte er nun endlose Lügengeschichten erfinden, um sie und sich zu retten. Nun blieb nichts, als ein paar Nächte zu Haus zu bleiben, aber dann das Muhen, mit dem ihn Blanka empfing! Er zitterte, er kroch zu ihr, er sprach sanft zu ihr. Es quälte ihn namenlos, daß sie leiden mußte um seinetwillen. Wo waren die sorgenlosen Sommertage hin? Und dies war erst der Herbst!

Aber noch gab er den Kampf nicht auf. Noch gab er sich nicht zu, daß er sich zuviel vorgenommen hatte. Dies war zu sehr Teil seines Lebens, als daß er es hätte aufgeben können. Er mußte sich eben wachhalten, bis der Vater nachgesehen hatte, und dann gehen. Aber das hieß, die ganze Nacht wachen, überhaupt nicht schlafen. Und doch führte er es durch. Er gewöhnte sich auch daran, er stahl sich aus dem Tag ein paar Schlafstunden, er wurde ein Nachttier. Und alles war belohnt, und alles war gut, wenn er bei Blanka war. Blanka war nicht mehr Blanka, Blanka war der Weg, aber Blanka war auch das Ziel. Blanka war seine Stellung zu den Menschen. Gab er Blanka auf, gab er sich auf.

Dann fiel der erste Schnee. An ihn hatte er nicht gedacht. Nun waren Spuren da. Jeder konnte ihm nachgehen, jeder konnte Blanka finden. Er wurde eiskalt, als er dies dachte. Nun ist das Ende da, sagte er, aber er glaubte es noch nicht. Ich werde etwas finden, beharrte er. Ich werde auch diesmal etwas finden. Auch diesmal wird es mir glücken.

Der einzige Ausweg, auf den er geriet, war der, Blanka vorläufig im hintersten Keller des Hauses zu verstecken. Dorthin kam so leicht niemand. Es war ein schlechter Ausweg, das wußte er, ein besserer würde ihm später einfallen.

In der Nacht nahm er Blanka am Strick, er führte sie auf den Hof, er führte sie die Treppe hinauf ins Haus, die Treppe hinab in den Keller. Auf dieser Treppe glitt Blanka aus und fiel. Es gab einen ungeheuren Lärm. Mit der Lampe stand der Vater da und fragte: «Was in aller Welt machst du hier mit der Kuh?» Der Junge starrte ihn totenbleich an. Der Schein der Lampe fiel auf Blankas Stirn. «Aber das ist ja Blanka! Das ist ja Blanka!» rief der Vater.

Es war eine Katastrophe. Es war ein maßloser Skandal. Niemand glaubte dem Jungen, daß er das Tier ‹nur so› geliebt hatte. Zuerst begriff er nicht, was sie meinten, was sie alle meinten, von der Mutter bis zum Kantor. Aber sie sorgten schon dafür, daß er begriff. Blanka, seine Blanka und er!

Von da an war ihm alles gleich. Er wurde von der Schule gejagt, am liebsten hätte man die Konfirmation rückgängig gemacht. Und dann war natürlich kein Gedanke daran, daß er je den Hof bekam. Ein Mensch, der sich in so jungen Jahren schon so schwer verging. Man gab ihn auf ein Schiff und schickte ihn auf fremde Meere, daß die Schande nur aus den Augen kam.

Oh, meine Blanka!

Ein Mensch auf der Flucht

Wie Sänftlein zu seinem Namen Sänftlein kam, weiß er nicht mehr. In den Akten einer ganzen Reihe deutscher Staatsanwaltschaften tritt er unter einem andern Namen auf, doch der tut hier nichts zur Sache. Jedenfalls entspricht Sänftlein nicht ganz dem Bild eines großen Ganoven, das man sich nach der Lektüre von Kriminalromanen macht. Er hat wasserblaue, treuherzige Augen, einen birnenförmigen Kopf, blondes Strubbelhaar, einen Körper, tolpatschig wie der eines jungen Hundes, ein guter Junge alles in allem.

Das Interview, das er mir gewährte, fand auf einem Gefängnishof statt, wir trugen beide blaue Tracht. Sänftlein äußerte sich absprechend über die beruflichen Qualitäten einiger Mitgefangener: «Das sind – Gelegenheitsarbeiter sind das. Denen ist nur mal die Hand ausgerutscht.»

Ich meinte, es wären doch ein paar tüchtige Jungen darunter.

Sänftlein war Verachtung: «Die? Tüchtig? Na, vielleicht nach deinen Begriffen. Ich möchte wissen, was die machen wollten ohne Kleider, im Winter, in einer fremden Stadt, ohne einen Pfennig Geld, Kohldampf im Magen und die Greifer hinter sich. Ja, mein lieber Scholli, da zeigt sich, was ein Ganove ist.»

Ich fragte, was *er* denn täte. Und da erzählte er mir, was er getan hatte, und ich merkte es mir, schrieb es mir sogar auf.

In Hamburg hatten sie mir acht Jahre Knast (Strafhaft) aufgebrummt, noch dazu Zet (Zuchthaus), nun sollte ich nach Kassel auf Termin, wegen Bettelns mit der Waffe (Raub). Besser war, ich ging vorher stiften (fliehen).

Unterwegs über Nacht lag ich mit noch zweien auf der Zelle, einer war stikum (zuverlässig), der andere ein richtiger Stubben (zahlender Besucher einer Dirne) von der Portokasse, nichts für unsereinen. Ich brach ein Stück Eisenbeschlag vom Bett los, mit dem Ganoven bog ich's zurecht, daß es über der Hüfte auf dem bloßen Leib von selbst festsaß. Dann rissen wir dem Schemel ein Bein aus, ich brauchte einen Hebel. Der Halbseidene wurde getrampelt (eingeschüchtert), daß er uns nicht verpfiff, und der Wachtmeister pennte halb bei der Filzerei (körperlichen Revision), ich bekam die Sachen mit auf die Bahn.

Den ganzen Tag hielt unser Expreß in jedem Kaff, erst um zehn sollten wir in Kassel sein. Nach vier war also die beste Zeit zum Türmen, da wurde es dunkel. Es war übrigens kalt draußen, zwei, drei Grad, manchmal schneite es auch. Der Halbseidene muckste nicht, es war auch egal, ob er mitmachte oder nicht, wenn er nur das Maul hielt. Übrigens war ich ganz ruhig, ich wußte bestimmt, die Sache würde klappen.

Kurz vor fünf hielten wir irgendwo endlos. Ich zog mich aus, nahm Brechstange und Schemelbein vom Leib und blieb erst mal in Hemd, Hose und Strümpfen. Als der Zug wieder anfuhr, hatte ich schon die Scheibe aus dem Fenster, es war ohne Laut abgegangen.

Die verdammte erste Gitterstange brachte mich in Schweiß, ich hatte keinen rechten Raum, mein Brecheisen anzusetzen. Es krachte ein paarmal schrecklich. Wir hörten die Transporteure auf dem Zellengang reden, aber uns hatten sie nicht gehört.

Als die erste Stange einmal los war, brachen die anderen weg wie Harzer Käse. In fünf Minuten hatte ich das Fenster frei und hing mit dem halben Leibe draußen. Der Wind pfiff mich an, es war dunkel, bitter kalt. Ich wollte grade zurück, als ich merkte, daß der Zug langsamer fuhr, in der Ferne sah ich die Lichter einer Station.

Mit dem zertrümmerten Gitterfenster konnten wir unmöglich auf einen Bahnhof; ich fuhr rein ins Abteil, schrie den andern zu: «Ich hau ab. Station!» und turnte, diesmal mit den Beinen zuerst, aus dem Fenster. Einen Augenblick hing ich am linken Arm, der Wind biß unsinnig in mein Gesicht, die Stationslichter kamen erschreckend schnell nahe, dann warf ich mich mit aller Gewalt nach rechts, um nicht unter die Räder zu kommen.

Der Zug schrie mit Geknatter und Steinspritzern an mir vorbei, ich lag auf dem scharfen Schotter im Nachbargleis. Als ich aufstand, waren die Knochen heil, aber die Hose hing in Fetzen, an den Beinen lief mir das Blut herunter und die Hautflächen waren bloßes Fleisch.

Vorne fing Geschrei an, der Zug stand, Schatten liefen. Ich machte, daß ich von der Bahn kam. Dabei flog ich über die Signaldrähte, rollte die Böschung hinunter und landete im Graben, in Eis und Wasser. Es brannte wie Feuer, der Atem blieb mir lange weg.

Ehe ich noch hoch war, sah ich sie oben laufen, die Greifer. Auch am Grabenrand kamen zwei, darum blieb ich liegen, wenn mich die Eissuppe auch so krumm zog, daß ich dachte, ich käme nie wieder hoch.

Als sie vorbei waren, rappelte ich mich auf. Ich war krumm wie eine Kanone, und für die ersten hundert Meter brauchte ich wohl eine Stunde. Hemd und Hosen waren aus Eis und schabten mir das bißchen Haut ab, das der Schotter mir noch gelassen hatte. Aber nach einer Weile fühlte ich nichts mehr und lief weich wie Butter.

Ich hatte mir geschworen, nichts anzufassen im ersten Dorf wegen Kleider und Essen. Überall waren Leute unterwegs, und Lichter brannten, so schlug ich mich durch die Felder, bis ich auf eine Chaussee kam, die ich weiterlief.

Es mochte gegen neun sein, als ich in dem bißchen Mond

wieder ein Dorf sah. Aber die Häuser lagen verdammt eng, und die Mistbauern schliefen noch nicht, so schlich ich lange herum, ohne was Rechtes zu finden. Schließlich machte ich, daß ich weiterkam.

Ich war müde, auch das Frieren hatte wieder angefangen. Ich hatte das Gefühl, als ob meine Füße, von denen der letzte Fetzen Strumpf längst abgefallen war, immer dicker wurden. Ich mochte gar nicht hinfassen.

Schließlich kam ich an einen Ausbauhof, ganz einsam gelegen, grade das rechte für einen Mann in meiner Lage. Im Wohnhaus brannte Licht. Gardinen gab's keine, so konnte ich die beiden Bauersleute hocken sehen. Er qualmte, sie nähte. Ich wollte keine faule Sache anfangen, ich dachte, warte lieber, bis sie schlafen sind. Eine Ewigkeit stand ich vor dem Fenster, alle Viertelstunde sagte sie ein Wort, aber er antwortete nicht einmal. So ein blödes Pack, diese Bauern!

Unterdes versuchte ich, die Hände ein bißchen warm zu kriegen. Die Finger standen krumm wie die Backen einer Zange, ich bog sie mit Gewalt gerade, steckte sie in den Mund: keine Möglichkeit. Ich war steif wie eine Latte. Darum ging auch alles schief. Als ich die Scheibe eindrückte, fiel sie ins Zimmer, es gab Lärm, Hunde bellten, ein Fenster wurde hell – ich mußte sehen, daß ich weiterkam.

Eine bildschöne Wut hatte ich im Leib, ich weiß nicht, wie lange. Am liebsten wäre ich hingefallen und verreckt, aber ich möchte den Bullen (Kriminalpolizei) nicht den Spaß machen, mich so dämlich selbst in die Pfanne zu hauen.

Gegen zwölf kam ich wieder in ein Nest, und nun mußte ich zum Schluß kommen, so viel war klar. Gleich im ersten Hof stand der Wagenschuppen auf, ich kroch rein, konnte aber nichts finden. Eine Weile lag ich im Kutschwagen unter dem Knieleder, döste auch einmal ein. Aber die Kälte hatte mich gleich wieder wach.

Hinter einer Wand hörte ich das Rasseln von Kuhketten. Gegen das Vorlegeschloß brauchte ich nur ein paarmal mit einem Stein zu schlagen, dann war es offen. Ich hängte es in die Krampe, als hätten sie vergessen, es zuzuschließen, und zog die Tür sachte hinter mir zu.

In die warme, dunkle Luft hineinzukommen, war wie ein Tannenbaum zu Hause bei Muttern. Ich machte nur ein paar Schritte, dann warf ich mich blindlings aufs Stroh zwischen zwei Kühe. Sie blieben liegen, ich wühlte mich immer tiefer ein, ich hätte heulen mögen vor Wonne.

Fünf Minuten lag ich so, langsam zog die Wärme in meinen Körper, dann begannen die Schmerzen. Ich preßte Faust und Stroh ins Maul, um nicht laut zu brüllen. Hände und Füße schnitt es mit Messern, meine abgescheuerten Schenkel brannten wie der Teufel. Ich rieb mich ganz mit Kuhdreck ein. Das half eine Weile, aber dann legten die Schmerzen wieder los.

Irgendwie ging die Nacht vorüber. Als es gegen Morgen war, kroch ich die Leiter hoch zum Heuboden. Es war dort wenigstens windgeschützt und einigermaßen warm. Dann kamen die Weiber zum Melken. Ihre Stimmen und die Strullgeräusche der Milch in den Eimern regten mich auf nach dem langen Knast. Ich schlief aber schließlich darüber ein. Am Nachmittag war ich wieder so weit, daß ich mich runtertraute und eine Mahlzeit, Milch, Futterrüben und Kleie, hielt, die mir guttat.

Aus dem Hinundhergehen und aus den Gesprächen hatte ich gemerkt, daß der Pferdestall mit der Knechtekammer direkt an den Kuhstall stieß. Nun kam es darauf an, ob alle auf einmal zum Abendessen ins Wohnhaus rübergehen würden oder ob einer bei den Pferden blieb. Als die Türen klappten, war ich schon halb die Leiter vom Heuboden runter. Weder im Kuh- noch im Pferdestall war einer. In der Knechtekammer brannte sogar Licht, eine gewöhnliche Kerze, auf ein paar Haken in der Wand hingen eine Menge Sachen.

Ich glaubte, jemand ging über den Hof, ich war viel aufgeregter als draußen beim größten Bruch. Ich griff mit beiden Armen um das Paket Sachen, riß sie mit einem Ruck von den Haken. Die Aufhänger zerplatzten, und ein paar Haken gingen auch mit. Ich schoß hinaus auf den Hof ins Dunkle, lief hinter die Scheune, schmiß den ganzen Klumpatsch auf eine Kartoffelmiete und lauschte. Nichts.

Ich hatte ungefähr eine Ahnung von dem, was ich gegriffen hatte, ich konnte mich von unten auf anziehen. Zwei Hemden, zwei Unterhosen, eine dicke, gestrickte Weste, eine Tuchweste, eine Joppe und eine Manchesterhose. Ich wurde noch mal so dick wie ich gewesen war, und eine Masse Zeug ließ ich noch liegen. Nur keine Mütze, keine Strümpfe und keine Schuhe. Ich überlegte, ob ich nicht noch mal reingehen sollte, aber ich hatte keinen rechten Mumm, wollte lieber bis zum nächsten Dorf warten.

Es war bitter, wieder mit den bloßen, wunden Füßen durch den Schnee zu marschieren, aber ich reparierte das bald. Ich holte mir aus einem Stall ein paar Holzschuhe. Auch eine Mütze bekam ich, als ich kurz nach zehn auf der Chaussee einem Arbeiter begegnete. Ich markierte betrunken, rempelte ihn an und schob ihm mit dem Arm die Mütze vom Kopf. Dann stellte ich mich mit dem Fuß drauf, als wüßte ich von nichts. Es war ein gräßlich hartnäckiger Kerl, über eine halbe Stunde stand er und bat mich, von seiner Mütze runterzugehen, aber als ein Betrunkener brauchte ich nicht ein Wort davon zu verstehen. Endlich zog er schimpfend Leine. Ich war scharf auf seine Schuhe und Strümpfe, aber das hätte die Polente sofort auf meine Spur gebracht, so war ich einfach ein Besoffener aus dem nächsten Dorf.

Ich lief die ganze Nacht und das beste Stück des nächsten Tages mit viel Kohldampf im Bauch. In all den Taschen hatte sich nicht ein Groschen gefunden, nicht eine Tabakkrume, ich bekam mal wieder einen richtigen Begriff von diesen Kerlen auf dem Lande.

Schließlich kam ich auch so nach Kassel, drückte mich zuerst auf den Wartesälen rum, aber es roch da sauer nach Schmiere (Kriminalpolizei), so machte ich, daß ich wieder fortkam und lief durch die Straßen. Ich kannte in Kassel keinen Schwanz und keine Gelegenheit, aber irgend etwas mußte ich drehen, und das heute abend noch, soviel war klar. Ich kam durch verschneite Anlagen, in denen fast kein Mensch war, dann durch Villenstraßen, dann in ein Arbeiterviertel.

Einmal kam ich hinter einen Rollwagen; er hielt bald da, bald dort und lud seine Kisten ab. Waren die Kolli zu groß, so half der Kutscher dem Ablader, sie trugen dann gemeinsam die Kiste ins Haus.

Ich suchte mir ein Frachtstück aus, nicht zu groß, so ein Dings, das aussah, als könnte was drin sein, mich in Gang zu bringen. Die Kiste schnappte ich mir ruhig, als die beiden im nächsten Haus waren, und ging in einen Torweg. Da war eine Kellertreppe; ich stieg hinunter und setzte mich vor den Keller.

Nun kam es darauf an, ob die Brüder gleich merken würden, daß die Kiste fehlte. Aber eine halbe Stunde verging und nichts rührte sich. So machte ich mich dann mit meinem Kolli auf die Socken. Ich kam wieder durch die Proletengegend, dann durch die Villenstraßen. Unterwegs simulierte ich, was drin sein könnte. Es war leichter, als ich taxiert hatte, höchstens dreißig Kilo. Bloß nichts zu saufen, dachte ich. Denn dann betrank ich mich mit meinem hohlen Magen und wurde gekitscht, soviel war mir klar.

In den Anlagen war es still und dunkel, es schneite, kein Mensch zu sehen. Hinter einem Gebüsch warf ich die Kiste ab. Sie war mit einem Eisenband zugemacht, verdammt schwer aufzukriegen. Ich mußte meinen Holzschuh als Hammer und Stemmeisen nehmen, natürlich ging die Sohle zu Bruch.

Ich spannte nicht schlecht, als ich unter den Deckel faßte, aber es war schon richtig: Flaschen. Ich steckte mir ein paar ein und ging zur nächsten Laterne. Dralles Birkenwasser! Es gab Schlimmeres, aber viel Marie brachte die Sorte nicht. Als ich mir die Taschen vollsteckte, merkte ich, daß doch noch anderes in der Kiste war. Ich geriet auf Kartons, in denen Parfums und Seifen war, so Geschenkpackungen zu Weihnachten. Auch davon steckte ich Proben ein, warf auf die

Kiste Schnee, zog den kaputten Holzschuh an und ging wieder los.

Bei den Proleten suchte ich mir einen Babutz. Das Geschäft war schon zu, aber ich klingelte an der Wohnung und fragte die Frau nach dem Meister. Ich möchte gern noch rasiert werden. Sie ließ mich rein, ich sah ihr wohl so aus, als könnte ich Rasieren brauchen.

Ich merkte gleich, daß ich den Richtigen gefaßt hatte, einen kleinen Gelben, der gern was verdient, wenn es nichts kostet. Von Rasieren sagte ich nichts mehr, ich zog meine Proben aus der Tasche und fragte, ob er die Sachen brauchen könne. Die Frau stand dabei und sah mich nur an; sie hatte auch schon gemerkt, daß mein einer Holzschuh kaputt war.

Erst tat er zach, mit so ein bißchen Kram gebe er sich nicht ab. Ich meinte, wo das herkäme, wäre vielleicht noch mehr. Er gab mir fünf Mark und wollte aufbleiben, bis ich wiederkäme, lieh mir auch einen Rucksack, daß ich mich nicht nachts mit der Kiste über die Straßen zu schleppen brauchte.

Alles ging glatt, ich kriegte noch sechzig Mark, und er rasierte mich. die Frau gab mir ein Essen und, ohne daß ich auch nur ein Wort sagte, ein Paar Trittlinge (Schuhe) von ihrem Mann.

Dann zog ich in eine Kneipe, wo Musik und Weiber und die richtigen Jungens waren. Ich trank diesen Abend fast nichts, alles ging gut. Ich schlief mit einer kleinen Blonden, die mir noch Hemd, Kragen und Schlips von ihrem Stenz (Zuhälter) schenkte.

Aber in der Nacht fingen die Schmerzen in den Füßen wieder an. Zwei Tage hielt ich's aus, dann ging ich zum Arzt. Der sagte, so was hätte er noch nicht gesehen. Vier Zehen wurden mir abgenommen, aber da war das nicht mehr schlimm, ich hatte schon wieder reichlich Kies und gute, falsche Flebben (Papiere).

Ich fragte Sänftlein, wie lange er denn nun in der Freiheit gewesen sei.

Er grinste etwas verlegen: «Keine drei Wochen, da kitschten sie mich wieder. Es war eine grausame Sache.»

Wie es denn gekommen sei?

«Weil man nie genug weiß, weil man nichts Vernünftiges lernt!» schrie er wütend. «Hast du gewußt, daß Räucherlachs keinen Frost verträgt?»

«Direkt gewußt nicht. Aber das kann man sich schon denken.»

«Denken ... Denken ... Hinterher sind alle Doofen schlau. Weil ich das nicht gewußt habe, darum haben sie mich gekitscht.»

«Na, erzähl schon, Sänftlein», sagte ich.

Und da erzählte er.

Kassel war mir auf die Dauer für die Arbeit zu klein, ich hatte nicht den rechten Mumm, da etwas Größeres zu drehen. So machte ich nur ein paar kleine Sachen, bis ich genug Marie auf der Tasche hatte, und fuhr wieder nach Hamburg, wo ich die Gelegenheiten kannte.

Ich hatte immerhin schon drei Jahre abgerissen, als ich hinkam. Alles hatte sich verändert. Die alten Kumpels waren weg, was ich so an Jungens fand, war halbseiden. Geld hätten sie schon gern gehabt, nur nichts anfassen dafür, so waren die. Schließlich hatte ich drei Mann, die mir stikum schienen.

Es war ein schlechter Winter. Ich selbst konnte nicht gut baldowern, in Hamburg kannte mich die ganze Schmiere, weil ich mal einen von ihnen angeknallt hatte; so mußte ich die Jungens auf die Tour schicken. Was sie brachten, war alles Mist, viel zu schwere Brecharbeit für solche Anfänger oder keine vernünftige Sore zu erwarten.

Schließlich kamen sie an eine große Lachsräucherei, ganz leicht ranzukommen. Sie machten mir einen Qualm, was Lachs kostete, ich mochte auch nicht immer nee sagen, also zittern wir los.

Es war eine mistige Nacht, ich hatte gleich kein gutes Gefühl, die Kumpels stritten sich untereinander, sie hatten noch nicht einmal einen Schärfer für die Sore. Ich kriegte langsam eine bildschöne Wut.

Auf den Hof, wo die Räucherei lag, kamen wir leicht genug, einer blieb draußen Schmiere stehen.

Wie wir vor der Tür sind, was soll ich sagen, da haben die Kerls die Tändel (Dietriche) zu Haus liegen lassen! Da stehen wir wie die Ochsen, das Schloß ganz einfach und kein Tändel! Die Brüder kriegen sich schon wieder bei den Haaren, wer dran schuld ist; ich brüll sie an, ich hab sie richtig angebrüllt, es war mir ganz egal, ob einer hörte. Dann sag ich: «Umkehren? Gibt es nicht!» und nehm den Kuhfuß und stoß und splittere die Türfüllung raus. Das macht einen Krach, der ganze Hof krachte mit, manchmal hielt ich inne und dachte, das kann nicht gut gehen. Aber kein Schwein wurde wach.

Meine Herren Kollegen waren längst getürmt, Luft diesig, Gewitterneigung. Ich machte das Loch schön groß, weil ich nachher mit den Koffern durchmußte, stieg rein. In fünf Minuten habe ich zwei Zentner Lachs abgehängt und eingepackt und ging nach Haus. Von den andern kein Schwanz zu sehen.

Ich überlegte die ganze Zeit, wo ich mit den Koffern abbleiben sollte, auf die Bude wollte ich sie nicht mitnehmen. Schließlich stell ich sie zwei Straßen weiter in einen Neubau. Da war jetzt doch nichts los, fünfzehn Grad Frost, da bleiben die Maurersleut bei Muttern.

Nachts im Bett bei meiner Kleinen sinnier ich und sinnier ich, was fang ich an mit der Sore? Ein Schärfer, der mich nicht kennt, trampelt (erpreßt) mich und gibt zehn Mark; die, die mich kennen, schieben alle Knast oder sind fort. Ach was, denk ich, sei auch einmal frech. Kies muß her, was soll das schlechte Leben nützen? Am Morgen sah ich mir die Preise in den Schaufenstern an, dann geh ich auf den Bau, mach mir einen Handkoffer mit so sechzig Pfund zurecht, schmeiß mich in die feinste Kluft und zitter los.

Ich komm also in so ein Delikatessengeschäft, frag nach dem Chef; er läßt mich gar nicht reden: Nein, danke, kein Interesse. Der nächste hat Lachs genug bis übers Jahr, und so ging es weiter, die ganze Tonleiter rauf und runter, eine feine Sore das, mein Köfferchen braucht ich gar nicht erst aufzumachen.

Schließlich denk ich, was machst du mit den kleinen Krautern, geh zu den großen. Die Warenhäuser haben auch Lebensmittel. Richtig, Offertenabteilung, Lebensmitteleinkäufer, alles in Butter. Was haben Sie für Ware? Zeigen Sie mal her. Sehr schöne Fische. Sehen gut aus. Wollen mal eine Probe nehmen.

Nimmt das Messer, säbelt einen Fetzen ab, probiert, sieht mich an: «Aber mein Herr, der Fisch hat Frost gekriegt!»

«Nanu», sag ich. «Hat der Fisch Frost gekriegt? Das ist ja wohl nicht möglich.»

«Der Fisch hat Frost gekriegt. Der wird ja schon weich.»

«Weich wird er?» frag ich. «Nun, ich geb ihn auch billig.»

«Nein», sagt der Mann, «das muß ich Ihnen zeigen, das ist ja ein schwerer Schaden für Sie. Herr Soundso, holen Sie mal einen von unsern Lachsen.»

Wir warten, der bringt den Lachs. «Sehen Sie, der schneidet sich fest, und Ihrer schneidet sich weich.»

Er säbelt los; da bleibt ja nichts nach, denke ich.

«Nun wollen wir mal noch einen Augenblick warten», sagt er. «In Ihrem Fisch sitzt noch Frost. Sie sollen sehen, wenn der erst ganz raus ist, wie weich dann Ihr Fisch wird, ein Pudding, sage ich Ihnen.»

«Warten kann ich jetzt grade nicht», sag ich. «Ich muß jetzt erst mal...»

«Das können Sie hier», sagt er. «Deswegen brauchen Sie nicht forzugehen. Ich will Sie ja vor Schaden bewahren.»

«Das wollen Sie», sagte ich. «Da habe ich das feste Vertrauen, Herr Einkäufer, daß Sie das wollen. Aber wenn Sie wissen, daß dreitausend auf mich ausgesetzt sind, so wissen Sie auch, daß es bei mir leicht knallt.»

Und dabei zieh ich die Kanone halb aus der Tasche und seh ihn an. Er wird ganz weiß, und die andern Leute sehen mich auch alle an, aber keiner tut einen Mucks.

Ich geh rückwärts und sag noch: «Den Fisch behalten Sie man, Herr Einkäufer, der ist ja doch weich. Den schenk ich Ihnen für Ihre Tapferkeit, daß Sie mich haben wollen in die Pfanne hauen (verraten).»

Und damit bin ich draußen und die Treppe runter und über den Hof und auf der Straße. Ich nehm mir 'ne Droschke und dann ein Auto, und dann fahr ich ein bißchen auf Landpartie, und abends geh ich auf meine Bude, und wie ich am Bau vorbeigehe, denk ich: Da steht der Lachs! Wenn den die Maurersleut im Frühjahr finden, denken sie auch, da hat sich einer 'ne Madenfarm eingerichtet.

Am nächsten Morgen, es wird so grad hell, bin ich wach und denke: da wispert doch was! Meine Tür war mit einer Milchglasscheibe, und dahinter der Gang war hell, so sah ich recht hübsch zwei Köpfe mit Pinselhütchen. Also haben sie dich doch, denke ich. Na, die Tür ist verschlossen, denke ich, und bis ihr drin seid, bin ich in den Hosen und raus aus dem Fenster.

Ich überleg grad noch, ob ich meine Kleine wecken soll, da bewegt sich die Klinke. Drückt ihr man, sage ich, ihr könnt lange drücken – da – ich habe keine Worte – geht die Tür auf. Hab ich das Dings nicht abgeschlossen, ich sag schon, in den Tagen war ich richtig von aller Vernunft verlassen.

Also die beiden Kerls von der Schmiere stehen im Zimmer, die Kanonen natürlich in der Hand. Den einen kannte ich sogar.

«Sie sind ja früh auf, meine Herren», sag ich. «Erschrekken Sie bloß die Dame nicht.»

«Machen Sie keine Geschichten», sagen die. «Sie kennen wir. Wenn Sie eine Bewegung machen, funken wir los. Wir lassen uns nicht von Ihnen abknallen.»

«Seien Sie bloß friedlich», sage ich. «Ich bin ja ein nackter Mensch. Und lassen Sie das Mädchen raus, die hat nichts mit der Sache zu tun.»

Die Kleine lag neben mir und zitterte und klapperte in einer Tour.

«Stehen Sie auf», sagt der zu mir. «Stellen Sie sich hier in die Mitte vom Zimmer. Fräulein, machen Sie, daß Sie rauskommen.»

Die Kleine raus, gar nicht erst angezogen, die Lumpen überm Arm, im Hemd. Es sah richtig komisch aus, solche Angst hatte die.

«Anziehen werde ich mich ja wohl dürfen, Herr Kommissar», sage ich.

«Bleiben Sie stehen, wo Sie stehen. Wenn Sie einen Mucks tun, ich habe verdammt Lust, Ihnen eine zu knallen von wegen Sie wissen schon.»

Ich wußte schon, sie dachten an den von der Schmiere, den ich angeknallt hatte. Der eine nahm meine Sachen vor, ein Stück nach dem andern. Wenn er's nachgesehen hatte, warf er mir's zu. Da war nichts zu machen, der andere hielt mir seinen Revolver immer unter die Nase, und meiner lag auf dem Waschtisch, halb unter der Schüssel.

So zog ich mich langsam an, ich redete immer gemütlich mit denen, sie sollten nicht denken, ich hatte was vor. Aber ich kam beim Anziehen doch langsam einen halben und einen ganzen und wieder einen halben Schritt dem Fenster näher, und dem Bullen wurde der Arm mit der Knarre auch steif, er hielt ihn gegen die Erde.

«Also fertig», sagte der.

«Nur noch meine Zahnbürste», sage ich und greife nach dem Waschtisch.

«Halt!» brüllt er, aber schon funk ich zweimal ganz rasch, und dann warf ich mich mit dem Rücken in die Fensterscheibe. Sie dachten natürlich, zweiter Stock, da ist nichts zu machen, aber unter meinem Fenster war ein Vordach von einer Veranda.

Ich prassele durch die Scheiben; die knallen auch, aber viel zu hoch, weil ich gleich nach unten wegsacke. Und schon geht es die Veranda runter. Ein Blauer steht auf dem Hof; ich schieße gleich, er läuft fort und versucht dabei, seine Pistolentasche aufzukriegen und ich schon über den Hof.

Ich war in Wut, ich sah alles rot. Ich laufe los, durch den Torgang nach der Straße, die Kanone immer in der Hand. Im Torweg steht ein Weib; sie schmeißt sich ganz in die Wand, käsebleich, wie ich komme. Schön habe ich nicht ausgesehen, blutend von den Scheiben, den Revolver in der Flosse.

Auf der Straße steht Schmiere. «Fort, ihr Hunde!» brülle ich und schieße. Schon laufen sie, und auch ich laufe, die Straße hinauf und um die Ecke, die andere Straße entlang. Ich denke, ich kann mich unter die Leute verstecken, aber die laufen vor mir, sie spritzen nach allen Seiten auseinander, die Straßen werden leer vor mir. Und wenn ich mich mal umdrehe, kommen sie hinter mir, eine dichte schwarze Masse mit tausend weißen Gesichtern, die schießen auch schon.

Ich denk, ich muß meine Kanone wegstecken und halt sie nur fester. Ich denk, in den Anlagen, da sind Büsche, aber die Büsche sind kahl, es wird immer leerer um mich, was lauf ich noch? denk ich.

In ein Haus, denk ich, die Treppen rauf, über die Dächer weg, daß die meine Spur verlieren, die Bullen, und renne rein, mitten in einen Laden.

Wie ich mich umseh, steh ich in einer Sparkasse, in einem großen Raum, eine Tür nach außen. Ich schrei gleich: «Raus, ihr Hunde! Raus mit euch!» Und die laufen, immer an mir vorbei, zur Tür raus, und draußen stehen sie in einem großen Kreis, auf der andern Seite vom Platz, alles schwarz, und trauen sich nicht näher. Als letzter lief ein Dicker, Fetter an mir vorbei, er war ganz weiß und wollte leise laufen; er fiel über einen Schirmständer und lag da, platt und sah mich an und bewegte den Mund wie ein Fisch. Ich funkte noch einmal, das war mein letzter Schuß, und er kroch raus aus der Tür, und ich war allein.

Da stand ich nun mit meinem Talent und der leeren Kanone und konnte nicht weiter. Auf dem Kassentisch lagen Haufen von Geld, soviel Geld hatte ich in meinem Leben noch nicht gesehen. Aber es interessierte mich nicht, nichts interessierte mich, ich mußte daran denken, wie sie alle vor mir fortgelaufen waren, und ich stand hier. Das Mädchen war auch fortgelaufen.

Draußen klingelte es, die Feuerwehr, dachte ich, brennt es denn irgendwo? Und da fuhr es schon zum Fenster herein, ein Wasserstrahl, ich weiß nicht, wieviel Atmosphären Druck. Ich lag glatt am Boden, es schmiß mich um wie nichts, es prallte auf mich, es war, als hätte ich alle Knochen im Leib gebrochen. Nicht den kleinsten Finger konnte ich rühren.

So lag ich da, und sie spritzten eine ganze Weile mit dem vollen Strahl auf mich und dann ging die Tür auf, und die Bullen kamen mich holen.

Schmuggler und Gendarm

Um den Bullenberger war es manches Jahr sehr still gewesen. Er hauste dort oben in seiner Einsamkeit. Er trieb ein Gewerbe, daß kein Fiddichower sonst betrieb, nicht Bauer war er und nicht Fischer, fast wurde er vergessen. Manchmal hieß es, er wohne überhaupt nicht mehr oben, und der Bullenberghof sei wieder leer. Aber dann kamen die Fischerboote in den Hafen zurück und hatten sein rostrotes Segel gesehen, oder sein Kumpan, der schwarze Martin saß wieder einmal stumm wie ein Fisch viele Stunden im Kirchdorfer Krug, bis er vom jung verheirateten Gastwirt Reese, der sich nach Bett und der neuen, frischen Frau sehnt, an die Luft gesetzt wird, und, in jeder Tasche eine volle Schnapsflasche, die zweiundzwanzig Kilometer Strand nach dem Bullenberge unter seine taumeligen Füße nimmt.

Der schwarze Martin hatte manchmal Geld, viel Geld, also ging das Geschäft da oben immer weiter. Und wenn die Fiddichower nichts davon merkten, so darum, weil es eine Art Geschäft war, von dem sie nichts verstanden. In aller Stille ging der Kampf wohl immer weiter. Immer schärfer, immer weiter, oft sagten sie, man hätte doch noch nie so viel und so oft die grünen Zollsoldaten auf der Insel zu Gange gesehen. Und wenn der Landgendarm nur den Namen des Bullenbergers hörte oder gar den langen, immer fruchtlosen Weg zu ihm machen mußte, war jede gute Laune bei ihm hin.

Und der bestaufgeklärte Diebstahl konnte ihn nicht mehr freuen.

«So was sind ja alles Stümpereien», sagte er verächtlich, «aber ein Aas gibt es, wenn ich das einmal fasse...»

Der große, schnapsrotgesichtige Gendarm dachte wohl an die vielen, fruchtlos in den Kiefernkuscheln am Bullenberghof versessenen Nächte, an die unvermuteten Haussuchungen im Dutzend, die stets vergeblich gewesen waren, an den so oft nächtlich gemeinschaftlich mit den Zollsoldaten erkletterten Kutter, der stets sauber gewesen war.

Es hätte doch die einfachste Geschichte von der Welt sein müssen: da hauste ein Mann mit einer großen Familie – von nichts. Und er hielt sich einen schönen, kräftigen Kutter – für nichts. Segelfahrten aus Passion, sagte der Hund, und er bezahlte noch einen Matrosen und bezahlte ihn gut – auch aus Passion, für nichts. Es hätte doch einmal klappen müssen, aber aus dem Nichts wurde immer wieder nichts.

Nein, wenn die Fiddichower auch kaum noch etwas vom Bullenberger in allen diesen Jahren hörten, der Kampf ging wohl immer schärfer weiter. Hier war ein Mann, der nichts hatte als seinen Verstand und seinen Haß gegen die Ordnung der andern, und dort waren die vielen, mit dem Gesetz im Munde und den Waffen in den Händen, und sie bedrängten ihn hart, sie bedrohten ihn, sie überrumpelten ihn.

Zwei Mann, der Bullenberger und der schwarze Martin, dazu vielleicht noch die heranwachsenden, schlauen, gerissenen, harten Wildlinge von Kindern, und auf der andern Seite der ganze Staat in Uniformen, zollgrün und gendarmeriegrün, mit Karabinern, Pistolen, Gesetzesbüchern, Zollvorschriften, Seerecht, Auflagen und vergitterten Fenstern.

Wenn er ein Lump war und ein Betrüger, ein Verbrecher und ein Schmuggler, einen harten Kampf kämpfte er jedenfalls, zäh, als ein ganzer Kerl.

Dann kam der herrlich strahlende Sommermorgen, taufrisch, mit Wind und später sehr heiß, an dem am Fabiansruher Strand erschossen ein Mann lag. Es war gerade in jenen

Jahren, da das kleine Fabiansruh ein bißchen in Aufnahme kam als Seebad, und die Sommergäste waren entsetzt, daß da ein schwärzlicher Ermordeter auf dem Strand in einer Blutlache lag, und viele reisten ab. Es war ein schwerer Schlag für die Fabiansruher, es war Anfang der Saison, und das neue Strandhotel war gerade fertig geworden, und sein Besitzer, Lange, konnte leere Zimmer nur schwer vertragen.

Aber was war die Kümmernis in Fabiansruh gegen die Erregung der ganzen Halbinsel? Seit manchem Jahrzehnt war hier kein Mord vorgekommen. Sie waren immer stolz darauf gewesen, daß es so etwas wie Mord oder Einbruch bei ihnen eigentlich nicht gab. Totschlag im Streit, Raufhändel, jawohl, aber nicht Mord oder Einbruch. Nicht von Eingeborenen, nein!

Nun, der Tote, der Erschossene am Fabiansruher Strand, der mit so finsteren, gebrochenen Augen in den strahlenden Julihimmel hinaufstarrte, war auch kein Eingeborener gewesen, sondern ein Landfremder, von dem man nicht einmal den vollen Namen wußte, kurz gesagt also der schwarze Martin. Aber immerhin war dieser Fremde auch der Erschossene, und der Mörder konnte jeder sein, auch jeder Fiddichower. Die ganze Insel brauste auf wie ein Bienenhaus, in das ein Feind eingedrungen ist, und so viele Wagen waren noch nie nach dem abseitigen Fabiansruh gerollt, selbst nicht zu den bäuerlichen Reiterfesten, wie an jenem schönen Sommertag. Aber die Neugierigen kamen nicht auf ihre Kosten: die Blutlache am Strande war schon verschwunden, und der Zutritt zum neuen Strandhotel, in dessen Saal der Tote trotz des schreienden Protestes seines Besitzers gebracht war, lag gesperrt.

Gegen Mittag wurde der Befund der aus Bergen herbeigeeilten Mordkommission schon bekannt: erschossen von hinten, aus etwa dreihundert Meter Entfernung, mit einem Stahlmantelgeschoß aus einer kleinkalibrigen Jagdbüchse oder einem Karabiner. Von unbekannter Hand.

Es war Nachmittag, als auf der Straße von Kirchdorf her

der altersgraue Fliegenschimmel des Bullenbergers auftauchte, in einem wilden Trab, den man dem alten Tier nie zugetraut hätte. Oben auf dem hochrädrigen Landwagen saß der Bullenberger, nur in Hemd und Hose. Losgefahren, wie er war, als ihm die Kinder aus der Schule die schlimme Kunde gebracht hatten. Die Leute traten stumm auseinander, als er vorfuhr. Heute gab es sogar genug Leute, die dem Einzelgänger das Pferd hielten, Wasser für das Tier holten und es mit einem Strohwisch abrieben – an Blut und Trauer kriechen die Menschen immer gern heran und freuen sich an dem Geruch.

Dem Bullenberger sah man nichts an. Er sah finster aus, aber er sah immer finster aus; er sprach kein Wort, aber er sprach nie mit den Leuten ein Wort; er grüßte nicht, aber er grüßte nie jemanden.

Er ging durch die Schwingtür in das Hotel und war weg für eine lange Zeit. Der Ober vom Strandhotel hat später erzählt, wie der große, schwere schwarze Mann lange vor dem Toten gestanden und ihn betrachtet hat ohne ein Wort, in einem Schritt Abstand, ohne die Miene zu verziehen.

Der Landgendarm hatte ihn zwei- oder dreimal aufgefordert, vor die Mordkommission zur Vernehmung zu kommen, aber das ist gewesen, als wenn er in eine Wand hinein redete.

Als der Bullenberger aber lange genug den Toten betrachtet hatte, so daß er sicher war, das Bild saß unauslöschlich in ihm, ist er vor die Mordkommission gegangen, und sein Gesicht hat ebenso verschlossen ausgesehen wie das des Toten. Er hat sich ruhig den Befund angehört, hat auch alle verlangten Auskünfte ruhig gegeben und nur, als er gesagt hat, daß der Tote bei den Fiddichowern keinen Feind gehabt hätte, hat er etwas lauter gesprochen. Als die Herren aber mit ihm fertig waren und ihn fortschicken wollten, ist er stehengeblieben und hat verlangt, daß man den Gendarmen aus dem Zimmer schicke, er habe einen Antrag zu stellen. Man hat ihm schließlich seinen Willen getan, und da hat der Bullenberger beantragt, daß sofort, noch in dieser Stunde, die

Karabiner aller Zollbeamten und Gendarmen untersucht würden: denn unter denen sitzt sein Feind und sein Mörder und nirgends sonst.

Die Herren haben ihn ruhig angehört und sich nur manchmal angesehen, und dann hat der Amtsrichter Neumeister gesagt, es werde alles geschehen, was zur Aufklärung dieser fluchwürdigen Tat nötig sein würde. Und als der Bullenberger sich mit diesem Bescheid nicht zufrieden gegeben und verlangt hat, die Untersuchung müsse sofort und in seiner Gegenwart gemacht werden, und alle Zollkutter, die auf Fahrt seien, müßten angehalten und durchsucht werden; da hat der Amtsrichter rasch und leise gesagt, daß die Kommission über seinen Antrag beschließen werde, aber seine Mitwirkung sei weder förderlich noch zulässig, und er möge nach Haus gehen.

Da hat der Bullenberger einen Trumpf darauf gesetzt und hat sich einen Stuhl genommen und sich an den Tisch der Kommission gesetzt und erklärt, er gehe nicht eher von der Stelle, bis geschehen sei, was er verlangt habe.

Die hatten gut reden und ihn vertrösten, und es sei alles in besten Händen, und er möge nur nach Haus gehen – er saß. Und sie mochten ihn bedrohen und auffordern und den Hotelier rufen und den von seinem Hausrecht Gebrauch machen lassen, der Bullenberger saß fest. Es half ihnen auch nichts, daß sie den Gendarmen riefen und Entfernung mit Gewalt befahlen, der Bullenberger sah den Gendarmen bloß an, und näher als zehn Zentimeter kam ihm des Gendarmen Hand nicht. Da wurde es dem Gendarmen unter dem Blick des Bullenbergers ungemütlich, und er sah die Herren hilfeflehend an. Die aber sahen ein, daß es der rabiate Mann ohne weiteres auf eine Schlägerei ankommen lassen würde, und da sie am Tatort eigentlich fertig waren, stiegen sie nach geflüsterter Beratung in ihr Auto und ließen den Bullenberger allein sitzen. Da mußte der schon mit seinem Grauschimmel nach Haus fahren.

Es ist peinlich für einen Landgendarmen, wenn er seiner vorgesetzten Behörde melden muß, daß ihm sein Karabiner aus der Wohnung gestohlen worden ist. Es ist noch peinlicher für ihn, wenn ihm sein Haus nachts abbrennt, und er muß mit Weib und Kind im Hemd auf die Straße flüchten. Dem Landgendarm in Kirchdorf geschah beides, und das fröhliche Rot seiner Trinkerwangen verging ihm in diesen Tagen. Es war ja nicht schwer, mit dem Finger auf den Täter zu deuten: wer den Karabiner stiehlt und das Geld im Schrank liegen läßt, hat eine Art Visitenkarte abgegeben.

Am nächsten Tage gab es natürlich Besuch auf dem Bullenberghof, drei Gendarmen kamen gleich auf einmal, aber der Bullenberger war nicht da. Er war seit zwei Tagen nicht zu Haus gewesen. Es war ja zu verstehen, daß der Kirchdorfer Gendarm über den Verlust seines Karabiners wütend war (an jenem Tage hatte es noch nicht bei ihm gebrannt), aber vielleicht war er in seiner Wut bei der Vernehmung von Frau und Kindern zu weit gegangen. Das hätte er nicht machen sollen, sagte viel später mißbilligend der Sagarder Gendarm, die kleinen Kinder bedrohen, daß sie den Vater verraten sollten. Und was er sonst noch gemacht hat... Er wollte sie ja von Haus und Hof jagen.

In der nächsten Nacht brannte der Gendarm dann ab. *Er* war von Haus und Hof gejagt.

Aber Besuche auf dem Bullenberghof waren zwecklos geworden, das sahen die Gendarmen nach einem neuerlichen, glühheißen Marsch durch den Sommertag. Der Bullenberghof war geräumt, leer die Stuben, leer die Ställe, das bißchen Hungergetreide runtergetrampelt, die paar Kartoffeln ausgerissen. Es war wirklich unnötig, daß sie noch an den Strand gingen: der Kutter war wirklich weg.

Er wird ja in Finnland Freunde genug haben, wo er bleiben kann.

«Na, du kannst dich freuen, Wilhelm, bist den Stänkerer aus dem Revier los.»

«Ja, ja», sagte der Gendarm Wilhelm tiefsinnig. Er hätte

sich gern richtig gefreut. Aber es ging nicht. Nicht nur wegen des gestohlenen Karabiners ging es nicht, nicht nur wegen des abgebrannten Hauses nicht, nicht nur wegen des Gefühles nicht, der Bullenberger sehe die Rechnung trotz allem immer noch nicht für glatt an. Er war nicht gerade ein feiger Mann, der Gendarm Wilhelm, selbst vor einem Bullenberger fürchtete er sich nicht gleich. Nein, es war ganz etwas anderes.

Seit vierzehn Jahren machte Gendarm Wilhelm auf Fiddichow seinen Dienst, und er hatte immer das Gefühl gehabt, er komme sehr gut mit den Fiddichowern aus. Ein Gendarm hat es nicht leicht, mit der Bevölkerung gut auszukommen, aber er muß das. Wenn der Magdeburger Wilhelm auch ein Fremder auf dieser nördlichen Halbinsel war, er hatte gemeint, die Fiddichower seien mit ihm warm geworden. Er hatte mit ihnen geschwatzt und gepichelt, er hatte Witze gerissen, und er hatte die düsterste Stimmung verscheuchen können, wenn er, der Provinzsachse, plattdütsch to snacken anfing.

Nun, da er abgebrannt war, nun, da er dachte, alle seine Freunde würden kommen, die Gewerbetreibenden, die Bauern, und würden ihm Quartier anbieten, sie würden sich darum reißen, das oberste Gesetz der Halbinsel bei sich aufzunehmen, nun kam keiner. Mit seinen Kindern und seiner Frau saß er zwischen dem bißchen geretteten Hausrat im Obstgarten. Über ihm, an den versengten Apfelbäumen, saßen häßliche, kleine schwarze Bratäpfel, und wenn die Leute noch fern waren, so glotzten sie, und wenn sie nahe kamen, so sahen sie zur Erde oder fort, aber niemand sprach ein Wort zu ihm.

Er war zurück von seiner Tour. Er saß da im Obstgarten und grübelte. Es konnte doch keine Schande sein, wenn einem das Haus von einem Verbrecher angesteckt wurde? Oder doch? Er verstand nichts, er saß und grübelte.

Am Mittag kam der Gemeindevorsteher, auch ein sehr guter Freund von ihm, und sagte sehr verlegen und stotternd: So, nun sei die große Stube einigermaßen sauber und in

Ordnung, und wenn er so gut sein wollte ...? Das bißchen Zeug lasse sich ja leider tragen. Es hätte nicht gelohnt, den Pferden in dieser eiligen Erntezeit die Futterpause zu kürzen.

Die große Stube beim Schulzen wäre nun wirklich gut genug gewesen, aber dem Gendarmen erschien doch der Schulze gar zu rot und stockend. Erst war er erleichtert aufgestanden, aber nun setzte er sich wieder und fragte ganz harmlos: «Welche große Stube wohl?»

Nun ja, er wisse es ja am besten, wie es jetzt sei zur Erntezeit, und überall habe man die Erntearbeiter drin sitzen, und so sei es denn eben die große, die beste Stube im Armenhaus geworden.

Der Gendarm wurde ganz weiß. Er ist doch ein König auf dem Lande, ein stolzer Herr und Gebieter, und nun soll er mit dem Dorftrottel, dem alten Säufer Timmermann, mit der Machulke, die aus dem Kaffeesatz wahrsagt, zusammenwohnen.

Er sitzt da, sehr weiß, seine fetten Wangen zittern, er versteht ja nicht, was geschieht, warum ihm geschieht, was ihm geschieht. Aber im Unglück wird er fester, nichts mehr von der alten Redseligkeit.

Der jammernden Frau verbietet er barsch den Mund. Aber in das Armenhaus ziehe ich nicht, und ich bleibe hier sitzen mit meiner Familie, bis du mir ein anständiges Quartier verschafft hast, verstanden?

Der Gemeindevorsteher hat gut reden und bitten, er redet mit einer Wand. Der Gendarm schickt einen seiner Jungen zu Reese, nach zehn Zigarren und einem Topf Essen. Und als das Essen kommt, und der Schulze quatscht noch immer, fragt er den höhnisch, ob er ihn etwa zum Essen einladen darf? Vielleicht ist bei ihm wegen der eiligen Erntearbeit auch nicht gekocht worden?

Da geht der Schulze. Und der Gendarm Wilhelm sitzt weiter grübelnd da mit seinen sieben Zwetschgen. Jetzt ist ihm ein bißchen mehr verbrannt als Haus und Gerät.

Es ist nachmittags gegen fünf geworden, als der Superintendent Marder über den Graben sagt: «Die große Stube im Parterre bei mir können Sie haben, Herr Wilhelm. Und was Sie sonst etwa brauchen, gibt Ihnen meine Haushälterin. Aber – wenn ich einmal merke, daß Sie in meinem Haus Ihren Ernst schlagen, sind Sie draußen!»

Wieder sitzt der Landgendarm Wilhelm da. Er sitzt noch eine lange Weile da, ehe er sich entschließt, in die Superintendentur einzuziehen, trotzdem gegen solch Quartier wirklich nichts zu sagen wäre. Aber nun weiß er Bescheid, der kleine Marder hat's ihm deutlich genug gesagt, weil er seinen Ernst mal schlägt, darum sind sie plötzlich alle böse mit ihm.

Der Ernst, sein Ältester, ist nämlich blöde. Und einen Ast hat er noch dazu. Die können's ja nicht verstehen, was das heißt für einen, der zwölf Jahre beim Militär war und der immer noch ein strammer, hübscher Kerl ist, ein Kind zu besitzen, das so schief ist, daß es nicht einmal dienen kann beim Militär, das so blöd ist, daß es nie seinen eigenen Namen wird lesen können. Was das heißt für einen Mann, der sich jeden Tag von oben bis unten kalt abwäscht, einen achtzehnjährigen Jungen zu haben, der im Bett noch immer unter sich macht, die ganze Wohnung verstänkert – davon haben die Holztöffel keinen Schimmer. Daß das wie eine Wunde ist, die sich nie schließt, eine schmerzende Stelle, an die man jeden Tag wieder neu stößt.

Ernst nicht schlagen – jawohl, diese rohen Bauernbiester, in all diesen Jahren haben sie ihm nie ein Wort der Mißbilligung gesagt, nie auch nur angedeutet, daß sie von seiner Schande und von seinem Grimm über die Schande etwas wissen. Aber nun, wo dieser dreizehnmal ausgekochte Verbrecher, der längst im Zuchthaus zu Naugard Wolle spinnen sollte, ihm das Dach über dem Kopf angesteckt hat, jetzt schnappen sie nach ihm, die Hunde?! Jetzt kriechen sie aus ihren Löchern und wollen ihn nicht mehr bei sich, den sie seit vierzehn Jahren an ihrem Biertisch gehabt haben? Nun, sie sollen schon sehen, sie werden schon was erleben!

Er hat keine Ruhe auf dem schönen Zimmer in der Superintendentur, er hängt den neuen Karabiner über und geht los. Er geht so ein bißchen für sich, erst den Weg nach Dreege runter, dann biegt er ab durch das Korn nach Fabiansruh. Er ist nicht ruhig, wenn er da auch ruhig und gewissermaßen gemütlich geht. Er ist wie ein Mann, der starke Zahnschmerzen hatte und ihm ist ein Zahn gezogen worden. Aber die Erleichterung bleibt aus: ihm ist der falsche gezogen, und er sucht jetzt nach dem richtigen, in dem der Schmerz sitzt. Er findet ihn nicht, es scheint überall und nirgends zu sein. Es ist keinesfalls in Ordnung, was er sich da ausgedacht hat, es kann keinesfalls nur deswegen sein, weil ihm sein Haus abgebrannt ist. So dumm sind die Bauern nicht, sie wissen ganz gut, in einem Vierteljahr hat der Staat ihm ein neues gebaut, und er sitzt wieder da in alter Macht und Herrlichkeit. Wenn sie jetzt so frech mit ihm anzubinden wagen, so darum, weil sie sicher glauben, er wird nie wieder in ein neues Gendarmenhaus ziehen, weil sie ihn für einen abgetanen Mann halten, für einen toten Mann. Einen toten Mann.

Der Gendarm Wilhelm ist ungefähr hier mit seinen Überlegungen, da begegnet ihm auf dem schmalen Steig, zwischen dem reifen Roggen, eine Frau. Es ist die alte Machulke, die Kaffeesatzprophetin, zu der er heute mittag Wand an Wand ziehen sollte. Sie trägt eine Kiepe auf dem Rücken, und weil der Gendarm Wilhelm jetzt nicht nur ein sorgengeplagter Mann ist, sondern darum doch ein Landgendarm bleibt, so sagt er zu der Alten: «Nimm mal die Kiepe runter, Machulken, und zeig, was du drin hast.»

Das Theater und das Gerede von dem bißchen Ziegenfutter, das kennt er. Das geht ihm zu einem Ohr herein und zum andern hinaus. Da hört er gar nicht erst hin. Und als sie gar zu sehr spektakelt, hilft er ihr ein bißchen beim Abnehmen der Kiepe, und da er ein kräftiger Mann, sie aber ein altes Weiblein ist, hilft er ihr so, daß sie sich gleich neben ihren Korb setzt.

Nun ja, Ziegenfutter ist wirklich darin, aber es sind fein

säuberlich abgeschnittene Zuckerrübenköpfe, und das ist eine Gemeinheit! Denn die jetzt im Sommer geköpften Zuckerrüben wachsen nicht mehr weiter, sondern gehen jämmerlich ein. Es ist eine ganze Menge über solch schändlich geköpfte Zuckerrüben vom landwirtschaftlichen Standpunkt aus zu sagen. Und da Wilhelm ein alter, erfahrener Gendarm ist, weiß er alles aus dem Kopf, was da zu sagen ist, und er sagt es ihr auch, während sie gemeinsam den Weg nach Fidde einschlagen. Denn der Fidder Graf ist der einzige, der auf Fiddichow Zuckerrüben anbaut, und vor seinem Kuhstall soll sie daher auch die gestohlenen Rübenköpfe abladen.

Aber nachdem er ein wenig von ihrer verdammten Frechheit gesprochen hat, im Julimond, wo an jedem Straßengraben wahrhaftig genug Ziegenfutter wächst, Zuckerrüben zu köpfen, hat die Machulken sich wohl mit ihrem Schicksal abgefunden und fängt nun selbst an zu reden, und zwar mitten in seine neuerlichen Überlegungen und Grübeleien hinein.

Es sei ja schön, meinte sie beispielsweise, wenn man selber Kinder habe. Aber daß man darum mit anderer Leute Kindern umgehen könne, sei noch nicht gesagt. Auf dem Bullenberge soll ja einer ein Kind über das heiße Herdfeuerloch mit dem nackten Hintern gehalten haben – aber manche Kinder möchten eben ihren Vater, und dann sagten sie nichts, auch wenn er ein Verbrecher sei. Und manche mochten ihren nicht, ja eben, ihren nicht.

Sie solle die Schnauze halten, meinte der Gendarm und wußte plötzlich, welcher Zahn ihm weh tat. Ihr Giftmaul sei weit bekannt. Sonst könne sie mal etwas erleben.

Ja, freilich, aber sie habe schon genug erlebt, und der Weg hier sei ja auch einsam genug. Freilich habe sie es in ihrem langen Leben noch nicht gehabt, daß man sie durch den heißen Sommernachmittag wegen ein paar Rübenblättern zwei Stunden weit schleppe. Aber man würde eben nie zu alt, noch etwas dazuzulernen...

Sie solle ihre Sabbelei lassen...

Nun, ein Gesetz gäbe es wohl nicht, das ihr den Mund verbieten könne, und sie habe den Gendarm nicht gebeten, mit ihr zu gehen. Aber so einsam wie der Strand von Fabiansruh sei dieser Weg noch lange nicht, wenn es mancher auch gern möchte...

Hier war der Moment, wo der Gendarm wußte, ihm tat nicht nur ein Zahn weh, ihm taten zwei weh, drei, vielleicht alle. Und er stellte sich vor die Frau hin, er sah sie starr an mit seinen ausdruckslosen, wasserblauen Augen, und er sagte zu ihr: «Wenn du jetzt noch ein Wort redest, Machulken! Wenn du das schon von mir glaubst, der ich vierzehn Jahre hier bei euch Dienst gemacht und mir nie was habe zuschulden kommen lassen, dann kannst du sicher sein, ich kann dich hier auch mit meinen eigenen Händen...» Er war ganz sinnlos vor Zorn und Verzweiflung. Die letzten Tage waren zuviel für ihn gewesen. Er war zu sehr gekränkt.

«Jetzt können Sie mir gar nichts mehr wollen, Herr Landgendarm», sagte die Alte höhnisch, «da kommt die junge Gräfin und Gäntschows Johannes.»

Der Landgendarm sah sich um, und da kamen sie wirklich beide von Fidde her.

«Tag, Mutter Machulke, Tag Herr Wilhelm», sagten sie und wollten vorübergehen.

«Ach, liebes Fräulein Gräfin», fing die Machulke weinerlich an.

«Jetzt sind Sie stille», sagte der Gendarm und meldete, die Hand am Mützenrand, der Christiane: «Melde gehorsamst, daß ich die Witwe Machulke mit einer Kiepe voll abgeschnittener Zuckerrübenköpfe erwischt habe. Ich wollte sie eben nach Fidde bringen.»

«Ach, liebes Fräulein, ach Hannes, was meine Liese ist, die Ziege...»

«Du bist das also», sagte Johannes wütend, «den ganzen Feuchten Grund, wo die besten Rüben stehen, hast du schon geköpft! Es ist eine Schande von dir, und eine Gemeinheit...»

«Und es war bestimmt das erste Mal, und wo ich nichts von dem Ackerbau verstehe, weil mein Alter doch Maurer gewesen ist. Und wenn der Gendarm sagt, ich habe den ganzen nassen Grund geblattet...»

«Das habe *ich* gesagt», erklärt Johannes.

Unbeirrt fuhr die Alte fort: «Dem glaubt ja doch keiner mehr was auf der ganzen Insel.»

«Machulken», sagte der Gendarm drohend.

«Und wenn Sie auch auf einem Schloß wohnen, das haben Sie ja wohl gehört, daß der Bullenberger... Und wenn er hundertmal ein wüster Räuber ist, seine Kinder liebt man und mißhandelt man nicht. Und daß er sie weggebracht hat von hier, das wird schon seinen guten Grund und Ursach haben. Aber ich verbrenne mir den Mund nicht, wenn sie's auch aus allen Fenstern schreien, die Machulken verbrennt sich ihren Mund nicht, aber wenn Asche reden könnte, die Asche im Bullenberger Herd würde wohl schreien zum Himmel, und die zerkloppten Haselruten sollen ja noch am Bullenberger Birnbaum liegen, wo einer Kinder angebunden haben soll...»

«Verlogenes, gemeines Geschwätz», sagte Wilhelm, etwas mühsam lächelnd. «Wir sind zu drei Gendarmen dort gewesen», erklärte er den beiden, «glauben Sie, daß da so etwas möglich ist? Aber Machulken, jetzt geht es nicht mehr mit einer Anzeige wegen Felddiebstahl ab, jetzt kommen Sie mit nach Kirchdorf ins Spritzenhaus, wegen Verleumdung und Beamtenbeleidigung.»

«Natürlich bin ich verlogen, natürlich bin ich gemein, natürlich muß ich noch mit meinen ehrlichen Zweiundsiebzig aufs Spritzenhaus und nach Bergen ins Gefängnis – aber ist nicht aus dem Kaffeesatz für den kleinen Ernst ein Kreuz gekommen?! Ist die eigene Mutter nicht bei mir gewesen und hat gefragt, ob der Vater das Kind leben läßt?»

Es ist so still unter den vieren nach diesem Satz, daß man ein schreckliches Knirschen hört. Sie sehen nach dem Gendarmen. Er kaut wütend auf seinem rotblonden Schnurrbart, daß die Zähne knirschen. Aber die Machulke ist wild, ihr Mund ist frei, ihre Zunge läuft, sie ist voll, kübelvoll Unrat.

«Und liegt nicht auch neben dem toten Schwarzen auf dem

Fabiansruher Strand ein Kreuz? Nicht sein Kreuz, nein, es ist ein ander Kreuz, und wer heute denkt, er kann gegen die armen Leute seine Hand erheben und sie ins Gefängnis stekken, gegen den wird unser lieber Herr Jesus Christus den Finger aufheben und sprechen ...»

«Entschuldigen Sie», sagt der Gendarm, «die Alte ist wie toll. Kommen Sie, Machulken.»

«Ich ...» fängt Christiane an.

«Nein, nicht», sagte Johannes hastig.

Und sie ist still. Eine Weile sehen die vier eins auf das andere. Eine plötzliche Stille ist über sie gefallen, eine Leerheit, als sei schon alles gesagt. Aber was ist gesagt? Das, was die Alte gesagt hat, beginnt schon sich aufzulösen, gestaltlos zu werden. Was eben noch Kontur hatte, ist jetzt schon wie eine Wolke, deren Ränder zu zerfließen beginnen, aufgelöst von der klaren Sommersonne ...

Christiane spürt plötzlich wieder den frischen Seewind im Roggenschlag, wie er in Stößen kommt und die Hitze von ihrem Gesicht abnimmt.

Eben war noch alles schwelende Glut, schwelend, die Herzen verbrennend.

«Also komm», sagt sie zu Johannes und sieht die beiden andern nicht mehr an.

Der steht nachdenklich. Sein Blick geht hin und her, zwischen der alten Machulke mit dem faltigen gelben Gesicht und den hellen, grellen Augen und den beiden langen, bräunlichen Zahnhauern im Oberkiefer und dem breiten, wohlgenährten Gendarmen Wilhelm, mit den festen roten Backen und dem in der Sonne glänzenden, kaiserlich aufgewirbelten Bart. Es ist, als wöge er die beiden gegeneinander ab.

«Also kommen Sie, Machulke», sagt der Gendarm noch einmal.

«Die Rübenblätter schenkt dir Christiane», sagt Johannes plötzlich, «die hast du nicht gestohlen.»

«Aber», fängt der Gendarm an, und kann nicht weiter. Es ist, als hätte er einen Stoß vor die Brust bekommen.

«Los, Christiane», sagt Johannes, als sehe er nichts mehr, höre er nichts mehr.

Und die beiden gehen weiter, in den Roggen hinein, nach Fabiansruh zu, ohne sich noch einmal umzusehen.

«Komm, Machulken», sagt der Gendarm und strafft sich mit einem Ruck, «das wollen wir erst einmal sehen, ob Inspektor Kaliebe des Grafen Eigentum ebenso großkotzig verschenkt wie dieser Bauerntöffel.»

Aber die Machulken sagt nichts mehr, die geht ganz ruhig vor dem Gendarmen her, und nur manchmal bleibt sie stehen und schiebt ächzend und leise mit sich brabbelnd die Tragbänder ihrer Kiepe zurecht, als sei sie ganz mit sich allein.

Es ist etwas Schauerliches, wenn ein Mensch aufwacht und entdeckt, wie einsam er ist. Gendarm Wilhelms Leben war Tätigkeit und Bewegung, Reden mit allen Leuten, laute, herzerfrischende Gelächter an vielen Biertischen, Ehrengast auf jedem Hof, für den die Cognacbuddel aus jedem Schrank geholt wurde und die beste Zigarrenkiste vom Schrank herunter. Er hatte eine Frau gehabt, eine etwas ängstliche, schüchterne, leicht zu Tränen gereizte Gefährtin, die er bei guter Laune gern mal umfaßte und auf den Hintern klopfte: Na, Mudding, wie ist das mit uns?

Er hatte außer einem fünf Kinder, fünf rotblonde, gradgewachsene, blauäugige Kinder, die sein Stolz waren. In der Schule bei Kantor Bockmann saßen sie immer unter den ersten, sie antworteten laut und deutlich, wenn man sie etwas fragte, gaben jedem Fremden unverschüchtert die Hand und gaben auch hier ohne Ziererei Auskunft, wie es sich gehörte. Er hatte eine strafenlose, mit Auszeichnungen bedachte Laufbahn beim Kommiß hinter sich, bei allen Offizieren war er als der verläßliche Feldwebel Wilhelm bekannt gewesen, dem nie ein Dienst zuviel gewesen war und der im schlimmsten Manöverdreck noch einen Witz riß. Er hatte hier auf Fiddichow zwei Landräte erlebt, und trotzdem diese beiden die größten Gegensätze gewesen waren, der eine ein recht kleiner, bürgerlicher Pedant, der andere ein großer Herr vom Adel, so war er doch bei beiden gut angeschrieben gewesen.

Nun saß er im Dunkeln unter einem Baum im Pfarrgarten und – all das war weg. Nichts galt. Er war grenzenlos allein. Jetzt fiel ihm auf, daß er nie einen richtigen Freund gehabt hatte. Soviel er grübeln mochte, er hatte mit seiner Frau nie ein Gespräch gehabt, das über Dienst, Hauswirtschaft und Ärger hinausgegangen war.

Als er heute nachmittag, am dritten Tag nach dem Zusammenstoß mit der Machulke, nach einem Telefongespräch mit dem Landrat ins Haus gekommen war und ohne ein Wort langsam die grüne Uniform ausgezogen, sie Stück für Stück auf den Bügel gehängt hatte, als der Koppelriemen mit dem Säbel im Schrank war und er den hellgrauen, so ungewohnt lockeren Zivilanzug angezogen hatte, da hätte sie doch ein Wort sagen, eine Frage stellen sollen. Selbst der trockene Landrat hatte ein bißchen tröstend gesagt: «Es ist sicher nur ganz vorübergehend, Wilhelm, bis zur Klärung der Sachlage.» Aber nein, sie hatte nichts gesagt, nichts gefragt. Da war denn auch er ohne ein Wort in den Garten gegangen, und hier saß er nun schon seit vielen Stunden bewegungslos auf der Bank und versuchte sich klar zu werden. Die kleine Eva mit dem kupferfarbenen Haar, sein Liebling war gelaufen gekommen und hatte gesagt: «Vater, sollst zum Abendessen kommen», und er hatte den Kopf geschüttelt und nein geantwortet. Aber auch sie war fortgegangen ohne eine Frage. Schließlich konnte er krank sein. Aber nach ihm fragte keiner, nicht ein einziger.

Und warum? War es wirklich wegen dieses lächerlichen Geschwätzes gekommen, wegen des Bullenbergers und wegen des Verhörs von des Bullenbergers Kindern? Aber warum hatten sie solch Geschwätz ausgesprengt über ihn, warum war ein jeder sofort bereit, es zu glauben, vom Dorfschulzen bis zum Superintendenten, von der Machulke bis zur Freiin Fidde? Warum stand nicht einer auf und sagt: Ich kenne doch den Wilhelm seit vierzehn Jahren, der ist nicht so!

Wenn er seine Kollegen Revue passieren ließ, wie viele waren schärfer als er! Mancher war ihm bekannt, der beim Verhör kleine, offiziell nicht erlaubte Druckmittel anwandte, ein Geständnis zu erzielen. Die gingen umher und strahlten in ihrem gewaltigen Glanz, und die Bauern lachten noch, wenn sie erfuhren, wie so einer ein Knechtlein im stillen Stall in die Ecke gekriegt und ihm so lange auf die Zehen getreten hatte, bis ihm der gestohlene Sack Hafer aus dem Maul fiel.

Ja, war es denn wirklich nur wegen des Jungen, des Ernst?

Sollte er jetzt plötzlich dafür bestraft werden, nachdem sich vierzehn Jahre lang kein Mensch darum gekümmert hatte? Ein Kreuz neben ihm, wahrhaftig, ob es der Vater leben ließ – so was sagte so was –, aber auch ein Kreuz neben dem toten schwarzen Martin, was nicht dessen Kreuz bedeutete. Nein, wenn es sein Kreuz bedeuten sollte: er fühlte sich noch ziemlich frisch. Auch ohne Uniform.

Der einsame Mann auf der Gartenbank steht auf und geht hin und her. Es ist dunkel, es muß also nach neun geworden sein. Erst gegen elf wird es wieder hell. Es ist zunehmender Mond, zweites Viertel. Er überlegt das alles, warum, weiß er eigentlich nicht recht. Vielleicht, damit er weiß, daß die drinnen in der Stube nun schlafen. Aber in Wirklichkeit denkt er darüber nach, daß der Superintendent heute den ganzen Tag wieder nicht in seinem Garten gewesen ist, vielleicht kann er eine Abhaltung gehabt haben, aber er kann ihn auch gemieden haben. Am liebsten ginge er jetzt hinauf zu Marder, spräche sich mit ihm aus, aber er hat etwas anderes vor.

Er steigt leise über die Verandatreppe hoch, geht leise über die Veranda und öffnet die Tür zum Zimmer. Während er das tut, fällt ihm plötzlich ein, daß es eigentlich sonderbar ist, daß ihm Marder sein größtes und schönstes Zimmer gegeben hat, dann aber fällt ihm ein, daß man bei diesem Zimmer nicht den Haupteingang benutzen muß, sondern sich seitlich ungesehen einschleichen kann. Darum also – aber er wird jetzt nicht daran denken, er hat anderes vor.

Er geht sachte in das Zimmer, aus allen Winkeln dringen

die Schlafgeräusche. Sie schlafen zu zweien und dreien in einem Bett. Sie haben in den letzten Nächten nicht viel Schlaf abbekommen, darum schlafen sie so fest. Der große, früher so selbstsichere Mann mit dem verwirrten Herzen steht lautlos horchend in der Mitte des Raums und lauscht auf all die Atem. Sie sind alle sein, sind alle Stück von ihm, Teil seines Lebens – mögen sie ihn einen rohen Kerl schelten, sie sind doch ein Teil seines Lebens!

Er geht leise an den Schrank, in den er seine Dienstsachen gelegt hat, und findet auf den ersten Griff im Dunkeln die Taschenlaterne. Er geht leise in die Ecke am Ofen. Dort steht etwas allein ein Bett, darin schläft einer allein. Es ist Ernst, den man nicht mit den andern Kindern zusammen schlafen lassen kann. Der Landgendarm Wilhelm steht eine lange Weile bewegungslos vor diesem Bett. Der Atem des Jungen geht still und sanft, nun ist er ruhig, nun ängstet ihn nichts mehr, jetzt verspottet ihn keiner. Der Vater hat gemerkt, daß der Ernst weiß, er ist anders als die andern Kinder, manchmal hat er einen Blick hilfloser Angst, manchmal sitzt er da, als versuchte sein armes, blödes Hirn nachzudenken – aber kann man ihm helfen? Man muß ihn anschnauzen, daß er sich zusammenreißt. Wenn er vor dem Vater Angst hat, denkt er nicht an seine Angst vor den andern.

Der Vater hat die Taschenlampe angeknipst und beleuchtet den Kopf des Jungen. Der schläft ruhig weiter. Ja, es ist noch immer dasselbe Gesicht, das Wilhelm von je so gehaßt hat, der birnenförmige Kopf mit den häßlichen Buckeln, die fliehende Stirn, die breiten, abstehenden Ohren, das schwache Kinn. Aus dem Mund fließt etwas Speichel. Aber der Vater sieht das jetzt mit andern Augen. Es ist ein armes, kleines Gesicht. Die Schatten unter den Augen sind so dunkel, und der Mund des Achtzehnjährigen ist klein, sanft und zart, wie der Mund eines kleinsten Kindes. Sonst hat Wilhelm sich immer über die Sabberei empört, jetzt holt er umständlich ein Taschentuch vor und wischt den Mund ab. Er sieht nun wieder auf das Kind, er prüft es lange, aber eigentlich prüft er nicht das

Kind, er prüft das eigene Herz. Ja, er wird Frieden schließen mit seinem Makel, er wird sich nicht mehr schämen und wird es nicht mehr schlagen. Er wird seine Späße mit ihm machen wie mit den andern Kindern.

Er gibt einer plötzlichen Eingebung nach, beugt sich über das Bett und küßt den Jungen auf den Mund. Der wacht auf von dem harten Bart. Zuerst starrt er verständnislos in das nahe, große Gesicht. Dann verzieht sich sein Mund in namenlosem Schrecken, er stemmt die Arme gegen des Vaters Brust, aus seiner Kehle kommen seltsame Gurgellaute.

«Ernst», sagt der Vater sanft, «ich tu dir doch nichts, Ernst.»

Aber der Junge ist verrückt vor Angst. Dies dunkle Zimmer, der enge Lichtkreis mit dem großen Gesicht des Vaters – er möchte die Mummi um Hilfe rufen, aber in seiner Angst kommt er nicht auf Worte. Vielleicht ist da wieder die große Lokomotive, die er heute nachmittag war, oder das Feuerwehrauto, das ihn neulich in der Nacht besucht hat – er schreit angstvoll: «Tut! Tut! Pschscht! Pschscht! Tut! Tut!»

Der Vater sieht zu den Betten, er wehrt dem Jungen: «Nicht, Ernst, leise.»

Und er legt die Hand auf des Jungen Mund. Aber der beißt zu in seiner Angst und schreit nur noch lauter: «Tut! Tut! Pschscht! Pschscht!»

Zugleich riecht der Vater, daß der Junge sich wieder vergessen hat. Der Vater wird wütend, er schreit den Jungen an: «Bist du ruhig, du Schwachkopf!» und drückt den Kopf mit Gewalt in die Kissen zurück. Der Junge brüllt nur noch lauter, die Stimmen der andern Kinder erheben sich aus den Betten: «Vater, tu dem Ernstel nichts.» Die kleine Eva schreit: «Hau nicht, Vater.» Ein Kleines fängt an zu heulen ...

Plötzlich steht die Frau im Nachthemd vor ihm. «Jetzt melde ich es aber dem Landrat! Alle sagen, du darfst das Kind nicht mehr behalten ...»

Er sieht fassungslos seine demütige, verweinte Frau an. «Frieda», sagt er, «ich wollte doch nur, Frieda ...»

Ein paar Schläge tönen gegen die Tür, die ins Innere des Hauses führt. Der Superintendent ruft schallend: «Herr Wilhelm, kommen Sie sofort einmal raus!»

Wilhelm sieht seine Frau noch einmal lange an. Dann geht er zu der Tür. Der kleine Marder ist rot angelaufen. Mit funkelnden Augen betrachtet er den großen Mann vor sich: «Solch Lärm in meinem Haus ist nicht zu dulden! Morgen ziehen Sie aus, ich habe Sie gewarnt!»

Der Gendarm Wilhelm steht mit einem seltsam dummen Lächeln an der Wand. Er betrachtet sich den Superintendenten, er sagt gedankenlos: «Zu Befehl, Herr Superintendent.»

«Es ist eine Schande», ereifert sich der immer mehr, «was kann denn das arme Kind dafür. Hätten Sie früher weniger gesoffen ...»

«Freilich, freilich, Herr Superintendent», sagt der Gendarm fügsam.

Marder schaut verblüfft. «Also gut», sagt er abschließend, «ich wollte Ihnen das nur gesagt haben. Morgen oder meinethalben auch übermorgen ziehen Sie.»

«Zu Befehl», sagt Wilhelm wieder. Er lächelt noch immer und sieht den Superintendenten dämlich an.

«Ist Ihnen was?» fragt der unwillkürlich.

«Was meinen Sie?» fragt der Gendarm plötzlich. «Glauben Sie, Herr Superintendent, es bedeutet etwas, wenn eine alte Frau neben einem Kopf ein Kreuz sieht?» Er sieht den Superintendenten fragend an, aber ehe der noch antwortet, spricht er schon weiter: «Ich hätte eben beinahe dem Ernstel den Schlund abgewürgt. Dann hätte das Kreuz gestimmt. Aber das andere hätte dann nicht gestimmt. Oder hätte es doch gestimmt ...?»

Er wartet entschieden auf keine Antwort, er spricht mit sich selbst.

Der Superintendent sagt scharf: «Ich habe auch schon von diesem albernen Gerede gehört. Benehmen Sie sich wie ein anständiger Kerl und ein ordentlicher Vater. Dann gibt es keine Kreuze.» Er seufzt, er sagt geläufig: «Die meisten Kreuze laden wir Menschen uns selbst auf.» Er denkt noch einen Augenblick nach, und ihm fällt etwas ein: «Übrigens, was ich Ihnen noch sagen wollte, Herr Wilhelm, der Bullenberger soll auf der Insel sein. Man hat ihn heute nachmittag in Dreege gesehen.»

«Wirklich?» sagt der Gendarm aufgeregt... «Stimmt es auch sicher?»

«Mir ist es wenigstens gesagt worden», sagt der Superintendent.

«Und ich stehe hier und schwatze», sagt Wilhelm, «ich muß schleunigst...» Er bricht ab und denkt wieder nach.

«Was müssen Sie schleunigst?» fragt der Superintendent. «Denken Sie bitte daran, Herr Wilhelm, daß Sie nicht mehr im Dienst sind. Sie haben keine Amtsbefugnisse mehr.»

«Das wissen Sie also auch schon?» sagt Wilhelm spöttisch. «Was Sie alles wissen, Herr Superintendent, man kann sich nur wundern. Nur die Pferde lassen Sie geiziger Mann verhungern. Das wissen Sie nicht, daß das auch Quälerei ist. Guten Abend.»

Er läßt ihn stehen und geht in sein Zimmer. Dort brennt das Licht. Frau und Kinder sind dabei, Ernstel zu beruhigen und zu reinigen. Als er eintritt, werden alle totenstill. Nur das klägliche Weinen des Blöden ist noch zu hören. Er achtet gar nicht auf sie. Er geht schnurstracks auf den Schreibsekretär zu und schließt die Schieblade, in der er seine Waffe hat, auf. Dann steht er überlegend davor. Der Dienstrevolver ist für den Zivilanzug, bei dem er nicht umschnallen kann, eigentlich zu schwer. Dann hat er noch einen Trommelrevolver, aber der ist ein Dreckding, hat ewig Ladehemmungen, und schließlich ist da noch die kleine Ortgies, eine hübsche Pistole. Er hat sie vor einer Woche einem Schnösel von Sommergast abgenommen, der im öffentlichen Fabiansruher Park damit Scheibenschießen gemacht hat. Das kleine Dings hat ihm Freude gemacht. Er hat ein paarmal daraus geschossen. Für den kurzen Lauf schießt sie sehr gut. Aber es sind nur noch zwei Patronen im Magazin und die im Lauf ist die dritte. Allemal genug für einen Kerl wie den Bullenberger. Er sieht nach, ob gesichert ist. Diese Pistole hat so eine hübsche Sicherung, die man mit dem Daumenballen eindrückt – er freut sich direkt darauf, mit dem Dings auf was Vernünftiges zu schießen.

«Was willst du?» fragt neben ihm seine Frau.

«Also», sagt er, steckt die Ortgies in die Hosentasche und schließt die Schieblade ab, «du mußt morgen früh als erstes unser bißchen Gelumpe packen. Wir ziehen ins Armenhaus.» Er sieht sie zum erstenmal an. «Laß man, Olle», sagt er tröstend, «es kommt alles schon wieder zurecht. Jetzt schieß ich erst mal den Bullenberger runter. Dann habe ich bei denen oben eine Nummer, soooo!»

Er geht lächelnd zur Tür. Die kleine Eva, die im Hemd an ihm vorbeiwutscht, bekommt noch einen freundschaftlichen Klaps hinten drauf, daß sie aufkreischt.

Jetzt tritt er von der Veranda in den Garten. Es ist noch immer ganz dunkel. Auch im Dorf ist es stockdunkel. Die haben die Beleuchtung nicht angeknipst, weil sie auf den Mond warten. Nun, der Mond wird sie enttäuschen. Mit Sonnenuntergang hat es sich stark bewölkt, und dabei ist es warm. Sicher gibt es noch Regen.

Er geht raschen, sicheren Schrittes erst die stille Dorfstraße hinunter, dann ein Stück Chaussee, dann biegt er in den Feldweg nach Kienholz ein. Es kann noch so dunkel sein, nach vierzehn Jahren Dienst sommers wie winters, mal auf dem Rad, mal auf Botten, kennt man jeden Fußbreit Wegs.

Er schreitet rasch aus, er kann gar nicht schnell genug nach Kienholz und an den Fabiansruher Strand kommen. In Kienholz wohnt der Fischer Liebrecht, den er schon lange im Verdacht hat, mit dem Bullenberger in Verbindung zu stehen. Der Mann hat viel zuviel Geld füs Saufen übrig, und die Frau, die dumme Trine, hat sich jetzt im Sommer einen Pelz gekauft. Einen Persianer, den sie letzten Sonntag sogar zur Kirche angehabt hat. Er verspricht sich nicht viel von diesem nächtlichen Besuch, aber schaden kann es nicht, da einmal anzuklopfen. Dann wird er auf den Fabiansruher Strand gehen, und daß der erfolglos sein könnte, daran mag er überhaupt nicht denken. Der Bullenberger ist wieder auf der Insel. Also wird er ihn heute nacht treffen und mit ihm abrechnen. Morgen früh aber wird alles wieder in Ordnung sein, er wird wieder seine Uniform tragen dürfen und Freunde haben – nur, er wird ein bißchen anders geworden sein und wissen, was man von diesen Freunden zu halten hat.

Seine fröhliche, aufgeräumte Stimmung während der letzten zehn Minuten auf der Superintendentur ist längst wieder vorüber. Er ist kalt und heiß, von einer hitzigen Wut besessen und wieder voll Träumereien. (Auch Ernstel soll es dann gut haben, ich bin heute abend bloß zu hastig gewesen.) Daß der Bullenberger, der jetzt, da er Familie und Habe weggeschafft hat, eigentlich nichts mehr auf Fiddichow zu suchen hat, doch wieder hier ist, das beweist, daß auch der hier noch etwas abzurechnen hat. Und wenn man einen gestohlenen Karabiner eins rechnet, ein angezündetes Haus zwei, so wird die Nummer drei, die ihn zurückgeholt hat, wohl der Gendarm Wilhelm sein. Das ist ganz tröstlich. Sie suchen sich beide. Also werden sie sich schon treffen. Umsonst ist der nicht öffentlich in Dreege herumgelaufen, und es gibt nur einen Treffpunkt! Vielleicht hat der sogar den Karabiner mitgebracht. Der ist dazu imstande!

Auch das hat seinen Vorteil: er kann morgen früh gleich melden, daß er seine Dienstwaffe wieder hat. Vor dem Schießen ist ihm nicht angst. Er hat immer das schnellste Auge, die flinkste, sicherste Hand gehabt. Darauf allein kommt es an. Man muß schon knallen, ehe der andere die Hand noch am Abzug hat, das kann er.

Das Haus des Fischers Liebrecht ist gleich das zweite rechter Hand in Kienholz. Es ist aber gar kein richtiges Haus, nur eine jämmerliche Kate. Würdig der vier andern, zerstreut am Kiefernwald liegenden Katen, die die ganze Siedlung Kienholz ausmachen. Im Hause von Liebrecht brennt noch Licht, das kann man trotz der fest angemachten Laden sehen. Der Gendarm schleicht auf Zehenspitzen heran und sucht durch die Spalten der Laden ins Zimmer zu spähen. Er kann nichts ausmachen wie ein Stück kahle Wand und etwas Ofen. Nun lauscht er. Er hört das eintönige Gemurmel einer Männerstimme. Dann wird es still, und nun wieder das Gemurmel.

Wilhelm geht rasch an die Tür, schlägt stark dagegen und ruft: «Aufmachen, Gendarmerie.»

Sofort geht das Licht aus, das Gemurmel ist erstorben, Totenstille. Fast kommt es ihm unheimlich vor, wie er hier in der dunklen Nacht steht und mit der Faust gegen eine Tür hämmert.

Einen Augenblick überlegt er. Dann zuckt er die Achseln und geht weiter. Er hat ja von vornherein gewußt, daß dieser Versuch zwecklos ist.

Dreihundert Meter hinter Kienholz fängt schon Fabiansruh an. Nach den altersgrauen, schiefen Fischerkaten die sauberen Villen eines neuen Gewerbebetriebes. Aber, obwohl es doch hier Sommergäste gibt, Berliner, die nie ins Bett finden können, ist es auch hier totenstill. In manchen Villen brennt wohl noch Licht, aber auf der Straße ist niemand. Sie warten wohl für ihren Abendbummel den Mondaufgang ab, wenn sie überhaupt wissen, diese Städter, wann so etwas ist: Mondaufgang.

Wir müssen fertig sein, ehe der Mond hoch ist, überlegt Wilhelm. Nachher wimmelt alles von diesen Fatzken in Flanellhosen mit ihren Mädchen.

Er geht hastiger. Bis zum Mondaufgang ist höchstens noch eine Viertelstunde, überzeugt er sich auf seiner Uhr mit einem Streichholz. Bis der Mond hinter den Bäumen richtig hoch ist, kann es noch zwanzig Minuten dauern. Immerhin, die Zeit ist knapp.

Er biegt zwischen ‹Immergrün› und ‹Seeblick› in einen Dünenweg ein, überschreitet den sehr schmalen Dünengürtel und geht durch den hellen Sand, so rasch es sich nur machen läßt, abwärts zum Strand. Er muß sich etwas links halten, die Stelle muß etwas links gewesen sein. Trotz seiner Aufregung – er fühlt, daß er aufgeregt ist, aber seine Aufregung kommt allein aus der Furcht, daß der Bullenberger nicht rechtzeitig da sein könnte –, trotz seiner Aufregung muß er grinsen. Die Badeverwaltung hat sich nicht damit begnügt, den blutgetränkten Sand fortschaffen zu lassen. (Wo sie nur damit abgeblieben sind? Na, sicher untergebuddelt!) Nein, sie hat gerade diesen Strandteil mit einem ganzen Aufmarsch von Strandkörben versehen, Dutzende von Fahnenstangen aufgestellt. Wilhelm hat schon davon gehört, daß das ganze Dorf Fabiansruh eine Nacht hat durcharbeiten müssen, um diesem Strandabschnitt ein recht fröhliches Aussehen zu verleihen. Nun, morgen früh werden die nicht sehr zufrieden sein, wenn sie die neue Bescherung sehen.

Den Gendarmen irritiert dieser Aufmarsch von Burgen, er findet sich wirklich im Augenblick nicht zurecht. Ein paarmal visiert er zu den Dünen hinüber. Die Kommission hat damals ausgemacht, daß der Mörder hinter einer kleinen Kieferngruppe versteckt gestanden haben muß, aber es ist zu dunkel, er kann diese Kieferngruppe nicht sehen. Er muß warten, bis es heller geworden ist, die Luft wird jetzt schon ein ganz wenig sichtiger, aber wenn es heller geworden ist, ist es auch zu spät. Zwei oder drei Minuten läuft er ziellos und ärgerlich zwischen den Sandburgen herum, dann setzt er sich auf einen Wall. Wenn der kommt, merkt er es schon, und wenn er nicht kommt...

«Ja, da sitzen Sie richtig», sagt eine kratzige, rauhe Stimme.

Der Gendarm Wilhelm springt mit einem Satz auf und starrt in den dunklen Strandkorb. Jemand sitzt drin. Irgendwie überkommt den Gendarmen nach all der Spannung der letzten Stunde das verrückte Gefühl, es sei das gar nicht der Bullenberger, der da sitzt. Irgendein Badegast vielmehr, der ironisch gegen die Beschädigung seiner Burg protestieren will.

«Sind Sie das?» fragt er atemlos.

«*Ich* schieße nicht von hinten», sagt die tiefe Stimme wieder, «ich hätte Sie schon abknallen können, wie Sie vorhin auf der Straße Ihre Uhr anleuchteten. Aber *ich* schieße nicht von hinten.»

«Ich auch nicht», sagt Wilhelm wütend und reißt an der Pistole, die im Taschenfutter festsitzt. Er hat sich das so vorgestellt: Hinhalten und los. Aber alles, was wahr sein muß, der hätte ihn schon zehnmal abknallen können.

Er hat jetzt die Pistole frei und hält sie unschlüssig in der Hand.

«Den schwarzen Martin haben Sie jedenfalls von hinten abgeschossen», sagt der Bullenberger.

«Glauben Sie auch diesen Blödsinn, Mann», ruft Wilhelm. «Den hätte ich jederzeit abschießen können, ganz öffentlich, und erklären können, er hat Streit mit mir angefangen, er hat sich seiner Verhaftung widersetzt, er hat mich bedroht. Das habe ich wahrhaftig nicht nötig, ihn von hinten auf dreihundert Meter abzuknallen.»

Der Bullenberger schweigt eine Weile. «Ist das so?» fragt er sich halblaut. «Dann kann es nur ein Zöllner gewesen sein.»

«Wer es gewesen ist, will ich gar nicht wissen», ruft Wilhelm. «Ich war's nicht.»

Der Bullenberger schweigt wieder. Plötzlich aber sagt er: «Nein, wer Kinder quält, ist auch feige, und wer feige ist, schießt von hinten. Du bist es gewesen und kein anderer.»

In Wilhelm kommt eine Welle von Wut und Trauer hoch. Aber er bezwingt sich. «Und daß ich hierher gekommen bin, ist das etwa auch feige? Ich bin gar nicht mehr im Dienst. Ich hätte fein zu Haus bleiben können.»

«Eben weil du nicht mehr im Dienst bist, darum mußt du Mut haben. Daß du wieder in den Dienst kommst.»

Der Gendarm überlegt fieberhaft. Aber dann sagt er etwas ganz andres, etwas, an das er eben noch nicht gedacht hat: «Wir müssen schnell machen», sagt er, «der Mond ist gleich hoch und die Gäste kommen an den Strand.»

«Was gehen mich die Gäste an?» fragt der Bullenberger brummig, aber er steht doch auf und steigt über den Burgwall. «Du hast es sehr eilig, tot zu sein. Es gefällt dir nicht mehr in deiner blanken Haut, was? Keine Freude mehr, wie?»

Wilhelm hat sich das so einfach gedacht, Pistole hoch und los. Aber all das geht nicht mehr, fühlt er. «Also los», sagt er.

«Na schön», sagt der Bullenberger, «paß auf. Wir stellen uns beide unten ans Wasser, zehn Schritte Abstand. Ich zähle bis drei, und wir schießen gleichzeitig. – Ich müßte wohl eigentlich auch eine Pistole nehmen», sagt er nachdenklich. «Aber du sollst mit deinem eigenen Karabiner aus der Welt.»

«Ich habe den schwarzen Martin nicht erschossen», sagt Wilhelm hartnäckig.

Der Bullenberger antwortet nicht, sondern geht voraus, zum Wasser hinunter. «Da stell dich hin», sagt er.

Nun fängt er an, den Abstand zu zählen: «Eins, zwei, drei, vier ...»

Dann baut er sich auf. Sie stehen sehr nahe beieinander. Trotz der Dunkelheit kann Wilhelm die schwere, massige Gestalt des Bullenbergers deutlich sehen. Er hebt langsam die Pistole. Dabei merkt er, daß seine Hand zittert.

Ich bin ja aufgeregt, denkt er. Was für ein verrücktes Zeug! Darf ich denn so etwas überhaupt machen? Ich bin ja erledigt, wenn die morgen feststellen, wie ich ihn aus dem Leben gebracht habe. Einfach losdrücken. Bei Verbrechern gibt es keine Treue.

Aber er drückt nicht los. Er horcht auf die Wellen, die ganz leise plätschern, den Strand hinauflaufen, er sieht nach der Düne, über der es vom hochkommenden Mond licht wird.

«Warum zählen Sie nicht», ruft er ärgerlich, «es ist gleich hell, und die Leute kommen.»

Der antwortet nicht.

Plötzlich muß Wilhelm an das Gesicht seines Jungen im Bett denken, wie es sich in schrecklicher Angst vor dem Vater verzog – und er späht nach dem Gesicht drüben.

«Ich habe den schwarzen Martin nicht erschossen», sagt er noch einmal.

Keine Antwort.

Das ist so mit der regungslosen Gestalt da drüben, daß sie sich manchmal in das Nachtdunkel aufzulösen scheint. Wilhelm glotzt und glotzt, nichts – und dann ist sie wieder da.

«Zählen Sie doch los, Bullenberger», schreit er laut.

Keine Antwort.

Die Gestalt steht da, ist fort, ist wieder da. Er läßt verzweifelt den Arm sinken, er ist in Versuchung, hinüberzulaufen und den Bullenberger an den Schultern zu schütteln, ob er auch wirklich ist. «Zählen Sie!» schreit er noch einmal.

Nichts – nur die kleinen Wellen und die Scheibe des fast vollen Mondes, die sich über den Dünenrand hebt. Plötzlich erklingen aus nächster Nähe, aus dem Garten einer Villa wohl, Stimmen von Sommergästen. Er hört ein Mädchen lachen. Ach, die guten, warmen Bauernmädchen im Stall, oder auf der Heuwiese, oder im Roggen ... Eine unaussprechliche Sehnsucht nach dem Leben schüttelt ihn, nach festem Fleisch, nach warmem Brot, nach den frisch betauten, krachenden Äpfeln, die man auf dem Wege von einem Baum pflückt.

Er erhob rasch die Pistole und drückte los.

Der Knall, trocken und überraschend leise, erschreckte ihn.

Warum haben Sie nicht gezählt? wollte er rufen.

Da klingt es von drüben: «Vorbei!» Er erhält einen sanften Schlag gegen die Brust, plötzlich sind seine Knie weich, er möchte die Pistole hochbringen, und seine Finger spreizen sich und lassen sie fallen, sanft sinkt er rückwärts auf den Sand.

Der Bullenberger, der sich über ihn beugt, sieht, es ist gleich vorbei. Jetzt ist der Mond hoch genug, daß er das wachsgelbe Gesicht erkennen kann, den haltlos schlaffen Unterkiefer, die Augen, die das Weiße hervorzudrehen beginnen.

«Hast doch zuerst geschossen, Lump», sagt er.

Der Sterbende tut einen gewaltigen Atemzug, auf dem Wege fort von dieser blühenden Erde hat die kratzige, böse Stimme ihn erreicht.

Er sagt mühsam und sieht den Feind stark an: «Ich habe den schwarzen Martin nicht erschossen.»

Der sich über ihn beugt, schüttelt abweisend den Kopf.

«Nein», sagt der Sterbende.

«Hast ihn erschossen, hast jetzt auch zu früh geschossen, Kinderquäler», sagt der Bullenberger.

Der will noch etwas sagen, er richtet sich halb auf, er sieht flehend den Feind an, seine Lippen probieren den Laut, aber da kommt der große, ekelhaft laue, erstickende Strom Blut, und er sinkt zurück, ohne die letzte Beteuerung, der doch niemand glaubt, gesprochen zu haben.

Der Bullenberger wirft den Karabiner über die Schulter. Gegen die andere, in die ihn die Kugel des Gendarmen traf, drückt er die Hand und geht gegen die Dünen zu. Plötzlich sieht er sich auf drei Meter Entfernung einer Gruppe von Badegästen gegenüber, die ihn bleich anstarren. «Guten Abend», sagt er gedankenlos. Dann besinnt er sich. Er sagt: «Nichts mehr zu machen. Schon tot.»

Und geht zwischen den Gästen durch, den Dünenweg hinauf. Ihn schwindelt etwas. Dann hört er, als er zwischen ‹Immergrün› und ‹Seeblick› ist, eine Stimme schrill jammern. «Ach die!» sagt er ärgerlich, überquert die Chaussee und taucht auf der andern Seite in den Wald.

Die Leiche des Gendarmen war sofort gefunden worden, und sofort kam die Insel in Aufruhr. Verschlafene Postagenturen und öffentliche Fernsprechstellen über ganz Fiddichow hin wurden wachgeklingelt, Boten durch alle Dörfer geschickt, alle Fischer zu ihren Kähnen beordert.

Der Mörder ist noch auf der Insel, er muß sofort gefaßt werden, ehe er fliehen kann. Morgen, haben sie ihn bis morgen noch nicht, werden sie alle Getreidefelder abstreifen, alle Kiefernschonungen durchdrücken, die ganze Halbinsel wird auf den Beinen sein. Vor allen Häusern stehen die Leute die Nacht hindurch und sehen auf die mondbeglänzten Wege, ob der Mörder gegangen kommt. Die wildgewordenen Hunde heulen ein nie endendes, klagendes Gebell zum Himmel. Neben jedem Kahn steht sein Schiffer und hält Wacht.

Wie die Nacht vorrückt, kommt das Auto der Mordkommission tutend und jagend von Bergen in Fabiansruh an, vollgepackt mit Juristen, auf den Trittbrettern stehen Gendarmen. Und mehr und mehr Gendarmen kommen auf allen Wegen, auf ihren Fahrrädern oder zu Fuß, mit bestaubten Schuhen und Gamaschen.

Langsam wird der Mond blaß, und die frühe Sonne steigt strahlend über den Horizont. In Kirchdorf hängt der Landrat mit seinen beiden Sekretären an den Telefonen des Orts, die ganze Halbinsel wird in Kessel eingeteilt, und es ist kaum sieben, so marschieren die Dörfer aus, die Schützen mit Flinten, die Treiber mit Knarren, die Hunde jaulend an den Riemen zerrend, als gehe es zur winterlichen Hasenjagd.

Treibjagd auf Fiddichow! Treibjagd auf Fiddichow!

Dem Bäcker Lenz aus Riek jagt ein unvorsichtiger Schütze eine Ladung Schrot ins Gesicht. Er verliert das Augenlicht. Den Bullenberghof fassen, keiner weiß, wieso, Flammen, und der Brand greift in die trockene Kiefernschonung über. Es dauert viele Stunden, bis man dreißig, vierzig Mann zusammen hat, um das Feuer einzudämmen.

Am Abend geht alles müde und verärgert nach Haus. Keine Spur, nicht einmal eine Spur. Am nächsten Tag suchen nur noch die Gendarmen. Am dritten Tag fährt die Mordkommission wieder nach Bergen zurück, und allmählich, in den Tagen und Wochen, die folgen, klingt die Erregung ab. Der Bullenberger ist nicht mehr auf der Insel. Nie wieder wird er sich dort sehen lassen.

Länge der Leidenschaft

I

Er trat ein und Ria begriff sofort, daß sie sich vollkommen geirrt hatte, daß ihr Vater im Recht gewesen war, diesen subalternen Schreiber, wie sie ihn verächtlich genannt, zu sich ins Haus zu bitten, dort einige seiner einsamen Abende zu verplaudern.

Er verbeugte sich vor der Mutter und küßte ihr die Hand, er sprach einige rasche lächelnde Worte zum Vater, nun stand er vor ihr, ihre Hände streiften, ihre Blicke begegneten sich. Sie senkte den ihren, von einer ihr unfaßlichen Verlegenheit befangen, und, als sie ihn wieder erhob, redeten die andern, von irgendwelchen Arbeitersachen natürlich und natürlich hatte er denselben Standpunkt wie der Vater.

Irgendwie war Ria enttäuscht und, indeß sich Verlegenheit und Enttäuschung zu einer Gereiztheit in ihr verdichteten, musterte sie den Sprecher neben sich, fand den glattgeschorenen, bartlosen Kopf lächerlich klein, die Gestalt zu lang und dünn, Hände und Knöchel schon übertrieben schmal und wiederholte sich, die Lippen vorschiebend: «Subalterner Schwätzer!»

Sein Blick sprang zu ihr über, um seine Augen ging solch Lächeln auf, daß klar ward, er habe sie erraten. Er hob die Schulter ein wenig, unbeirrt sprach er zum Vater weiter von den Exmissionsklagen, mit denen die renitenten Arbeiter aus ihren Wohnungen zu jagen seien, und plötzlich schienen ihr seine Stimme und seine Worte von einer rätselhaften Zweideutigkeit getränkt: dies sprach er und meinte ein anderes und dies andere meinte er für sie, vielleicht auch für jene, die obdachlos auf der Straße liegen sollten, doch vor allem für sie.

Sie verstand nichts.

Später saßen sie einander am Schachbrett gegenüber. Er spielte rasch, leicht, mit einer sprunghaften Plötzlichkeit, die sie nie seine Pläne erraten ließ. Ehe sie noch zog, rief er: «Wenn Sie diesen Zug machen, sind Sie matt», und sie fühlte seinen Fuß neben dem ihren. Er schmiegte sich fest an, unmißverständlich, sie fühlte die Wärme seines Beines an ihrer Wade, und diese Wärme stieg ihr in die Wangen.

Verwirrt fragte sie: «Welchen Zug soll ich nicht tun?» und zog ihren Fuß zurück.

«Diesen nicht», sagte er, machte den Zug, den sie hatte tun wollen, und fing ihren Fuß zwischen den seinen ein. Sein Blick war völlig kalt, grausam und wissend, ein Blick, vor dem sie erbebte.

«Ich bin zu müde, um zu spielen», und sie stieß mit der Hand gegen das Brett, daß die Figuren durcheinanderrollten. Einige fielen zur Erde, er bückte sich, hob sie auf, und seine Hand faßte ihr Bein.

Nie war sie so schamlos berührt worden. Ihr Zorn wurde stark, fast laut sagte sie: «Lassen Sie das, ich sage es meinen Eltern.»

«Soll *ich* es ihnen sagen?» fragte er zurück und machte einen Schritt auf die Patience legenden Eltern zu.

Sie sah ihn an, und wieder hatte sie das Gefühl, als habe er etwas ganz anderes gesagt, weit über den Klang seiner Worte hinaus, ein tieferer Sinn schien verborgen, über die Worte hinaus, etwas das sie anging und vielleicht das ganze Leben anging, seine Zweifelhaftigkeit, seine Unsicherheit, sein Verrinnendes.

Sie machte eine Geste, die Hände flach zu erheben. Sie ließ es. «Mama, Herr Martens möchte sich verabschieden», sagte sie.

2

Lange lag Ria in ihrem Mädelbette wach. Nun er fern war, nun nicht mehr sein Blick, seine Hand, sein Lächeln auf sie wirkten, wuchs ihr Zorn. Für wen hielt er sie, daß er die Frechheit hatte, sie so zu behandeln? Etwa für eine Dirne? Nie, nie hatte es ein Mann gewagt, sie so anzusehen, sie so anzufassen.

Sie dachte an die Küsse, die sie einmal, ein einzigesmal, einem Freunde ihres Bruders nach einem Tanz erlaubt. Aber diese Küsse waren etwas kindlich Sanftes gewesen gegen diesen Blick, dieses Anfassen, dieses Treten.

Sie war auf dem Lande aufgewachsen, sie hatte die Tiere gesehen, sie wußte, die Dorfmädel hatten ihre Verhältnisse, und ein uneheliches Kind war weder etwas Seltenes noch ein Rätsel für sie. Aber das waren die Dorfmädel! Verwechselte er sie etwa mit jenen? Sie, die Tochter eines Rittergutsbesitzers sollte sich so behandeln lassen von einem simplen Schreiber ihres Vaters!

Sie wollte es ihm sagen! Nicht noch einmal sollte er es wagen, so die Augen vor ihr aufzuschlagen. Sie würde es allein mit ihm ausmachen, ohne die Eltern, sie würde zu ihm aufs Büro gehen, und sie würde ihm unzweideutig sagen, daß seine Tage hier auf Baumgarten gezählt seien, wenn er noch einmal...

Morgens erwacht, verschob sie die Ausführung ihres Entschlusses. Doch dann, als ihr Vater nach dem Essen in seinen Jagdwagen stieg, die Mutter schlief, sah sie sich plötzlich auf dem Weg über den Hof. Noch an der Bürotür zögerte sie und klopfte schon, und sein «Herein» rief sie.

Er war nicht allein. Nie hatte sie daran gedacht, daß er bei diesem Besuche nicht allein sein könnte. Rauchend stand er mit dem Dorflehrer an dem Fenster, wandte nicht den Kopf und fragte nur: «Nun?» Und wandte sich zu ihr, die noch in der Tür stand. Nein, selbst jetzt war er nicht verwirrt, nicht einmal überrascht schien er: «Gnädiges Fräulein wünschen?»

Kam kaum näher, nahm ihre Hand nicht, verbeugte sich nur.

«Ein paar Frachtbriefe», sagte sie.

Er ging an einen Schrank. «Und was für welche? Eil oder gewöhnliche?»

Sie zögerte, sie fand sich nicht zurecht. War dies der von gestern abend? Der Lehrer hatte sich nach einer Verbeugung fortgewandt, er drehte ihnen den Rücken, sah zum Fenster hinaus.

«Ach, geben Sie mir von jeder Sorte einen!» rief sie ungeduldig. All dies war lächerlich, beschämend, so verkehrt.

«Bitte schön», sagte er, reichte sie ihr und sah sie an. Sie griff zu, wollte gehen, da fragte er sanft und unschuldig: «Damit Sie von jeder Sorte einen haben, vielleicht noch einen Tierfrachtbrief?»

Wieder kam ihr Zorn, sie sah ihn an. Und bemerkte im gleichen Augenblick, daß sie verloren war, daß nichts ihr Lachen zurückhalten konnte, schon brach es los und, die Briefe zusammenknitternd, rief sie: «Von jeder Sorte einen!»

Auch er lachte, seine Stimme erklang: «Verschwinden Sie Wehrer der Knaben. Geschwinde verändern Sie das Lokal.»

Die Tür klappte, sie waren allein, sie waren still. Das noch festgehaltene Lächeln verschwand auf ihren Gesichtern, wurde weggewischt, und mit zitternder Stimme sagte sie: «Wie kommen Sie zu dieser letzten und größten Unverschämtheit, den Wille derart herauszuschicken? Was soll er von uns denken?»

Er beugte sich vor, er flüsterte: «Mädel, kleines, dummes Mädel.» Sie wich zurück, sie ging Schritt für Schritt von ihm fort, sie murmelte flehend: «Rühren Sie mich nicht an! Fassen Sie mich nicht an! Sie sollen mich nicht anfassen.»

Sein Arm legte sich um sie, seine Lippen berührten die ihren, unter diesem Druck öffnete sich ihr Mund. «O du», flüsterte sie.

3

Sie trafen sich bald hier, bald dort, bald da, hinter den Gewächshäusern, im Obstgarten, auf dem Gutshofe, im Krämerladen, nachts und tags im Park. Einmal glaubten sie in der Ferne Rias Vater zu sehen und flüchteten durch Erlen und Weiden, wo überall Wasser sickerte, um in einem Kartoffelfelde atemlos halt zu machen, durch dessen schwarzbraunes, herbstnasses Kraut ein Hühnerjäger hochbeinig stapfte.

Oft war es nur ein flüchtiges Wort, das sie tauschen konnten, ihre Hände streiften sich im Vorübergehen, die Augen grüßten einander und immer wieder kam eine Stunde, da seine Küsse sie überschwemmten, sie atemlos machten, da seine Hand sich weiter verirrte... Sie machte sich los aus seinem Arm, zum hundertstenmal wiederholte sie ihm, daß kein Mann sie ohne Eheverspruch haben würde.

Er war neben ihr, er erzählte ihr von den Frauen, die durch sein Leben gegangen waren, er lächelte ihnen zu, im Erinnern grüßte er sie wieder und wieder. Sie zogen dahin, sie entschwanden, neue drängten herzu und ihr Stolz empörte sich dagegen, auch einmal eine von allen diesen gewesen zu sein. Er lächelte, er maß ihr die kleine Weile der Leidenschaft, die lange Weile des Lebens ab, er hob seine Hand, er zeigte sich naiv eingebildet, daß keine all dieser Frauen sich im Bösen von ihm getrennt, und plötzlich schien ihr aus dem lächelnden Glück seiner Worte ein trüber, welker Geruch von getrockneten Rosenblättern aufzusteigen, die zwischen alten Briefen liegen. Eine namenlose Trauer erfaßte sie, dieser neben ihr schien nie die eine Stunde zu meinen, sondern alle andern noch, nie nur sie zu lieben, sondern alle Frauen vorher ebenso und jene, die kommen würden, desgleichen. Sie tastete nach seiner Hand, wie sich zu halten an ihr, sich zu überzeugen, daß er doch wenigstens fleischlich da war bei ihr, und entmutigt zog sie die ihre wieder zurück, da sie bedachte, wie wenig solche Fleischlichkeit bedeute.

Und dann kamen wieder seine Küsse.

4

Eines Nachts klopfte er an ihre Tür.

Er stand draußen, er verlangte, daß sie öffne, er bat nicht, er befahl. Zitternd lauschte sie in das Schlafzimmer der Eltern hinunter, durch die Tür fragte sie ihn, wie er in das verschlossene Haus gekommen? Sie flehte ihn an, wieder zu gehen.

Dann meinte sie, unten ein Geräusch zu hören, sie fürchtete, er werde ertappt, sie schloß auf, er huschte herein, er nahm sie in seine Arme. Noch einmal wehrte sie sich in der irren, wahnsinnigen Angst des jungen Mädchens, sie beschimpfte ihn, sie schrie, daß sie ihn hassen werde, ewig hassen werde danach.

Und eine Sekunde kam, da die Welt stille zu stehen schien, alles lauschte, alles hielt den Atem an und sie sank, endlos. Plötzlich aber strömte sie, auf einem unendlich glücklichen, feierlichen Strom des Lebens strömte sie dahin: so viel Wimpel, so viel frohes Gewehe grüner Baumzweige, solch purpurne Zelte und freudige Vögel. Sie warf ihre Arme um seinen Hals, dichter zog sie ihn an sich, und das kleinste Tagesding hatte seinen Sinn bekommen, und das lange Warten und das Wehren und die Begierde und die Qual – alles voll Sinn.

Nun trafen sie sich jede Nacht. Er kam spät an die Hintertür, sie wartete schon, an der Hand zog sie ihn die dunkle Stiege empor, auf Strümpfen, dann war die milde weiße Helligkeit ihres Mädelzimmers da und die Feste begannen. Oft unterbrachen sie sich, lauschten hinab in das Haus, lauschten dem Schritt eines Dienstmädchens, der endlos lange vor Rias Tür zu verharren schien, und aufatmend sahen sie sich in die vor Glück leuchtenden Gesichter.

Nebeneinander liegend, den Kopf in den Arm des andern geschmiegt, erzählten sie sich aus ihrem Leben. Er tat die Weite seines wechselvollen Daseins auf, Städte waren da, fremde Lande, er fuhr auf Schiffen, arm war er gewesen und reich wieder geworden, um, sich nach Ruhe sehnend, in diesem stillen Winkel *sie* zu finden.

Sie begriff nichts, sie fragte. Hatte sie nicht vor seinem Engagement seine sämtlichen Zeugnisse gesehen, sie geprüft, dem Vater selbst zu ihm geraten? Hatte er denn nicht immer, wie sie auch, auf dem Lande gelebt?

Er lächelte nur, plötzlich waren die Straßen voll eines endlosen Zuges von Automobilen, sie schlüpften hindurch, sie verbargen sich in einem stilleren Lokal, Musik ertönte, Fremde, betörend schöne Frauen tanzten, und ein buntgekleideter Neger schritt mit einem Marschallstabe würdevoll auf und ab.

Furcht wollte Ria um jenen, der bei ihr lag, fassen, etwas stimmte nicht! Wer war er denn? Und sie sah das rührende, tiefe Glück seines Gesichts, sie begriff, daß er um diese ihre Liebe gelitten hatte wie sie; wie hatte sich der rohe Forderer von damals, der rücksichtslose Erbeuter, der Held so vieler Frauen, derart verwandeln können? Er war ein glückliches Kind und seine Liebe war neu, als habe er nie geliebt. Er wußte nichts von einem Gestern, von einem Morgen, sie heute glücklich zu machen, war alles, was in sein Denken reichte.

Sie gaben sich bei jeder Trennung das Wort, in der nächsten Nacht zu pausieren, einmal auszuschlafen, und dann lag sie wach, von toller Sehnsucht nach ihm, bis endlich doch um Mitternacht ein Kiesel ihre Scheibe traf, sie hinabeilte, ihn zu sich hinaufzog, vierzehn Tage lang, jede Nacht.

5

Er hatte ein Telegramm bekommen, er mußte nach Berlin. Von ihrem Vater erbat er Urlaub, sie trafen sich wie jede Nacht, sie schliefen nicht, aber übermorgen würde er ja zurück sein. Hinter der Gardine verborgen, sah sie seinen Wagen vorüberfahren, sie bewegte den weißen Stoff, sein Gesicht erglänzte freudig.

Diese Tage ruhte sie tief. Erwachte sie, war etwas Leichtes durch ihre gestaltlosen Träume geweht, ein Geschmack wie von tiefbesonntem, blühendem Sommertag füllte ihre Mundhöhle, ihre ganze Gestalt federte und tanzte.

Der Wagen kam leer von der Bahn zurück, hatte er den Zug versäumt? Ein, zwei Tage vergingen über qualvollem Warten, ihr Vater begann unruhig zu werden, war Martens verunglückt? Nichts, keine Zeile, kein Wort, keine Nachricht von ihm.

Sie erinnerte sich genau der Vormittagsstunde, da ihr Vater, bleich gebeugt, zum Frühstückstisch kam.

Draußen regnete es, ein feiner strichweiser Regen fuhr pausenlos über die Scheiben, als der Vater ihr erzählte, der Landjäger habe nach Martens gefragt. Möglichkeit war da, daß er ein steckbrieflich verfolgter Hochstapler sei, der abseits auf dem Lande eine Atempause gesucht. Doch blieb unverständlich, wie er auf den Tag genau von dem Zugriff der Behörde erfahren, so daß er sich ihm entziehen konnte. Unsicher war alles: Zufall konnte das Ausbleiben sein, zufällig Namensgleichheit und flüchtige Ähnlichkeit vorliegen. Schriebe er doch!

«Ich habe ihm nie getraut», sagte Ria kurz, und sie sagte vielleicht die Wahrheit. Den sie liebte, der war ihrem Wesen fremd geblieben, der sie ganz erfüllte, aus einer andern, lokkenderen Welt war er gekommen, er hatte sie ihr nur gezeigt, nie würde sie dies leichtere Land betreten.

Sie zürnte ihm nicht einmal. Dies war seine Art wohl, ihm auferlegt und oft nicht leicht, wie es ihre Art war, im Gleichmäßigen zu verharren, in der Stille, im tatenlosen Abseitsleben.

Doch, sie zürnte ihm. Daß er fortging, daß er ein Hochstapler war, was wäre darüber zu zürnen gewesen? Aber daß er fortschlich von ihr, ohne ihr ein Wort zu sagen, daß er nicht einmal ihr traute, dies war Bitternis und blieb's.

Dann kam ein Telegramm von ihm, aus einer kleinen südlichen Stadt, er kehre nicht zurück, die Schlüssel folgten. Sie trafen ein, nun saß an dem bekannten Bürofenster, dessen Anblick schon ihr Lust gemacht, ein Revisor, der die Bücher prüfte.

Es erwies sich, daß die Buchführung musterhaft in Ordnung bis vierzehn Tage vor seiner Flucht, dann nichts, keine Buchung, Belege durch alle Schiebladen zerstreut, ein völliges Aufhören jeder Arbeit. Chaos.

Als der Vater ihr dies zornbebend erzählte, wandte sich Ria ab und lächelte. Wie sie einander glichen! Hatte nicht auch sie jede Arbeit von sich geschoben, jene vierzehn Tage lang, da das Glück sich selig auf der obersten Kimmung der kristallhellen Woge hielt, lachend ausspähend nach fruchtschweren Gestaden?

Aber auch hier blieb ungewiß, ob er ein Lump und Liebender oder nur ein Liebender gewesen, Unterschlagungen konnten begangen sein, man wußte es nicht, man würde es nie feststellen können. Und wieder zürnte sie ihm, daß noch dies sogar unsicher geblieben, vielleicht war er ehrlich, vielleicht ein Dieb, nie würde sie etwas von ihm wissen.

Als die Sachen des Hochstaplers, wie ihr Vater ihn nur noch nannte, zusammengepackt wurden, ging sie mit. Zum erstenmal betrat sie sein Zimmer, auf dem Waschtisch lag die Nagelbürste noch, wie er sie aus der Hand gelegt, die vielen Fläschchen nötigten ihrem Vater ein verächtliches Schnaufen ab. Dann fielen die Kofferdeckel zu, die Sachen kamen auf den Boden und der Nachfolger zog ein.

Und nun begann die graue, lang hingehaltene Eintönigkeit des stillen Landlebens, die sie vorher so froh gemacht. Vorher, ehe jener gekommen war, ehe das Glück dagewesen. Sie zählte die Stunden, prüfend sah sie den kommenden Tagen ins Gesicht und keiner versprach ihr auch nur eine Minute solch ungemeiner Seligkeit, wie sie genossen, die Winde wehten so zwecklos, Sonne schien ohne Sinn. Sie hätte sich gerne vergessen, aber kein Mann war erreichbar, dem der Verspruch solchen Sichvergessens zu glauben gewesen, sein Nachfolger hinkte, war fett und zog den Schnupfen in der Nase hoch.

Wie grau war das Leben!

6

Plötzlich kam ein Brief von ihm. Sie hielt ihn in der Hand, noch verständnislos, über dem kleinen Rechteck in der Hand erglühte sie, als habe er selbst sich über sie geneigt und ihre Lippen aufgetan.

Er schrieb aus einer fernen Stadt. Sie las die Zeilen, dann kam die Unterschrift, sie saß da, hatte sie etwas gelesen, hatte er etwas geschrieben? Gut, er dachte an sie. Und weiter? Er sehnte sich. Und weiter? Kein Wort, warum er gegangen, kein Wort, was er trieb. Sie stieß den Brief von sich, sie würde nicht antworten, tief versteckte sie ihn zwischen altem Papierkram, nach Jahren würde sie ihn wieder finden und kaum noch wissen, wer dies schrieb.

Sie las den Brief wieder und wieder. Eine starre Zähigkeit wuchs in ihr, ihn verstehen zu wollen, und langsam begriff sie, daß er sich vielleicht wirklich nicht verstellte, nichts ausließ, nicht log. Flucht, Unterschlagung, Diebstahl, dies waren Dinge des äußeren Seins, ihr Leben war ihre Liebe. Was hätten sie denn sonst gemeinsam gehabt, was wußten sie sonst voneinander, was wollten sie eines vom andern wissen?

Leben war grau, aber in aller Buntheit baute er abseits an einem ungeheuer farbigen Strande das schimmernde Zelt ihrer Liebe auf, die täglichen Dinge blieben draußen.

Sie schrieb ihm. Er schrieb. Sie schrieb ihm. Einerlei, auch er tat nichts mehr, sie hatte sich getäuscht, er war nichts anderes wie die anderen. Er schrieb. Sie schrieb. Er schrieb nicht mehr.

7

Eines Winterabends im Dunkeln kam ihr auf der Chaussee ein Mann entgegen, er trat dicht an sie heran, ihr wurde angst, er legte die Hand auf ihre Schulter: er war es.

Sie hielten einander fest, atemlos vor Glück sahen sie einander in die Augen: «Daß du da bist.»

«Wie ich dich liebe.»

Alles war vergessen, was dazwischenlag. Erschaudernd erinnerte sich ihr Körper wieder des Griffes dieser Hand, ihre Lippen kosteten den lang entbehrten Mund, an seiner Brust kam sie zur Ruh. «Daß du da bist!» Und: «Wart hier. Wenn es im Dorf still geworden ist, hole ich dich.»

Sie ging von ihm, sie drehte sich um, wieder lief sie in seine Arme. Vor ihren Augen erglühte aller Purpur der längst vergangenen Wintersonne. Langsam sanken mit einer täppischen Verhaltenheit die Bäume aufeinander zu, und sie erinnerte sich, daß er über sie gebeugt dagestanden hatte, ihre Stirn mit Schnee reibend. «Es ist die Freude», murmelte sie, «du warst zu lange fort.»

Und gierig sah sie in das Gesicht, das ihr das schönste der Erde war, es schien bleicher geworden, schmaler, aber die Augen lächelten in einer sanften, traurigen Freude wie je.

Sie ging von ihm, sie holte ihn. Sie verschloß ihn in ihrem Zimmer, er blieb Tage dort und Nächte, sie saß gesittet am Tisch, sie ging mit der Mutter zu Kranken, vielleicht klopfte unterdes einer an ihre Tür und er, aus seinen Gedanken heraus, rief ein Herein?

Sie fragte ihn nichts, es war nichts mehr zu fragen, war er doch da. Und doch war alles verändert gegen ehemals. In jenen vierzehn Tagen: nur die Einwilligung ihres Vaters und alles hätte im Hergebrachten geendet.

Nun wußte auch sie zutiefst, stets und für je war dies unmöglich geworden, abseits von allen, gegen jeden hegten sie ihre Liebe, ganz war sie nun jenes Märchen geworden, daß er wohl stets gewollt.

Heller, lohender und reiner wehte die Flamme ihrer Liebe gegen den Himmel empor. Sie hielten sich fester in den Armen, denn jede Stunde konnte das Ende sein, sie wußten um dieses Ende für immer. Immer wieder holten sie sich ein, glitt das eine ermüdet fort, fing es das andere mit seinem Blick und dieser suchende, flehende Blick ließ alles wieder neu erstehen. Sie wußten von keiner Ermüdung, Schlaf war Vergessen und Vergessen war Tod, eines an das andere geschmiegt, wiegte das Atmen der nahen Brust wie eine gläserne Dünungswelle, eine sanft verschleierte Helligkeit. Und wieder der Blick. Und wieder die Liebe.

8

Eines Nachts, sie kam spät von einer Gesellschaft auf ihr Zimmer, sie schloß auf, er war fort. Sie meinte erst, sie habe sich geirrt. Hatte sie die Tür nicht verschlossen? War er in einem anderen Zimmer? Nein, nein, er war fort, ohne eine Zeile, ohne eine letzte Umarmung.

Sie setzte sich auf die Kante ihres Bettes, dieses Bettes, das noch den Abdruck seines Leibes trug. Dies war das Ende, sie hatte immer um dieses Ende gewußt, nun galt es mutig zu sein. Sie hatte einen Traum geträumt, wie ihn kaum je eine träumte. Sie hatte den untadelhaften Geliebten besessen, der bei ihr nur von ihr gewußt, der nie ein ungeduldiges Wort gesprochen, nie einen zweideutigen Witz gemacht. Seine Liebe war so neu und so jung gewesen, er war gegangen, ehe sie alt geworden war.

«Was sitze ich hier?» schreckte sie hoch. «Vielleicht ist er auf der Straße, hinten auf der Chaussee wartet er auf mich. Vielleicht hat er wieder fliehen müssen. Immer auf der Flucht. Du Armer.»

Sie suchte ihn die ganze Nacht, das weiche Gehen durch Schnee, auf den vor ihrem Schritt der Blendkreis der Taschenlampe leuchtete, beschäftigte ihr Herz. Einmal meinte sie seine Spuren gefunden zu haben, dann verloren sie sich wieder. Dieses endlose Suchen, die stete Möglichkeit, gleich tauchte er auf, lege seinen Arm um sie, ermatteten sie aufs Äußerste. Als sie umkehrte, war ihr nicht klar, sie ging von ihm fort. Aber spät dann, nach tiefem, traumlosem Schlaf erwacht, wußte sie: er war dort und sie hier, alles war aus.

Später entdeckte sie, daß ihr bißchen Geld fehlte. Mit einer freudigen Rührung dankte sie ihm, daß er ihre Liebe nicht um eine Bitte um Geld erniedrigt hatte, all das war draußen geblieben. Nur die Liebe...

Oder hatte er gehofft, sie werde den Dieb verachten, so den Liebenden leichter entbehren können? Er war längst über alle Verachtung hinaus. Sie atmete, sie lebte, sie liebte ihn, das waren Funktionen ohne Fragen: überlegte sie, ob sie atmen sollte?

Ihm ging es wohl schlecht. Er hatte da draußen zu kämpfen und, wie seine Liebe abseitig gewesen war, war es wohl auch sein Leben. Sicher, ihm würden andere Frauen kommen, aber immer anders neu würde mit jeder von ihnen seine Liebe sein, sie nahmen ihr nichts. In ihrer Nähe würde er stets wieder der sein, der er gewesen.

Noch später wurde entdeckt, daß seine Sachen fehlten. Der Boden war erbrochen, die Koffer waren fort, Landjäger kamen, suchten nach dem, der dem Dieb mit Gespann Hilfe geleistet haben mußte, ihr blieb die Bitternis, in jener Schneenacht hinter falschen Fußspuren hingeirrt zu sein, indes er auf raschem Wagen längst entflohen. Ihr blieb die Bitternis, nun nicht mehr zu wissen, war er um ihrer Liebe willen zurückgekommen oder nur, um Sachen und Geld zu stehlen.

Sie sah ihn, kaum frei von ihren Armen, über dunkle Böden schleichen, Schlösser probieren, Schlüssel feilen. Sie sah ihn die Dichte ihrer Ermattung berechnen, in ihren Sachen wühlen, Abdrücke von ihrem Schlüsselbund nehmen – und der Auffahrenden wandte er lächelnd das unveränderte Gesicht seiner Liebe zu.

Vielleicht hatte er sie nie geliebt.

9

Die Tage gingen dahin und wurden zu Wochen, aus den Wochen wurden Monate, und wenn Ria die Erinnerung an den beschwor, der ihr Geliebter gewesen, machte es ihr immer mehr Mühe, sich seines Gesichtes zu erinnern, seiner Gebärden, der Art, wie er sprach. Schon verwechselte sie ihn mit den andern. Hatte sie nicht vielleicht nur darum geglaubt, er sei einzig, weil er der erste Mann gewesen, den sie erkannt? Vielleicht vermochte jeder Mann das zu erregen, was er erregt?

Sie sah neu um sich, die langsam und lässig gewordenen Bewegungen wurden wieder straff, sie willigte ein, vom Gut fortzugehen, mit den Eltern eine Badereise zu machen. Er würde doch nicht mehr kommen, und verfehlte er sie, sein Pech.

In einer kleinen Hafenstadt hatten sie ein paar Stunden auf ihren Dampfer zu warten. Sie schlenderten über Steinpflaster, in dessen Spalten Gras wuchs, an Backsteingiebeln sahen sie empor, strichen um Kirchen und suchten das Wenige ihrer Schulkenntnisse über Gotisch und Romanisch heraus, sie besahen jeden Hut und jedes Kleid, und so entging auch ein seltsames Gefährt ihrer gelangweilten Aufmerksamkeit nicht, ein großer, blau gestrichener, mit Holz beladener Wagen, den keuchend zehn oder zwölf Kerle an Gurten vorwärtszogen. Zwei Männer in Uniform gingen säbelklirrend nebenher.

«Sträflinge auf Außenarbeit», erklärte der Vater.

«Vater!» rief sie. «Vater!»

Dort neben der Deichsel zog er, selbst in dieser häßlichen Tracht unverkennbar er. Unter der schirmlosen Sträflingsmütze das bleiche, ermattete Gesicht, die Schulter gegen den Gurt gestemmt, und nun, mit einem feigen, hurtigen Blick zum Wärter, beugte er sich nach einem Zigarettenstummel, faßte ihn im Vorwärtsgehen, schob ihn in den Mund.

Ihr Auge störte ihn, er sah, die beiseite stand, eine rasche Bewegung machte er, wie zur Flucht, und sein kalter, wissender Blick gestand ihr alles, daß dies nun sein Leben sei, daß auch dies das Leben sei und daß er immer darum gewußt.

«Vater!» rief sie. «Vater!»

«Wirklich, das muß Martens sein», sagte der verblüfft.

10

Sie wartete, nun wartete sie wieder auf ihn, konnte es doch nichts für ihn geben, als zu ihr zu kommen, sobald er frei. Monate machten ein Jahr und noch eines: kein Zeichen von ihm. Es war, als habe sie einen Ruf in alle Welt getan und warte auf die Antwort. Sie kam nicht.

Sie spann ein verzweifeltes Lügengewebe, sie fuhr heimlich in jene Stadt, sie sah wieder den blauen Holzwagen mit den Sträflingen, *ihn* sah sie nicht. Sie faßte all ihren Mut, sie fragte im Gefängnisbüro nach Martens. Nie war ein Martens dort gewesen. Der Ruf kam nicht wieder.

Wo weilte er? War er sehr oben oder tief unten? War es faßbar, daß er, während sie hier Tag für Tag das gleiche eintönige Leben führte, Gefahren bestand, floh, betrog, überlistete, gefangen ward und immer, immer unsäglich um sie litt und an sie dachte?

Dann einmal, in irgendeiner Stunde, hielt sie einen Brief von ihm in der Hand. Sie las ihn und wußte: nun war alles vorbei. Nie hatte sie ihn so kläglich klein gesehen. Er bat um ihre Hand, sie wollten gemeinsam fliehen, die heißen Worte auf dem Papier, die ihr Blut wild machen sollten, waren ausgerechnet von einem kalten Wissenden. Er hatte nicht an sie, er hatte an ihr Geld gedacht.

Der letzte unsinnige Schritt eines Menschen vor dem Selbstmord, dachte sie und zerknüllte das Papier. Sie las es nie wieder, sie vergaß ihn wirklich.

11

Sie heiratete. Sie lebte ruhig und glücklich mit ihrem Mann, sie bekam Kinder. Sie hatte Interessen, sie war reich, sie wußte nichts mehr von jener Jungen, die sie gewesen.

Auf der Straße über ihre Schulter hin sprach eine Stimme: «Ria.»

Sie fuhr herum, es war das alte junge Gesicht von je, lächelnd mit dem Wissen einer Liebe, die immer da war und immer da sein würde.

Sie gingen nebeneinander, nur von jenen ersten Zeiten sprachen sie, da sie Schach gespielt, da er nachts auf ihr Zimmer geschlichen. Ihre Stimmen bebten. Ein voller, betäubender Sommer schlug sich vor ihnen auf, immer noch standen an einem bunten Meer purpurne Zelte, fern, fern von allem Leben. Ihre Hände faßten sich: «Daß wir uns lieben!»

«Daß wir uns lieben!»

Sie trafen sich viele Male, dies war nicht das Abenteuer, es war das eigentliche Leben, Mann und Kinder waren nur Schale gewesen, dieses war Kern und rotes Herz.

Er entschwand, er kam wieder. Er bettelte um einen Teller Suppe an ihrer Tür, er ging stumm mit einem lächelnden Blick an ihr vorüber, sie hatte ihn auf einer Operettenbühne tanzen gesehen, ihr vorbeijagendes Auto warf einem Steinschläger, der er war, Staub ins Gesicht.

Er war überall und nirgends, er war hier und dort, er war oben und unten. Sie vergaß ihn nicht mehr, sie wußte, sie würde ihn nie vergessen, er war alles gewesen, um das sie gelebt hatte, jedwedes andere hatte keinen Sinn gehabt.

Sie wurde sehr alt und sehr duldsam. Eines Tages sah sie ihre jüngste Tochter in den Anlagen mit einem Mann. Sie ging vorbei, die beiden bemerkten sie nicht. Ihr Herz wirbelte einmal wild auf. Er war es, seltsam jung bezaubernd, wie in ihren ersten frühen Tagen ging er dort, mit ihrem Mädelkinde.

Sie wollte sich wehren, dann lächelte sie. Und in diesem Lächeln lag alles: Wissen und Verzeihen, Vergessen und Liebe, Dulden und Warten und die lange, lange Länge ihrer Leidenschaft.

Pfingstfahrt in der Waschbalje

Zu jener Zeit, von der wir erzählen, lebten auf dem Ausbauhof von Karl Päplow außer dem Bauern acht Frauen; seine Mutter, seine Frau und sechs Töchter in allen Altersstufen, aber keine unter Dreißig. Außerdem gab es da noch einen kleinen Jungen, den Malte. Zu welcher von den sechs Töchtern der aber gehörte, das war schwer auszumachen; alle waren alle Stunden wie die Putthennen um ihn, bis der Bauer es nicht mehr sehen konnte, sondern mit Gebrüll dazwischenfuhr.

Das tat er gerne, das tat ihm gut, wenn seine acht Frauen in Zittern und Zagen davonstoben, denn Karl Päplow war nicht nur ein Brüller, sondern auch ein roher und gemeiner Kerl. Dies zeigte sich so recht, als er gestorben war: die Frauen konnten zuerst gar nicht an ihr tyrannenfreies Dasein glauben und wurden dann, als er wirklich begraben war, ganz verdreht. Das erste, was sie ihrer neuen Freiheit zugute taten, war, daß sie alles, was der Bauer auf dem Leib getragen hatte, verbrannten, und um den Scheiterhaufen tanzten und schimpften die acht. Der kleine Malte, drei Jahre alt, stand in einem Winkel und sah aus seinen großen blauen Augen dem abenteuerlichen Beginnen stumm zu.

Dort fand ihn der Gemeindevorsteher, als sie mit der Spritze angerückt kamen – und hohe Zeit wurde das, denn das Reetdach auf der Scheune glimmte schon. Er sah, daß es so nicht ging mit der Frauenwirtschaft, und besann sich auf einen verschollenen alten Vetter aus der Greifswalder Gegend, der im Rufe großer Weisheit stand. Den verschrieb er dem Ausbauhof als Knecht, Viehfütterer, Verwalter, Ersatzvater und vor allem als Mann: «Denn ein Mann muß her in diese Kakelei!»

Eines schönen Tages kam dann auch der Vetter aus ‹Grips›, wie man dort für Greifswald sagt, auf dem Hof an, mit einer rot gestrichenen Lade und einer perlengestickten Handtasche. Der neue Herr über die acht Frauen war ein schwerer Mann mit starken Knochen und einem großen Bauch. Sein Gesicht war sehr rot, vor allem die knollige Nase, und alltags wie sonntags ging er in einem schwarzen Tuchanzug, der meist sehr dreckig war.

Als erster von allen erfaßte der kleine Malte die Situation: er steckte sein kleines, weiches Kinderhänding in die große, harte Pranke des alten Mannes, nannte ihn «Onkel Walli» und zog ihn zu den jungen Hunden.

Aber gleich der nächste, der den Kram erfaßte, war doch Onkel Walli. Als er am Schluß seiner ersten Woche die acht Frauen zum Mittagessen rief und das übliche Gewusel anfing, das Hin- und Hergelaufe, das Schnell-noch-was-Besorgen, da rief er noch einmal klar und deutlich: «Middageten, segg ick, ji Mallen!», wozu bemerkt werden muß, daß ‹ji Mallen› in jener Gegend der ungeschminkte Ausdruck für ‹ihr Verrückten› ist.

Natürlich gab es Geschimpf und Gekeif, aber dazu sagte Onkel Walli nur tiefsinnig: «Mall seid ihr und parieren müßt ihr darum!» Sprach es sachlich feststellend, wie etwa ein Arzt einem Kranken sagt, daß er die Grippe hat und daß deswegen dies und jenes geschehen muß.

Und Onkel Walli drang durch. Unerschütterlich bestand er auf Parieren, und kaum waren zwei Wochen vorbei, saß er fester im Sattel als je der Brüller Karl Päplow gesessen hatte. Allerdings kam zu seiner erdhaften Beharrlichkeit, daß er nicht nur ein tüchtiger Landwirt war – das konnten die Frauen gar nicht so recht würdigen –, sondern daß ihn die Unheimlichkeit des großen ‹Besprechers› umwitterte. Was krank wurde, das heilte er, sein Ruf verbreitete sich in der Gegend wie die Wasserpest in einem Teich. Die Kühe besprach er, hatten die Schweine Rotlauf, so machte er ihnen einen Schlitz ins Ohr und steckte Kräuter da durch: «Das zieht die Seuche aus dem Leib!» Die uralte Oma setzte er vor sich in einen Stuhl und sah sie viel an mit seinen kugligen, traurigen, runden Seehundsaugen. Eine Viertelstunde lang, ohne ein Wort.

«Oh, wat ward mi dat wunnerlich, wenn Onkel Walli mi so dörch un dörch kiekt!» sagte Oma bezwungen. Aber ihr Husten war weg, für diesen Tag wenigstens.

Ja, wenn Onkel Walli auch die Verzweiflung von Arzt und Tierarzt wurde, seine acht Frauen fürchteten ihn und gehorchten ihm, sein kleiner Malte aber liebte ihn. Seht, da waren nun alle diese Tiere auf dem Hof; wenn der kleine Malte mit seinem Onkel Walli auf die Koppel kam, so drängten sich die Kälber um den alten Mann. Sie konnten sich gar nicht genug damit tun, seine schwarzen Tuchrockschlippen durchzukauen und über die fettglänzenden Ärmel zu lecken. Hatte eine Katze gejungt, ohne Fauchen und Kratzen ließ ihn die Alte an das Nest, und er zeigte dem Malte die blinden Miauzer, Tag für Tag, bis sie am neunten die Augen offen hatten. Und dabei erzählte er Geschichten von der Zauberkraft der Katzen, und daß eine dreifarbige Katze den Hof vor Feuer schützt.

Der kleine Malte hörte ernsthaft zu, und dann gingen sie mit den Pferden hinaus auf den Kartoffelacker, und Onkel Walli behäufelte die Stauden, und Malte saß auf einem Rain und schlief oder sah zu oder lief durch das Holz oder horchte auch nur auf die Brandung der See.

Haben wir schon gesagt, daß der Hof an der See lag? Ja, er lag am Meer, an einem großen, weiten Bodden. Drüben, das jenseitige Ufer, sah man ganz ferne, grün von Wald und gelb von Sand und ab und zu ein Häuschen, nicht so groß wie ein Daumennagel. Zwischen diesem und jenem Ufer aber lag das Wasser, blau und grün oder grau, oder mit schäumenden, ununterbrochen redenden Wellen. Das gehörte zum Hof, das Meer, zum brüllenden Bauern Karl, zu den verwirrten Frauen, auch zu dem kleinen, stillen Malte, und nicht zum wenigsten zu Onkel Walli.

Erst mußte die Frühjahrsbestellung getan sein, aber dann, als alles wuchs, nahm Onkel Walli den Malte bei der Hand und stieg mit ihm den Uferweg von der Steilküste hinunter. Nun hatte der Hof zwar kein Boot, aber er hatte doch eine Waschbalje, eine kräftige, starke Balje, von einem tüchtigen Böttcher gebaut, mit flachem Rand, der das Rubbelbrett gut auflegen ließ. Und diese Balje hatte nun Onkel Walli sich an den Strand gewälzt, und Malte durfte nun zusehen, wie Onkel Walli vorsichtig einstieg. Langsam, langsam stakte sich Onkel Walli mit zwei Stöcken auf das Wasser hinaus, atemlos sah Malte zu. Ja, sie trug, die Balje, Onkel Walli schwamm, und nun bettelte Malte, daß er auch mitdürfte. Aber so weit ging nun Onkel Wallis Zutrauen zu seinen Meereskünsten doch nicht, Malte durfte nur zusehen. Wenn einer ins Wasser fallen sollte, so durfte das nur Onkel Walli sein.

Aber er fiel nicht hinein, heute war der Bodden spiegelblank, und als er hundertfünfzig Meter draußen war, steckte er die Stangen in den Grund, machte die Balje dazwischen fest und fing an zu angeln.

Für Malte war dies kein schöner Nachmittag. Da saß sein Onkel Walli draußen auf dem blauen Wasser, und von Zeit zu Zeit zog er etwas weiß Blitzendes aus der Flut – Malte rief und lockte den Onkel, aber der wollte nicht hören. Mit Brüllen versuchte es Malte schließlich auch – umsonst, am Ende schlief er ein. Und nun war Onkel Walli wieder da, die Waschbalje lag am Ufer zwischen den beiden Stangen.

«Morgen gehen wir wieder, mein Malte», sagte der Onkel Walli. «Morgen ist Pfingsten.»

Aber Malte antwortete nicht, Malte war böse, und selbst der Eimer mit Fischen konnte ihn nicht versöhnen.

Nun ja, schließlich wurde es Nacht. Über allem Kummer, großem wie kleinem, wird es einmal Nacht. Malte ist zu Bett gebracht, Malte schläft. Denken die Großen. Aber kaum zwei Stunden später kamen jammernd die Frauen zu Onkel Walli: Wo er den Malte hätte?

Onkel Walli hatte keinen Malte; besaßen die Frauen nun schon so wenig Verstand, daß sie nicht wußten, in welches Bett sie ihn gelegt hatten?

Sie hatten Verstand genug – aber wo war Malte? Sie durchsuchten das Haus, sie durchsuchten die Ställe, es war viel Gezeter und Klagen. Vielleicht wurde das Onkel Walli zuviel, er seufzte plötzlich tief auf und ging in die Nacht, stracks hinunter von der Hofstatt. Die hatten gut hinterherschreien.

Aber nach fünf Minuten war er schon wieder da und sagte, sie sollten sich nur ruhig hinsetzen, er wüßte jetzt, wo Malte sei, und in einer halben Stunde brächte er ihn. Lief von allen Fragen fort – oh, wie hastig lief er durch die Nacht zum nächsten Hof, weckte den Bauern, bat um das Boot. Ja, so war es, die Waschbalje war fort, Malte war fort, nur die Stangen hatten noch am Ufer gesteckt.

Sie machten das Boot los und ruderten mit einer Laterne hinaus. Gottlob, es war kein Wind aufgekommen, es war spiegelglatt, aber es lag Dunst auf dem Wasser, es war diesig. Sie fuhren hin und her, dann riefen sie und lauschten: nichts. Das taten sie die ganze Nacht, und dazwischen lief Onkel Walli immer einmal zu den Frauen hinauf und tröstete sie. Nun käme er gleich mit dem Malte, gleich, gleich brächte er ihn.

Oh, der arme, dicke Onkel Walli, der große Hexer und Zauberer! Da stand er dann wieder vor dem Wasser, er stand und starrte. Wie eine schwarze Wolke ging es über seine Seele – wie kann man sein Herz so an eine kleine Hand gewöhnen, die in eine große, alte, verbrauchte sich legt?! Welche Nacht, Onkel Walli – wieviel Versprechungen, wieviel Gelöbnisse!

Und nun, da wir beinahe am Ende unserer kleinen Geschichte sind, sind wir ganz zweifelhaft, ob wir sie nicht vom andern Ufer her hätten erzählen müssen. Am andern Ufer ging am Pfingstsonntagmorgen ein Fischerehepaar zur Kirche, den Strand entlang. Die hörten eine Stimme singen und hoben die Augen und sahen auf dem blanken, sonneblitzenden Wasser eine Balje schaukeln, und in der Balje saß ein Kind, ein kleiner, blauäugiger Junge, der sang so vor sich hin, wie ganz kleine Kinder tun, wenn sie sehr glücklich sind, selbstvergessen, es ist mehr ein Zwitschern.

Die jungen Fischerleute glaubten an ein wahrhaftiges Pfingstwunder – und das war es ja auch, wenn auch anders, als sie meinten – und starrten nur. Aber nun hatte das Kind sie gesehen und hörte auf mit Singen und rief, und es rief, daß es Durst hätte. Der junge Fischer lief eilig, eilig in seinem Sonntagsstaat in das Wasser, und seiner Frau verging in der letzten Minute noch das Herz vor Angst, daß die Balje umschlagen könnte.

Aber dann war ihr kleiner Moses am Land, und plötzlich waren die beiden Eheleute sehr glücklich und weinten und lachten. Nur Malte wußte von nichts, als daß die Nacht sehr lang gewesen war und daß er geschlafen hatte und war wieder aufgewacht und immer noch Nacht und wieder geschlafen... «Und so viel Durst!»

Dann kamen am Nachmittag mit den Kutschbraunen Onkel Walli und die uralte Oma und die andere Oma und Tante Hete und Mammi und Tante Tini. Mehr konnten die Braunen im Kutschwagen nicht ziehen. Es war eine große Zärtlichkeit, nur Malte blieb ungerührt.

«Nimmst du mich jetzt mit zum Fischen, Onkel Walli?» fragte er. «Ich kann gut in der Balje fahren!»

Lieschens Sieg

Die Eltern wollten diesmal in der Sommerfrische völlige Ruhe haben, darum nahmen sie die Oma mit. Oma, Landpastorenwitwe aus dem Hannoverschen, bei ihrem letzten Besuch vor drei Jahren war sie von den begeisterten Kindern ‹Brummelchen› getauft worden. Oma konnte den Eltern gut und gerne einmal die neunjährige Helga und den sechsjährigen Dieter abnehmen.

Leider erwies Oma sich als Niete, mehr noch, als Belastung. Der Vater geriet schon innerlich ins Kochen, wenn er die Ohrfeigengesichter seiner Sprößlinge betrachtete, die den Märchen und Sagen aus Omas Mund lauschen sollten. Und dann hatten die Kinder eine verfluchte Manier, mit den engelhaftesten Gesichtern des Himmels Omas hannoversche Aussprache nachzuahmen. Mit liebevollster Besorgtheit erkundigten sie sich nach «Ömäs Umschlägetuch», nein, verbesserte Helga, nach ihrem «Schööl».

Am nächsten Tage brach Oma zusammen und löste sich ob der Herzlosigkeit dieser modernen Kinder in Tränen auf; als dann am achten Tage ein versulztes Quallennest in ihren Zugschuhen gefunden wurde, reiste sie ab.

Frei stand es den Eltern, zu überlegen, wie in den letzten drei Wochen der Erholungszeit das noch unter den Berliner Standard gesunkene Nervenniveau des Vaters zu heben sei. Nach dem Satz ‹Kinder werden am besten von Kindern erzogen› wurde am zehnten Tage ein vierzehnjähriges Fischermädchen aus dem nahen Dorf als Spielgefährte und Aufsicht für Helga und Dieter eingestellt. In dieser Nacht kamen die Kinder schlecht zum Einschlafen. Erstens war ihnen eine richtige Fischerstochter versprochen, mit Namen Lieschen Ahlf, zweitens war sie auch noch ein Stiefkind, denn ihr Vater hieß Albert Bienenweg. Es war das erste Stiefkind im Leben der Kinder, nach so vielen Stiefkindern der Märchen, und ein Fischer, der Bienenweg hieß, eröffnete neue Horizonte.

Lieschen Ahlf stellte sich ein und war eine grenzenlose Enttäuschung. Mit ihren derben, wollenen Strümpfen, einem schwarz-weiß karierten Sonntagsrock, einem Rattenzopf im Nacken (strohgelb), stand sie ziemlich verlegen vor ihren Schützlingen. Wenn nicht ihre grellen, scharfen Augen gewesen wären, hätten die Eltern gleich wieder den Kampf aufgegeben. So aber erklärte der Vater: «Am besten überlassen wir die drei sich selbst.» Und die Eltern machten endlich einmal einen langen Fußmarsch ganz für sich allein.

«Kratzt dich denn die Wolle nicht?» hatte Helga gefragt und auf die braunen Storchenbeine gezeigt.

«Nää», hatte Lieschen schön pommerisch breit geantwortet.

«Warum trägst du denn keine Florstrümpfe?» war die zweite Frage gewesen.

«Dat is Wull von uns Schoap!»

«Von uns Schoap!» hatten die Kinder gejauchzt und unter gellendem Kriegsgebrüll einen rasch erfundenen Schafstanz um Lieschen ausgeführt.

Dann waren sie, unbekümmert um ihre Behüterin, an den Strand gestürzt und hatten sich um Verschärfung des Kriegszustandes mit einer Reihe ‹einfach gräßlicher Kinder› bemüht. Sie hatten, stets gefolgt von dem schweigenden Lieschen, in einer verhaßten Burg mit ihren schwachen Kräften einen Strandkorb umgestürzt, sie hatten die schön aus schwarzen und weißen Muscheln gelegte Inschrift ‹Nymphenburg› einer bayrischen Feste zerstört, und Lieschen wäre beinahe dafür von einem zornroten Elternpaar in Stücke gerissen worden. Sie rettete sich durch Dooftun und Plattsprechen.

Hätten die Eltern bei ihrer abendlichen Rückkehr nur einen kleinen Teil all dieser und mancher andern Schandtaten erfahren, wäre es wohl rasch mit Lieschens Hüterrolle und Geldverdienst zu Ende gewesen. Da aber Lieschen und die Kinder schwiegen, ging es weiter. Immer das gleiche Lied: zwei unbändige Rangen und ein schweigend folgendes Lieschen.

Bis sie eines Tages sagte: «Morgen kumm ick nich.»

«Neese!» hatte der hoffnungsvolle Dieter geantwortet.

«Wat?» hatte Lieschen gefragt.

Und mitleidig hatte Helga erklärt: «Du hast wohl die Neese voll von uns?»

«Ick möt tu Hus blieven, uns Kauh ward melk. Schall en Kalv kriegen.»

Stillewerden, Stummheit, Schweigen. Gedankenvolle Ruhe von Helga und Dieter.

Und am nächsten Nachmittag wurden die Eltern mit rührender Besorgnis zum Schlaf geleitet, die Kinder würden auf dem Grasplatz Ball spielen, bis Lieschen käme.

Den dreiviertelstündigen Weg zum Fischerdorf legten Helga und Dieter in einem fast nicht unterbrochenen Trab zurück. Dann erkundeten sie kühn, sich Hand an Hand haltend, beim Krüger des menschenleeren Ortes das Haus vom Fischer Albert Bienenweg, besahen sich es fünf Minuten von der andern Straßenseite.

Aber nichts rührte sich. Sie klinkten an der Tür. Aber sie war verschlossen. Sie trauten sich auf den Hof. Aber dort waren nur die Hühner.

«Wie findst du das?» fragte Helga empört.

«Hat uns veräppelt», antwortete Dieter. «Ist doch ausgerissen.»

Dann hörten sie das Muhen einer Kuh, wagten sich an die Stalltür – und standen vor Lieschen.

Aber es war ein sehr verändertes Lieschen, Lieschen nur in

einem Hemd, in einem grüngestrickten Unterrock und in Tüffeln. Lieschen war Stallwache, denn Vater Bienenweg war zum Aalstechen auf dem Bodden, und Mutter Bienenweg mußte unbedingt Kartoffeln hacken. Mit Lina würde es wohl erst in der Nacht soweit sein.

«Doar sünd ji joa!» hatte das veränderte Lieschen nur gesagt. «Dat hev ick mi all lang dacht. Sett juck doar rein still up den Stallemmer!»

Und siehe da, Helga und Dieter, die sonst so Überlegenen, setzten sich wirklich fein still auf die umgekehrten Stalleimer und sahen sich nur mit großen Augen im Stall um, der schön sommerlich von Fliegen durchburrt war. Direkt vor ihnen stand die große schwarzbunte Kuh, schlug mit dem Schweif nach ihren Flanken, warf dann und wann den Kopf leise muhend hin und her und trat ständig von einem Fuß auf den andern.

Nach einer Weile schien es Helga an der Zeit, Erkundigungen einzuziehen. «Wo hat sie denn das Kalb?» fragte sie.

«Du Schoapsmichel!» sagte Lieschen. «In'n Buk!»

Von keinem Menschen hätte sich Helga widerspruchslos Schafsmichel titulieren lassen, jetzt nahm sie es wie selbstverständlich hin. «Wie kann es denn da raus? Schneidest du sie mit dem Messer auf?»

«Dösbartel!» sagte Lieschen nur, aber eine tiefe Verachtung lag darin. «Nu swieg man still. Du stürst Lina bloß.»

Sicher saßen die Eltern jetzt längst am Kaffeetisch, aber es war natürlich kein Gedanke daran, aus diesem geheimnisvollen Stall fortzugehen, in dem immer wieder die Kuh sich unruhig nach den Kindern umsah.

Leise flüsterte Lieschen: «Töv, Lina, töv. Modder möt glik koamen!»

Und Lina drehte den Kopf zu Lieschen und muhte zurück.

Aber sie wartete doch nicht. Plötzlich hatte sie den Schwanz steil in die Höhe gereckt ...

«Doar is't all!» rief Lieschen aufgeregt. «Nu möten wi dat Kalv hoalen! Kumm her, Helga, foat an!»

Und ehe Helga noch wußte, was eigentlich los war, stand sie in ihrem weißen Kleid an der Kuh, die ihr ungeheuer groß vorkam, hatte einen wachsgelben, unendlich zarten Kälberhuf in der Hand... Und nun kam eine zarte duffe Schnauze zum Vorschein, die blauen Augen, der ganze Kopf...

Helga schrie auf, aber nicht vor Schreck, sondern aus irgendeinem aufgeregten Glück heraus – und dann war ganz schnell etwas unendlich Langes, Schwarz-Weißes, Seidiges da und schlenkerte zwischen den Kindern zur Erde.

Da lag das Kälbchen zwischen ihnen – atmend mit hastigen Flanken: «Loop, hoal Water, Dieter! Wat mötst du ok daun!» rief Lieschen. «Kumm, Helga, wie möten dat Kalv vörhen na de Kauh trecken!»

Und sie faßten es an und zogen die sechzig Pfund Kalb an den Kopf der Kuh und liefen dann selbst nach Wasser, denn Dieter versagte vollkommen vor lauter Aufregung. Und sie wuschen dem Kalb das Maul aus: «Dat stickt sünst!» Und sie streuten es mit Salz ein: «Möt Lina aflicken, sünst givt sei nich Melk naug.» Und es war ein Gelaufe und eine Aufregung und frische Streu holen und wieder Warten, bis nach einer halben Stunde das Kalb nun wirklich zum erstenmal torkelnd auf seinen Beinen stand und zum erstenmal nach dem Euterstrich der Kuh schnappte.

Wolken hingen über des Vaters Stirn, als die Kinder nach Haus kamen am späten Abend, böse sah Mama aus und noch böser, als sie Helgas Kleid sah – aber welch andere Heimkehr als nach den Streichen sonst! Es war nur ein Augenblick, und das Bösesein war verflogen und die Wolken waren vergangen. Und es war wieder ein Augenblick, und die bedenklichen Mienen der Eltern lächelten. Die Kinder erzählten und fragten, fragten und erzählten. Und spät erst kamen sie ins Bett.

Aber als die Eltern dann noch später schlafen gingen, tauchte ein weißer Schemen neben Mutters Bett auf.

«Darf ich zu dir kommen, Mama?» fragte Helga, und das

war seit ein oder zwei Jahren nicht mehr passiert. So lange war es her, daß die Mutter es nicht einmal mehr wußte. Vater schlief darüber ein, so viel hatten die beiden noch miteinander zu flüstern.

Plötzlich war die Welt ganz anders geworden, aus einer Bresche in der Wand herkömmlichen Lebens war Licht gefallen auf das Kind, ein geheimnisvolles Licht, aus einer geheimnisvollen Zukunft leuchtend.

Und als dann am nächsten Tage, als sei alles wieder im alten Gleis, Lieschen Ahlf, Stieftochter des Fischers Bienenweg, bei den Kindern auftauchte, mit den kratzigen, wollenen Strümpfen, mit dem schwarz-weiß karierten Rock und dem Rattenschwanz im Nacken – da faßten die Kinder beide dieses selbe Lieschen bei der Hand und liefen mit ihr gegen den Wald, voll des Entschlusses, sich von ihr Geschichten erzählen zu lassen, andere Geschichten, als Brummelchen erzählt hatte – dieselben uralten Geschichten, nur in anderer Fassung.

Das Märchen war zu ihnen gekommen, plötzlich waren die sinnlosen Streiche und Zänkereien weit weg. Irgend etwas Neues war eingetreten in ihr Leben, es konnte mit Helga wachsen, man konnte dessen nicht überdrüssig werden, es ging immer mit – Dieter freilich war noch zu klein, er würde es wieder vergessen.

Häusliches Zwischenspiel

Die Post am frühen Morgen hatte dem Vater einen Brief gebracht, einen umfänglichen Brief vom Finanzamt. Gewissenhaft notierte Briefträger Limburg das Datum der Zustellung auf dem Umschlag – genau sah der fünfjährige Thomas zu.

«Guten Morgen, Herr Rogge», sagte der Postbote, und die Tür klappte zu. Der Vater saß schon über seinem Brief, er las eifrig, die Stirn gerunzelt...

«Vater», ließ sich Thomas' helle Stimme hören, «warum hat denn Herr Limburg eine 2 und eine 3 auf den Umschlag gemalt? Vater, kann ich den Umschlag behalten? Vater, gib mir mal eine Schere, ich will mir eine Brille aus dem Umschlag schneiden...»

Das stimmt doch nicht, hatte der Vater gedacht und schon den Schreibtisch auf der Suche nach dem Bankbuch aufgeschlossen, ich habe doch einmal im Juni und einmal im Mai überwiesen... Aber nun riß die Kette ab. «Gib mir sofort den Umschlag her, Tom! Wie kannst du mir den fortnehmen?! Ich brauche ihn doch noch...»

«Wozu brauchst du denn den Umschlag noch...? Ollen, dreckigen Umschlag!» Und Thomas retirierte gegen die Tür.

«Tom! Den Umschlag!» rief der Vater streng.

«Aber woraus soll ich mir denn eine Brille machen?» fragte Thomas kläglich und öffnete vorsichtshalber die Tür zum Eßzimmer. «Es ist nicht mal 'ne Marke drauf!»

«Hör mal zu», sagte der Vater überredend und sah sehnsüchtig nach dem Brief auf dem Schreibtisch, der sofort beantwortet, richtiggestellt, zurückgewiesen werden mußte. «Du hast doch gesehen, wie Onkel Limburg was auf den Brief geschrieben hat?»

Keine Antwort, muffiges Schweigen.

Der Vater überging das vorsichtig. Er mußte raschestens an seinen Brief.

«Das muß Vater aufheben, was Onkel Limburg geschrieben hat, verstehst du?»

«Gib mir deine Schere, Vater», sagte Thomas mit schwerem Entschluß. «Ich schneide dir das Eckchen raus. – Es ist nur ein ganz kleines Eckchen...» setzte er, wie sich selbst überredend, hinzu.

«Ich will aber nicht das Eckchen, ich will den ganzen Umschlag, Tom!» rief Herr Rogge unmutig, und es war beinahe, als seien die Rollen zwischen Vater und Sohn vertauscht und als sei es jetzt der Vater, der da meckerte. «Und nun mach zu, Vater muß arbeiten.»

«Du hast aber gesagt, du willst nur haben, was Onkel Limburg geschrieben hat!» rief Thomas trotzig und retirierte aus dem Eßzimmer auf die Veranda.

«Nun aber Schluß!» schrie der Vater. Ja, es muß gestanden werden, der Vater schrie ganz unlogisch auf eine recht logische Antwort des Sohnes. «Sofort gibst du den Umschlag her!»

«Ich will aber eine Brille haben...» jammerte der Sohn dagegen und lief die Stufen von der Veranda in den Garten.

«Tom!» brüllte der Vater. «Sofort kommst du...!»

Aber Thomas war schon um die Ecke vom Holzstall. Ist man zornig, gibt es kein Besinnen; der Vater stürzte wütend hinterdrein. Jauchzend merkte der Fünfjährige, daß sein Vater mit ihm Haschen spielte, er warf die langen Beine und verschwand, den schon arg zerknitterten Umschlag in der erhobenen Faust, um die Küchenecke. Der Vater stürmte schwerer hinterdrein, seine Beine waren noch schlank, aber sie trugen ein Bäuchlein. Diese elende Kurzatmigkeit! dachte er, um die nächste Ecke stürmend. Ich muß wieder mal zum Doktor ... Dieser ungezogene Bengel ...!

Aber es kam ihm nicht mehr vom Herzen, der Zorn war verflogen, durch den morgenfrischen, sonnenblitzenden Garten, immer um das Haus herum, stürmten Vater und Sohn.

Vom Küchenfenster beobachteten Käti, Isi und die Frau Dete den Umlauf mit Staunen. «Was ist denn jetzt los?» rief die Frau.

Stürmend keuchte der Vater: «Umschlag ... gemaust ... helfen ... Tom ...»

Aber Tom war schon an den Mistbeetfenstern vorbei zum Stall gerannt und verschwand. Als der Vater in den Stall kam, sah sich das Hellapferdchen nach ihm um, die Erikuh muhte leise und mahnend nach Wasser, die drei Schweine grunzten übersatt in ihrer Box – aber kein Tom! Herr Rogge sah hinter die Futterkiste, in die Ecke mit dem Pferdegeschirr, er rief drei- oder viermal «Tom!» – natürlich ohne Ergebnis. So gab er denn der Kuh erst einmal Wasser, und da der Schimmel sich so hatte, dem auch. Über dem Warten, daß der Stalleimer ausgesoffen war, beruhigte sich sein außer Rand und Band geratener Atem, und Herr Rogge dachte: Ich könnte das Datum der Zustellung, also den heutigen Tag, eigentlich auch auf dem Brief notieren. Ich brauche den Umschlag gar nicht. – «Aber ...» rief er mit einem Stoßseufzer bei sich, «soll denn dieser Bengel immer seinen Willen kriegen? Es ist unerhört!»

Er öffnete nachdenklich den Deckel von der Futterkiste und sagte zu dem eintretenden Fütterer Schulz: «Ist das alles Sojaschrot, was wir noch haben? – Dann muß ich ja gleich was bestellen. – Haben Sie übrigens den Tom gesehen?»

«Sitzt in der Sandkiste und macht Eierpampe, Herr Rogge.»

«Eierpampe – na schön, schön. Ich bestell dann also das Schrot.» Und Herr Rogge marschierte in sein Arbeitszimmer zurück, erwägend: Ausgerechnet Eierpampe, sprich Sand und Dreck mit Wasser. Und ausgerechnet in meinen Umschlag wird er die Eierpampe füllen. Sehr schön. Was ich in der Jugend zuwenig an Willen gekriegt habe, kriegt Tom zuviel. Bin mal neugierig, was daraus wird. Eierpampe ...!

Und damit setzte sich Herr Rogge an seinen Schreibtisch, vor seinen finanzamtlichen Brief, notierte säuberlich auf den Briefkopf das Datum der Zustellung und machte sich an die schwierige, mit viel Rechnerei verbundene Arbeit, die gesamten Haushaltungskosten des verflossenen Jahres zusammenzustellen, aufzuteilen, zu addieren ...

«Zips ... Zips ...» störte ihn die vorsichtige Stimme seiner Frau. «Zips – störe ich ...?»

«Einen Augenblick! Sechsundachtzig, dreiundneunzig, hunderteins – hunderteins! Nein, nicht die Spur! Was ist denn?»

«Zips!» sagte die Gattin (wir wagen es nicht, den richtigen Vornamen von Herrn Rogge hierher zu setzen, genug, daß er im häuslichen Leben ‹Zips› genannt wurde). «Zips, ist das der Umschlag, den Tom geklaut hatte?»

«Möglich», sagte Herr Rogge zerstreut, suchte die Zahl ‹hunderteins› krampfhaft im Gedächtnis zu behalten und musterte das schmutzige, schmierige, nasse Etwas in den braunen Händen der Dete.

«Ist er sehr wichtig?» fragte die Frau vorsichtig. «Wir könnten ihn vielleicht trocknen und bügeln. Freilich, die Schrift ist etwas ausgelaufen. Tom hat nämlich ...»

«Eierpampe reingemacht, weiß schon. Steck das Ding ins Ofenloch. – Sonst noch was? Ich muß jetzt nämlich rechnen.»

«Ja, Zips. Draußen sind nämlich die Herren wegen der Grenze. Aber wenn du eilig zu tun hast, kommen sie vielleicht noch mal wieder?»

«I wo», sagte Herr Rogge und gab sich einen Ruck. «Wir können doch einen Regierungsrat nicht fortschicken, Dete.» Er stand auf, warf einen sehnsüchtigen Blick auf Brief und Zusammenstellung, notierte sich nochmals im Kopf ‹hunderteins› und sagte: «Vielleicht kommen die Herren zum Frühstück rein. Sieh, daß du für alle Fälle was da hast. Tjüs, Dete.»

Und er nahm seinen Stock, pfiff dem Hund Plisch und marschierte hinaus zur Grenze.

Anderthalb Stunden später war er wieder da. Natürlich hatte nicht Nachbar Bergfeld, sondern er, der Rogge, recht gehabt: der Steinwall an der Grenze mit den Pflaumenbäumen gehörte noch den Rogges! Jeder, der eine Karte lesen konnte, mußte das sofort sehen! Na ja, na ja, also gut, war auch das erledigt und in Ordnung.

Herr Rogge pfiff vergnügt vor sich hin und zündete sich eine Zigarre an. Nicht erledigt und nicht in Ordnung war noch die Sache mit dem Finanzamt, nun, bis zum Mittagessen war noch gute Zeit: ran an den Kram! Aus der Küche tönte freundliches Töpfegeklapper, Herr Rogge fand in seinem Geist frisch und unversehrt die Zahl ‹hunderteins› vor, erinnerte sich aber nicht mehr der Spalte, auf die sich diese Zahl bezog, und fing von neuem an zu rechnen.

Wenig später wurde er sich bewußt, daß er nicht mehr rechnete, sondern auf einen Dialog in der Küche lauschte, auf einen Dialog zwischen seinem Sohn Thomas und seiner Haustochter Käti. Die helle Stimme des Jungen klang so verbockt-streitsüchtig-weinerlich wie nur möglich, und auch Kätis Stimme war eine rechte Portion Ärger beigemengt.

«Tom, laß das!»

«Käääääti! – Gib – es – mir – wieder!»

«Du sollst mich nicht hauen, Tom!»

«Aber ich will es wiiiiiieder haaaben!»

«Es ist doch nicht mehr da, Tom!»

«Mach es wieder da, Kääăti!»

«Das kann ich doch nicht, Tom. Geh jetzt aus der Küche, ich muß arbeiten.»

«Erst gib es mir wiiieder!»

«Laß jetzt das Hauen sein, Tom, sonst...»

«Mutti hat mir es gegeben, ich will es wiederhaben!»

Mit einem Ruck erhob sich Herr Rogge. Der quenglige,

nicht nachlassende Ton seines Sohnes hatte etwas vom Bohrer des Zahnarztes – es war ihm nicht zu widerstehen. Aus mancherlei Erfahrungen zwar wußte Herr Rogge, daß es besser sei, den Sohn seine Streitigkeiten allein ausfechten zu lassen, trotzdem ging er durch das Eßzimmer in die Küche.

«Was ist denn hier wieder los?» fragte er.

Thomas stand am Küchentisch und sah mit dem mürrischsten, zänkischsten Gesicht auf die große Haustochter Käti, die ihn nicht eben billigend betrachtete. «Nun, was ist, Thomas?» fragte der Vater noch einmal, aufmunternd.

Aber Thomas wollte nicht antworten, er sah verdrossen seinen blaugrauen, gestrickten Pullover an.

«Dann muß ich Käti fragen. Käti erzählt es mir», sagte der Vater mahnend.

«Olle Käti! Olle Isi!» sagte der Sohn grollend und schwieg wieder.

«Gar nicht so oll», sagte der Vater lächelnd und wandte sich an die Sechzehnjährige. «Nun, Käti, erzähl du!»

Käti berichtete, daß die Mutti einen Pudding gekocht und den Topf dem Thomas zum Auslecken gegeben habe. Aber der Thomas habe den Pudding gewollt und nicht den Schlecktopf, und als er den Pudding nicht bekam, habe er auch den Schlecktopf nicht gewollt. Da hätten sie und Isi sich jede einen Löffel voll aus dem Topf zusammengekratzt – es sei aber noch genug darin –, und jetzt verlange der Tom, daß sie das doch schon Gegessene wieder in den Topf täten, denn es sei sein...

Der Vater sah Käti an, dann den Topf, dann den Sohn.

«Nimm Topf und Löffel, Thomas», sagte er. «Es ist noch sehr viel guter Pudding drin.»

«Erst soll Käti meines wieder reintun», sagte der Sohn beharrlich.

«Du willst nicht...?» fragte der Vater.

«Erst soll...»

Der Vater nahm den Sohn am Ohr und führte ihn durch Eßzimmer und Veranda in den Garten.

«Hier, mein Sohn, spiele, und komm mir nicht wieder ins Haus, ehe du nicht anderer Stimmung bist.»

Thomas stand still, das Gesicht etwas gerötet. Der Vater machte noch einen kleinen, zärtlichen Schlußzupf am Ohr und stieg die Verandatreppe hinauf. Im Augenblick, da er dem Sohn den Rücken kehrte, brach dieser in ein ebenso plötzliches wie fürchterliches Wutgebrüll aus. Das war nicht Schmerz wegen des gekniffenen Ohrs, das war nicht Leid um den versäumten Pudding – das war Protest gegen die rohe Gewalt der Großen, Empörung, Rebellentum ...

Der Vater ging in sein Zimmer zurück – das Geheul klang fern –, er lächelte stumm vor sich hin. Prachtvoll, wie die junge Kreatur sich aufbäumte! Das hätte er, Herr Rogge, mal mit seinem Vater versuchen sollen! Andere Zeiten, andere Kinder – und keine schlechteren, fand er und schmunzelte. Denn prachtvoll hinwiederum war auch, wie der Knabe Thomas dabei parierte! Kein Gedanke daran, daß er so brüllend das Haus betreten, in dieser Stimmung in die Küche eindringen würde. Lauter Protest gegen den Befehl, aber stiller Gehorsam für den Befehl. Keine üble Mischung. Fand Herr Rogge.

Nun aber zurück zum Finanzamt, zu der trockenen Sachlichkeit der Zahlen und Zahlungen!

Noch war der Vater sich nicht ganz klar, wo er eigentlich aufgehört hatte und wo wieder anzufangen war, als er merkte, daß er gewissermaßen in einer Wolke von Gebrüll saß.

Wieder stand er auf und trat ans Fenster. Jawohl, direkt unter seinem Fenster, grade unter der großen Blautanne, hatte sein Sohn die Wache bezogen und brüllte herausfordernd das väterliche Fenster an.

Hinter der Gardine verborgen, sah der Vater den Brüllerich und schmunzelte.

Brüll du, dachte er. Brüllen, sagt der Arzt, ist für die Entwicklung der Kinderlungen recht gesund. Und warum eigentlich ...? Wegen eines Löffels Pudding, der doch unmöglich wieder in den Topf zu spucken ist – pfui Deibel! So erfahren bist du auch schon, um das zu wissen, mein Thomas. Also um Streit mit uns zu suchen, deine Kräfte an unsern zu proben – brülle, Kleiner, brülle!

Der Sohn hatte die zornfunkelnden Augen fest auf die Scheibe geheftet, er brüllte, daß er dunkelrot wurde, er brüllte fast pausenlos, denn auch das Atemholen begleitete er noch mit einem seltsamen Gekreisch. Wäre das Höflein nicht so einsam gelegen, die Leute wären wohl zusammengelaufen über dem Gebrüll des unglücklichen Kindes, das vielleicht gar von seinen Eltern mißhandelt wurde!

Im Hause wußten sie wohl schon von der Ursache des übermächtigen Geschreis: keine Frauensperson ließ sich sehen – es war ein Duell zwischen Vater und Sohn. Plötzlich schien es Herrn Rogge, es sei vielleicht gar zu bequem, hier überlegen schmunzelnd am Fenster zu stehen und die entfesselten Naturgewalten sich austoben zu lassen. Als sei es mutiger, sich dem Feinde zu stellen. Schon war er im Begriff, das Zimmer zu verlassen, unter der Blautanne mit dem Sohn zu reden, ihn zu überzeugen ...

Da brach plötzlich das Geheul ab, in gewaltiger Eile verschwand Thomas aus dem Gesichtsfeld.

Was nun wohl kommt? wunderte sich Herr Rogge. Das ist doch wohl nicht möglich, das ist ja noch nie dagewesen, daß er so plötzlich einen Streit aufgibt?!

Er hatte nicht lange zu warten: um die Hausecke, um die er entschwunden, tauchte der Sohn wieder auf, aber gewissermaßen nicht allein, sondern in Gesellschaft eines handfesten Knüppels.

Nanu?! wunderte sich der Vater. Er will mich doch nicht etwa verhauen?!

Nein, das wollte Thomas nicht, etwas anderes lag ihm an. Nun hatte er so lange und so laut unter Vaters Fenster gebrüllt, und der Vater hatte es doch nicht gehört, war nicht einmal ans Fenster gekommen: also mußte er den Vater aufmerksam machen! Er stellte sich auf die Zehenspitzen, hob den Knüppel, klopfte kräftig damit gegen die Scheibe – und im gleichen Augenblick brüllte er los, so jämmerlich, daß es jedes Mutterherz erbarmt hätte.

Herr Rogge aber in seinem Zimmer schüttelte sich vor Vergnügen. Es gibt Kinder, dachte er, die da gehorsam und artig durch ihre Jugend dahinlaufen, recht nach Erwachsenenart eingeengt durch Gesetze, Rücksichten, Verordnungen. Zu diesen Kindern gehört mein Sohn nicht, oh, weit gefehlt! Dafür wird er von seiner Jugend etwas gehabt haben und später, hoffe ich, seinen Mann stehen.

Herr Rogge zweifelte nicht daran, daß sein Sohn im geheimen das gleiche Vergnügen an dieser Brüllerei empfand wie er, der Vater, beim Anhören.

Doch nun geschah das Unglück: müde des antwortlosen Gebrülls, hatte der Sohn etwas kräftiger mit seinem Knüppel gegen die Scheiben gepocht. Klirrend, scheppernd sprang das Glas, blitzschnell wurde der Knüppel fallen gelassen, blitzschnell und lautlos verschwand der Sohn um die Hausecke – und der Vater stand stumm durch die zersplitterte Scheibe und hatte die gute Gartenluft nun sozusagen frisch vom Erzeuger.

«I du liebes Gottchen», sagte er sich verblüfft. «Das hätte ich mir ja nun eigentlich an meinen fünf Fingern abzählen können. Wer keine Antwort kriegt, fragt dringlicher, dringlichst, bis die Scheibe platzt. Ich sollte doch meinen Sohn kennen.» Und ganz unlogisch, denn eben hatte er ja eigentlich die Schuldfrage schon entschieden, setzte er hinzu: «Na warte, mein Junge, wenn ich dich kriege ...»

Höchstselbst löste er die Splitter aus dem Rahmen, höchstselbst, daß die Frauen nichts merkten, holte er Handfeger und Schippe, höchstselbst fegte er das Glas zusammen und höchstselbst trug er es in die Abfallkiste.

«So», sprach er und begab sich auf die Suche nach seinem Sohn, gänzlich im Ungewissen, was denn nun eigentlich mit ihm anzufangen sei.

«Du, Zips», sagte seine Frau zu ihm. «Wir essen in zehn Minuten. – Weißt du übrigens, wo Thomas ist?»

«Ich werd mich nach ihm umsehen», sagte Herr Rogge.

«Was hat er denn so gebrüllt? Immer noch wegen des Puddings? Und dann klirrte doch was?»

«Ja, ja», seufzte Herr Rogge schuldbewußt. «Ich bin dann in zehn Minuten mit dem Jungen da.»

Herr Rogge ging um das Haus, Herr Rogge sah in Stall und Scheune. Herr Rogge ging in den Garten, er sah hinter Stangenbohnen, Spargelkraut, Himbeeren nach. Herr Rogge ging zum Holzschuppen und sah hinein. Leise rief er: «Tom!»

Herr Rogge ging dann hinter das Haus auf eine kleine Anhöhe und spähte auf die Felder: still im Sonnenschein lag das Land, leise bewegten im leichten West die Seekante entlang Weiden und Ellern ihre Zweige. Aber kein Tom ließ sich blicken. Herr Rogge schaute auch in die Hundehütte hinein. «Es ist gut, oller Plisch. – Hier ist Tom also auch nicht.»

Grade kamen die Leute von der Mittagspause aus dem Dorf zurück. – «Hören Sie mal, Schulz, und ihr andern, habt ihr Tom vielleicht im Dorf gesehen?»

«Nee, Herr Rogge.»

«Ach, Liebrecht, seien Sie so gut, setzen Sie sich mal auf Ihr Rad und fragen Sie von Haus zu Haus, ob Tom nicht da ist.» Und mit einem schweren Seufzer: «Seit einer Viertelstunde ist er spurlos verschwunden.»

Natürlich sagte einer: «Er wird doch nicht ans Wasser gegangen sein?»

«Nein, nein», sagte Herr Rogge hastig. «Tom ist vorsichtig, er weiß, wie tief der See ist. – Gehen Sie nur ruhig an Ihre Arbeit. Und wenn Sie Tom zufällig sehen, schicken Sie ihn ins Haus.»

Herr Rogge ging *nicht* an den See, Herr Rogge ging ins Haus. Er ging von Zimmer zu Zimmer, sorgfältig die Frauen, denen er hätte Auskunft geben müssen, meidend. Vor jedem Bett machte er, ein klein wenig ächzend, eine Kniebeuge und sah hinunter. Im Kinderzimmer lagen verstreut Spielsachen. Der Ordnungssinn des Vaters erwachte, er nahm Stück für Stück und legte es in sein Fach.

«Aha!» sagte er sich. «Hier findet sich der Abreißblock wieder, der von meinem Schreibtisch verschwunden ist. Und da ist der Rotstift. – Ich muß hier doch mal gründlich ausmisten ...»

Dabei überraschte ihn Frau Dete. «Hier bist du, und die Suppe wird kalt. – Wo ist denn Tom?»

«Den suche ich ja grade», sagte Herr Rogge kläglich. Abreißblock und Rotstift in der Hand. Und dann gestand er, nach kurzem Zögern, die Geschichte von der eingeschlagenen Fensterscheibe und dem darauf erfolgten spurlosen Verschwinden des Sohns.

«Aber Zips!» sagte die Gattin nur. Und, als sie sein Gesicht sah: «Na, nun mache dir bloß keine schlimmen Gedanken. Ich sehe es dir ja an, du denkst schon wieder an den See. Es wird schon nicht so schlimm sein. Jetzt werden *wir* ihn suchen und *wir* werden ihn gleich haben!»

Schon suchten sie, und wie man es merkte, daß sie suchten! Haus, Hof und Garten hallten wider von ihrem Tom-Tom-Geschrei. Frau Rogge mobilisierte auch die Männer, alle guckten in alle Winkel, alle riefen an allen Ecken – und nun kam Liebrecht auch noch mit seinem Rad aus dem Dorf zurück und brachte die Kunde: dort sei der Tom auch nicht.

Überall suchen sie ihn, dachte Herr Rogge, sehr betrübt, nur am Wasser nicht. Sie haben ja auch ganz recht, am Wasser ist gar nichts zu suchen, vierundzwanzig Meter ist der See tief, und das Ufer fällt bergessteil ab.

Herr Rogge ging an das Seeufer. Er stellte sich auf seinen kleinen Landungssteg, neben ihm schaukelte das Motorbootchen, er sah auf das Wasser hinaus. Blitzend und flimmernd, nur sanft aufgerauht vom leichten West, lag der See in der Mittagssonne.

Friedliches Bild – und doch wurde dem armen Herrn Rogge über all dem Frieden immer friedloser zumute.

Er mußte wegsehen, dann weggehen. Unter den Uferweiden lag umgestürzt, sorglich auf Blöcke gelegt, der große Holzkahn, den sie nur im Winter zum Holzfahren gebrauchten. Auf ihn setzte sich langsam Herr Rogge, ließ die Beine baumeln und sah trübe in den blühenden Garten. Vom Haus her kam eine neue Welle von Tom-Tom-Geschrei: Ach, ich hätte doch nicht so nahe am Wasser kaufen sollen! dachte der bekümmerte Vater. Wenn auch wirklich nichts passiert ist, *die* Sorge hat man doch immer.

«Tom! Mittagessen, Tom!» riefen sie. «Hände waschen, Tom!» riefen sie.

Es ziepte an Herrn Rogges Bein. Er zog gedankenvoll das Bein hoch.

Ist es *die* Sorge nicht, ist es eine andere, überlegte er. Seinen Sorgen entläuft keiner. Und will es auch gar nicht.

Jetzt ziepte es kräftig am andern Bein.

«Tom, es gibt Pudding!» rief Frau Dete verführerisch von der Verandatreppe.

«Zum Donnerwetter, was kneift denn da?!» rief Herr Rogge unmutig und sah grade noch etwas Weißes unter dem Boot entschwinden.

Wie ein Blitz war er vom Kahn und sah unter ihn. Da saß sein kleiner Sohn, zusammengekauert, teerig, strahlend unter dem Boot. Und lächelte ihn an. Es verschlug dem Vater den Atem.

«Thomas!» sagte er dann, und Freude und Zorn stritten sich um sein Herz. «Thomas, was tust du hier?!»

«Psssst, Vater!» machte Thomas geheimnisvoll. «Komm, kriech schnell runter zu mir. Dann rufen sie auch nach dir. Es ist sooooo schöööööön, wie sie rufen!»

Und er strahlte.

«Thomas», fing der Vater an und wollte eine lange, eindringliche Rede halten von der zerbrochenen Fensterscheibe, nein, von dem verschmähten Puddingrest an bis zu der Angst und Sorge, die sein Verschwinden seinen Angehörigen seit einer halben Stunde bereitet...

Aber er brach ab. Es hatte *doch* keinen Zweck. «Komm, Mittagessen, Tom», sagte er und zog den Sohn unter dem Boot hervor.

«Och, Vati», schmollte Tom. «Immer, wenn was Spaß macht, soll ich es nicht.»

«Tja, Thomas», sagte Herr Rogge und schritt nun schon, den Sohn an der Hand, aus dem Weidenschatten in die Sonne und den aufatmend strahlenden Gesichtern von Dete, Käti, Isi, Schulz, Liebrecht und andern entgegen. «Das kommt daher, weil ich schon alt und (‹dumm› wollte er sagen, aber es widerstrebte ihm doch) und weise geworden bin ...»

«Vater!» sagte Thomas mit einem tiefen Aufatmen. «Ich will nie alt und weise werden. Nie!»

Keine Angst, mein Sohn, dachte der Vater. Und: Heute, gleich nach dem Essen, mache ich aber den Brief ans Finanzamt fertig. Wenn mir nur nichts dazwischenkommt.

Die verlorenen Grünfinken

Im Garten bei Rogges standen in einer kleinen Reihe beieinander zwölf Beerenobstbäumchen, immer abwechselnd ein Johannisbeer- und ein Stachelbeerbaum. Die Stämmchen waren einen guten Meter hoch, und auf ihnen saßen schöne, gut verschnittene dunkelgrüne Kronen, so dicht, daß jedes leergepflückte Bäumchen doch immer noch die eine oder andere süße Traube oder Beere, die man übersehen, für den Sohn Thomas in seinem Innern barg.

Es war der Arbeiter Liebrecht, der entdeckte, daß in dem Krönchen der ersten Johannisbeere beim Haus noch etwas anderes saß. Alle Leute im Dorf und nun erst recht die auf dem Hof wußten schon längst, warum sich Rogges keine Katze hielten. So glaubte sich Liebrecht berechtigt, ohne weiteres in das Arbeitszimmer des Hausherrn einzudringen und ihn in den Garten zu holen.

«Was haben wir denn da?» fragte Rogge und bog vorsichtig die Zweige des Bäumchens auseinander – und unterdes zerrte Thomas an den Hosenbeinen des Vaters und bettelte:

«Vati, ich auch! Ich auch!»

«Soso», sagte der Vater, und seine Stimme klang ganz tief und glücklich. «Da brütet hier wahrhaftig ein Grünfink! – Ja, sehen Sie, Liebrecht, *die* Freude hätten wir nun wahrhaftig nicht, wenn wir uns Katzen hielten... Katzen *oder* Vögel, anders ist es nicht auf dieser Welt eingerichtet. Und ich für mein Teil bin in meinem Garten mehr für Vögel. – Ja doch, Thomas, jetzt sollst du auch sehen ...»

Tom wurde hochgehoben, und nun spähte er durch die Zweige. Da saß der kleine Vogel mit dem schönen grünlichgelben Rücken und dem aschgrauen Nacken auf seinem Nest. Die Flügel mit dem zitronengelben Rand hatte er wie kleine Fächer neben sich ausgebreitet, und das Köpfchen drückte er ganz eng auf den Nestrand, denn es war wohl etwas ganz Schreckliches, in der grünen, sonnengesprenkelten Geborgenheit zwei solch große weiße Gesichter aufgehen zu sehen: den großen Mond und den kleinen Mond ...

«Vati ...!» fing Thomas an, und das kleine Vogelköpfchen drückte sich erschreckt noch enger in das Nest, über die blanken schwarzen Augen ging ein paarmal schnell etwas wie eine grauweiße Haut ...

«Und du mußt leise sein», sagte der Vater, «sonst fliegt er fort und kommt nie wieder, Tom. – So, nun hast du wohl alles gesehen, ja?»

Und er setzte den Jungen wieder auf die Erde.

«Aber warum fliegt er denn fort, Vati? Wir tun ihm doch nichts?»

«Ein Grünling hat immer Furcht, Thomas, weil er so klein und schwach ist. Du brauchst nur einen Hut in die Luft zu werfen, so denkt er, es ist ein Habicht, und versteckt sich.»

«Vati, wirf doch mal deinen Hut in die Luft.»

«Aber nein, Thomas, warum sollen wir ihn denn fortjagen? Er sitzt doch auf seinen kleinen Eiern. Und aus den Eiern werden wieder kleine Grünfinken, und die fressen allen Hedrichsamen in unserm Hafer auf, und das Schimmelchen kriegt schönen, reinen Hafer.»

«Vati, zeig mir mal die Eier, ich will die Eier sehen.»

«Das geht jetzt nicht, Tom», sagte der Vater. «Wir dürfen ja den kleinen Vogel nicht fortjagen. Aber ich will dir etwas sagen: manchmal fliegt die Finkenmutti fort, um sich Futter zu suchen. Nun stell dich hier auf den Weg und sieh immer scharf das Bäumchen an. Kommt sie herausgeflogen, so rufst du mich, ich hebe dich hoch, und wir sehen uns die Eier an.»

«Du brauchst mich gar nicht hochzuheben, Vati, ich hole mir meinen Tritt und seh allein hinein!»

Der Vater bekam große Furcht um die kleine Wochenstube in seinem Bäumchen. «Tom», sagte er ernst. «Das darfst du unter keinen Umständen tun, allein hineinschauen. Immer rufst du mich oder die Mutti oder Herrn Liebrecht oder Herrn Schulz. Nie schaust du allein hinein, sonst fliegt der Grünfink fort und wir bekommen keine kleinen Vögel . . .»

«Und Schimmelchen hat schlechten Hafer . . . Na schön, Vati.»

«Also, du versprichst es mir, Tom?»

«Geh jetzt weg, Vati. Ich steh hier und paß schon auf.»

Der Vater verschwand hinter den Büschen, aber er ging nicht weit, er blieb hinter ihnen stehen. Sein kleiner Sohn stand auf dem gelben Sandweg in der hellen Sonne und sah zu dem Bäumchen hinüber. Was das wohl werden wird? fragte sich der Vater sorgenvoll. Wie lange er das wohl aushalten wird?

Der Sohn stand, mit Schatten und Sonne im Gesicht, wie eine Mauer. Der Vater wartete. Recht gerne hätte er sich eine Zigarre angezündet, aber dafür war er nicht weit genug ab. Der Sohn hatte ausgezeichnete Ohren, die ein angerissenes Streichholz wohl hörten, und eine vorzügliche Nase für Zigarrenrauch.

Thomas kratzte mit dem Fuß im Wegesand und stand wieder still. Der Vater fand, er hatte eine unnatürliche Ausdauer. Ihm wurde die Zeit etwas lang. Über dem Garten hing die Sonne, der Wind kam leise, und die Blätter rauschten auf, er ging wieder, und nach kurzem Flüstern wurde es still. Es war so still, daß man den hellen, stählernen Klang der Hacken gegen einen Stein vom Kartoffelfeld hinter dem Haus her hörte.

Dennoch mußte der Vater in der guten Wärme ein bißchen gedöst haben, denn als er wieder hinsah, stand kein Thomas mehr auf dem Gartenweg. Aber das Kind stand unter dem Johannisbeerbäumchen – und klopfte sachte mit dem Zeigefinger an.

Thomas! wollte der Vater rufen und schämte sich doch seiner Spioniererei. Nein, er rief nicht, er ging sogar einen Schritt, zwei Schritte, mehr Schritte zurück. Hab ihm ja was aufgelegt, dachte er, mißvergnügt mit sich, was er gar nicht tragen kann.

Der kleine Neugierige klopfte weiter an. Der Erwachsene, im Widerstreit zwischen Vogelsorge und Pädagogik, ging um die Hausecke, entzündete eine Zigarre und schritt, laut sich räuspernd, auf den Sohn zu.

«Vati», sagte der, gar nicht verlegen im Gegensatz zum Aufpasser Vati. «Ich klopf immerlos an und immerlos macht der kleine Vogel ‹Piep-piep›. Vati, heißt das herein?»

«Also, sehen wir noch einmal hin», sagte Herr Rogge, in sein Schicksal ergeben. «Aber dann gibst du für heute Ruhe, versprich mir das, Thomas.»

«Heb mich hoch», sagte der Sohn und – burr! – huschte der Grünfink mit «Tschick, Tscheck!» aus dem Geäst.

«Haben wir sie doch zu viel gestört», sagte der Vater betrübt, und nun sahen die beiden in das Nest. Sechs Eierchen, bläulichweiß mit bleichrotem Pünktchen, lagen darin.

«Oh, Vati!» sagte Thomas begeistert.

«Ja, Tom», antwortete der Vater, nicht minder froh. «Wie nett das aussieht, nicht wahr? Wir wollen sie nun aber auch gar nicht mehr stören, nicht wahr? Wenn das erst alles kleine Vögelchen sind ...»

«Piep-piep!» machte es.

«Sieh doch, da sitzt sie ja!» rief Herr Rogge. Und auf der Hängeweide, fordernd «piep-piep» rufend, saß der kleine Grünling und sah die beiden mit seinen flinken schwarzen Augen an. «Nun wollen wir aber gehen und ihn nicht wieder stören. Komm, Thomas.»

Kaum waren sie fort, da schwirrte es an ihnen vorüber, zwischen den Zweigen entschlüpfte der Vogel, weg war er!

«Süße, kleine Grünfinkenmutti», schwärmte der Sohn, nicht ganz ehrlich, sondern etwas begehrlich, schien's dem Vater. «Wann kommen die Jungen? Heute noch? Wie kann man sehen, Vati, was eine Finkenmutti und was ein Finkenvati ist? Wo ist der Finkenvati?»

An der Hand nahm der Vater den Sohn mit ins Zimmer, sah mit ihm Bücher und Bilder an, erst von Finken, dann von andern Vögeln, dann von Eisenbahnen, Autos, Fliegern, bis der Finkensturm beruhigt war, bis der Sohn ohne Sorge wieder in den Garten entlassen werden konnte – mit dem Verlangen, in der Sandkiste eine Autostraße zu bauen, mit Großgarage.

Ja, es war gelungen. Ohne Störung von Katze und Kind konnte das kleine Vogelpaar in den nächsten Tagen und Wochen Brut- und Pflegegeschäft verrichten. Gar manches Mal gingen zwar noch Vater und Sohn unter das Johannisbeerbäumchen, sahen und flüsterten. Aber die erste, die schlimmste Gefahr war abgewendet. Vogelmutter und -vater lernten die beiden Besucher kennen, die großen Monde, und nicht mehr drückten sie ängstlich die Köpfe gegen den Nestrand, gingen sie auf. Sondern sie warteten höchstens einmal mit ungeduldigem «Piep-piep» auf den Untergang der beiden lichtlosen Trabanten, oder flogen auch gar, ganz dem Futtergeschäft hingegeben, unbekümmert ein, den gierig aufgesperrten, bettelnden Schnäbeln entgegen.

Jawohl, die Eierschalen waren zerbrochen und über den Rand geworfen worden. Jämmerliche, häßliche, gelbhäutige Bündelchen, schwärzlich gespickt, waren daraus hervorgekrochen. Und nie hatte Thomas glauben wollen, daß aus ihnen eines Tages etwas werden sollte wie die säuberlichen, hübschen Grünfinken, die die Eltern abgaben. Ungestört wuchsen sie, hatten Hunger, und unermüdlich trugen die Eltern ihre Sämereien hinzu.

Enger und enger wurde es im Nest. Kamen Vater oder Mutter mit Futter im Schnabel, so drängten sich die Jungen, einander mit den Flügelstumpen stoßend, auf dem Nestrand, daß man in Furcht geriet, sie möchten sich gegenseitig in die schwindelnde Tiefe stoßen.

«Bald fliegen sie aus, Thomas», sagte Herr Rogge glücklich.

Sicher, es war eine kleine, eigentlich etwas lächerliche Freude; aber *das* Leben ist nicht ganz schlecht, das auf dem ersten frühen Morgengang solche kleine Freude bereithält.

«Wann fliegen sie? Heute noch?» fragte Thomas begierig.

«Das weiß man nicht. Heute, morgen, übermorgen – man muß eben warten.»

Miteinander gingen sie gegen das Haus zurück, Herr Rogge an seine Arbeit, Thomas entschlossen, im Dorf nachzusehen, ob dort nicht ein Gefährte zum Autospielen zu finden sei.

Drei Stunden später, gegen Mittag, erhob sich Herr Rogge, um seinen gewohnten Rundgang durch Hof, Garten, Feld zu machen. Im Stall traf er Herrn Schulz, und die beiden sprachen ein paar Worte über die Schweine, die jetzt besser fraßen.

«Fischmehl bleibt eben Fischmehl.»

«Aber sechs Wochen vor dem Schlachten muß man damit aufhören.»

«Sonst ist der Speck gelb ...»

«Und schmeckt tranig.»

«Jawohl», bestätigte Herr Rogge und trat auf den sonnigen Mittelsteig des Gartens hinaus. Es war strahlend hell, der Himmel strahlend blau, strahlend grün das Laub, strahlend bunt das Geblüh. Über den Feldern vorne und rechts sangen, jubelten die Lerchen, zwei Wasserhühner jagten sich spritzend auf dem See, friedevoll stieg der Mittagsrauch aus allen dörflichen Schornsteinen drüben auf dem höheren Seeufer.

Friedevoll ...

«Tschick-tscheck!» klang es jämmerlich schreckhaft von der Hängeweide.

Unter dem Johannisbeerbäumchen stand der kleine, dreistufige Fensterputztritt, den der Thomas sich so gerne zum

Spielen holte... Herr Rogge bog die Zweige sachte auseinander...

Friedevoll...

Sinnlos leer sah ihn die kleine verwunschene Blättereinsamkeit an... nackte Zweige... keine Spur eines Nestes... leer... fort...

«Tschick-tscheck!» klagte die Grünfinkenmutter.

Herrn Rogges Herz klopfte stark. Es ist nicht möglich, dachte er. So was tut mein Thomas nicht...

Er sah auf die Erde. Ach, keine Spur, keine verflogene Feder, kein hilfloses Junges, kein Rest des heimlichen Nestes...

Herr Rogge lief, Trauer und Zorn im Herzen. So sinnlos ... dachte er. Morgen wären sie vielleicht schon ausgeflogen gewesen... Vierundzwanzig Stunden – und das Schicksal greift zu! Das Schicksal...?!

Herr Rogge lief. Ja, es war ein Unglück, es war ein Fleck, es war eine Schändung. Er lief, aber nicht nur vom Laufen war sein Gesicht rot, nicht nur vom Laufen waren seine Hände schweißnaß...

In der Sandkiste war Thomas nicht. Am Wasser war er nicht. Beim Stall war er nicht. Aber in der Schaukel saß er, mit einem andern Jungen schaukelte er – war das nicht der Walter Rehberg aus dem Dorf?

«Och, Vati, sieh mal, wie fein wir zu zweien...»

Er brach ab, das Gesicht des Vaters erschreckte ihn, auch sein Gesicht verzog sich – in Angst.

Der Vater hielt die Schaukel an, hob seinen Sohn zur Erde, stellte ihn hin – auf den Walter Rehberg achtete er gar nicht: «Thomas, was ist mit den Grünfinken...?»

Mit zitternden Händen hielt er den Sohn vor sich und sah ihn liebevoll-ängstlich an. «Thomas?!» bat er.

Das Gesicht des Jungen verzog sich, schon brüllte er los, weinte...

«Thomas!» bat der Vater. «Brülle jetzt nicht. Ich tu dir nichts. Aber sage, wo sind die Grünfinken? Unsere kleinen Vögelchen?»

Stoßweise kam es, zwischen Schluchzen und Brüllen, kaum verständlich: «Ich hab sie nicht ins Wasser geschmissen...»

Der Vater ließ den Jungen los, plötzlich war die Erregung vorüber. Er sah deutlich, wie in einem Traum, in dem man auch machtlos vor dem geöffneten Schreckenspanoptikum seines Ich steht – er sah deutlich die böse Hand, die nach dem Nest mit der sechsfachen Hilflosigkeit, dem Leben anempfohlen, griff... Er hörte quälend laut das erschrockene, angstvolle «Tscheck! Tscheck!» der beraubten Vögel... Er sah den geschäftigen, heimlichen Lauf zum See auf den kleinen Landungssteg...

Er selbst lief mit, hifloser, träumender Schemen, lief mit, stand daneben...

Und dann wurde das Nest geschüttelt, sie fielen eines um das andere, vielleicht jammerten sie noch, aber bestimmt jammerten die Eltern in der Luft...

Es gab genug Menschen in Haus und Hof, aber in dieser Viertelstunde war keiner in der Nähe, das Unheil zu verhindern...

Es war kein Unheil, sechs wertlose Vögel... Herr Rogge erinnerte sich aus Büchern: Nesterausnehmen war ein beliebter Spaß. Es war pure Sentimentalität von ihm, jawohl!

Der Junge Thomas brüllte und brüllte, weil er eben damit angefangen hatte, und als vorsorgliche Schutzmaßnahme gegen etwaige Übergriffe des Vaters... Aber in seinem Herzen hatte dies nun, was die Eltern bisher sorglich verhindert hatten, Einzug gehalten: die Vergewaltigung des Hilflosen, die dumme, lebensfeindliche, zerstörerische Lehre von der brutalen Macht des Stärkeren...

«Ich bin's nicht gewesen!» jammerte der Fünfjährige.

Herr Rogge sah auf. Der andere Junge, der große, zwölf- oder vierzehnjährige (er kam in diesem Augenblick Herrn Rogge unendlich alt, völlig verantwortlich und ganz verderbt vor), stand dabei und grinste.

«Hast du sie reingeworfen?» fragte Herr Rogge.

«Joa!» sagte der Walter Rehberg.

«Aber warum?! Warum in aller Welt?!» drängte Herr Rogge in einem Anfall seiner ersten Erregung.

«Einfach so», sagte der Junge dickfellig. «Olle Dreckvögel.»

Herr Rogge atmete tief ein. Er faßte seinen kleinen, geliebten Jungen bei der Hand, und –: «Mörder!» schleuderte er dem andern ins Gesicht. Er machte ein paar Schritte mit seinem Thomas und drehte sich wieder um: «Komm du mir noch einmal auf den Hof...! Spiele du noch einmal mit meinem Jungen...! Deinem Vater werde ich es sagen, deinem Lehrer...! Solche Prügel müßtest du haben...! Marsch, fort! Aus den Augen!»

Herr Rogge schwieg erschöpft. Verlegen grinsend, gänzlich verständnislos setzte sich der junge Rehberg in Trab und verschwand um die Stallecke.

Hand in Hand gingen Vater und Sohn in den Garten zurück. Das Schluchzen in der kleinen Brust hatte sich beruhigt wie der Zorn in der breiten. Nur ein Gefühl wehmutsvoller Trauer war dem Vater verblieben, und von ihm suchte er dem Sohn ein wenig zu vermitteln, indem er dem Kinde die beraubte Stelle im Bäumchen zeigte. Indem er ihm begreiflich zu machen suchte die Lücke im eigenen Leben, kein froher Anlaß mehr, allmorgendlich ins Grüne zu spähen, Zu- und Abflug der fütternden Eltern zu beobachten...

«Och, Vati, sie wären ja doch gleich weggeflogen!»

Etwas unwirsch nahm Herr Rogge seinen Thomas wieder bei der Hand und ging mit ihm hinunter zum See. Ausgerodet mußte werden, ehe sie noch recht anwuchs, die Saat des Unheils. Und auf dem Steg stehend, über die Wasserfläche spähend, suchte er dem Sohne recht klarzumachen, wie jammervoll das Schicksal der armen kleinen Ertrunkenen sei, wie sie nie würden fliegen können, nie Unkrautsamen sammeln in Feld und Garten, nie ihr frohes, kleines Lied singen...

Es gelang ihm gut, was er wollte.

In ein recht kummervolles, herzabstoßendes Weinen brachte er sein Kind, in ein Weinen, das nicht aufhören wollte und das immer wieder von dem Ruf unterbrochen wurde: «Mach sie wieder da, Vati! Ich will meine Grünfinken wiederhaben ...»

Es ist eine schwierige Sache mit der Erziehung der Kinder zu rechten Menschen. Nicht tragbar wäre es dem Herrn Rogge erschienen, daß sein Sohn über diesen kleinen Weltuntergang, ohne ihn überhaupt zu merken, hinweggeglitten wäre. Als er dann aber abends im Bett lag, neben dem Bett seiner Frau Dete, und sie lasen noch ein bißchen, und plötzlich weinte das Kind nebenan auf aus tiefstem Schlaf, und sie liefen hinzu und konnten ihn erst gar nicht ruhig kriegen, und «So ein schlechter Traum! Böser, böser Vogel!» Ja, da war es nun auch wieder nicht ganz richtig geworden.

Und als nun Frau Dete ganz sachte fragte: «Hast du es nicht wieder einmal ein bißchen übertrieben, Zips?» Da konnte Herr Rogge nur reumütig antworten: «Vielleicht. Ja, beinahe sicher. Aber was soll man denn nun eigentlich tun? Man kann doch auch nicht alles laufen lassen, wie es läuft?»

«Der Thomas jedenfalls hätte die Pieper nie ins Wasser geworfen», sagte Frau Dete überzeugt. «Und von einem Fünfjährigen darfst du auch noch nicht deine Altersweisheit verlangen, mein lieber Fünfunddreißigjähriger, du!»

«Ja, ich bin und bleibe ein Schaf», sagte Zips reumütig. «Und ich möchte gern nur einmal im Leben kapieren, wie die andern so was machen, und wie die andern mit so was zurechtkommen.»

«Das ist ein wunderschönes Problem zum Nachgrübeln beim Einschlafen für dich», sagte lachend Frau Dete. «Denn nun machen wir das Licht aus. Wenn mich nicht alles täuscht, gibt es morgen einen recht stürmischen Tag bei unserm Tom, mit aller nur erdenklichen Meckerei und Streitsucht. Und daß wir über den recht ausgeschlafen und ausgeruht fortkommen, ist immerhin wünschenswert.»

Und damit ging das Licht wirklich aus bei den Rogge-Eltern, sie schliefen ein, denn es ist nicht anzunehmen, daß Herr Rogge noch besonders lang und besonders eindringlich über die Frage nachdachte: wie denn eigentlich die andern zurechtkamen...?

Aus der Nacht kam der Tag, und es kamen viele Tage; aus dem Frühsommer wurde Sommer und Herbst. Thomas spielte und tollte sich durch das Jahr und war abends so müde, daß kaum je noch ein ‹schlechter› Traum seinen Kinderschlaf störte. Ob er je der Grünfinken gedachte, das war nicht festzustellen, denn er sprach nie wieder ein Wort von ihnen. Die andern aber erinnerten ihn auch nicht daran, solche Weisung war sofort am nächsten frühen Morgen ergangen. Der einzige, über den Rogges keine Gewalt besaßen, der ‹infame Bengel›, der Walter Rehberg, war nicht mehr als Spielgefährte ihres Sohnes feststellbar – vielleicht war ihm der etwas sehr lächerliche Ruf ‹Mörder› doch in Knochen und Gewissen gefahren...

Die Birnen wurden reif und die Pflaumen wurden reif, sie nahmen die Äpfel von den Bäumen, und dann hackten sie die Kartoffeln aus der Erde. Statt Sonnenschein gab es nun Wolken und Regen, und der Wind pfiff viele Tage um das Haus. Das Jahr neigte sich seinem Ende zu.

Nicht zu allen Zeiten mehr konnte der Thomas im Garten spielen, manche Stunde saß er bei seinen Sachen im Kinderzimmer. Wenn ihm das aber langweilig wurde, stieg er auf den dämmrigen Hausboden hinauf, und da fand er zwischen altem, enggestapeltem Hausgerät, Koffern voll seltsam riechender Kleider, Flaschen, Vasen, Schachteln und Kisten, dem Tannenbaumschmuck des vorigen Jahres kein Ende des Entdeckens, Bauens, Spielens. Ganze Entdeckungsreisen konnte er machen, über die sorgsam geschaufelten, glattgerechten Futterhaufen des Herrn Schulz bis fort in die fernsten, dunkelsten Winkel, wo ein altes Steuerruder stand und wundervoll bunte Bilder, mit dem Gesicht zur Wand, und Koffer, vollgeklebt mit vielfarbigen Zetteln.

Dort, in einem solchen Winkel war es, daß er einen kleinen Karton fand mit seltsam haarigen Halbschalen an langen

Drähten, Dingen, deren Verwendung man sich mit keinem Gedanken ausdenken konnte und die doch eine vage Erinnerung an Eis, Kälte, Gezwitscher aus seinem vergangenen Leben wachriefen. Dieses schemenhafte Erinnern machte es vielleicht, daß er, den Karton mit beiden Armen vor der Brust haltend, seinen Rückmarsch antrat. Mit Roggen füllte er seine Schuhe und mit Erdnußkuchenschrot puderte er sie, aber er kam bis zur Treppe, die hinabführte in die wärmeren, helleren Bezirke der Einwohner.

Die Bodentreppe war steil, ein Fünfjähriger mußte immerhin mindestens an einer Seite das Geländer anfassen. Damit aber war der Karton nicht mehr tragbar – und in diesem Zwiespalt nahm Thomas ihn und warf ihn von sich voraus die Treppe hinunter.

Was man so die Ungezogenheiten der Kinder nennt, ist oft nur ihr Mangel an Erfahrung. Hätte Thomas das Geschepper und Geklapper der holzigen, haarigen Halbschalen auf den Treppenstufen vorausgesehen, sicher hätte er eine andere Beförderungsart gewählt. So aber stand er verblüfft noch oben, als unten auf der einen Seite der Vater aus seinem Arbeitszimmer, auf der andern die Mutter aus der Küche gestürzt kamen. Meinten sie doch, ihr Kind Tom liege auf dem Flur, in viele Stücke zerbrochen. Es waren aber nur ...

«Sieh da, die Kokosschalen!» sagte Frau Dete, etwas spitz. «Zips, hast du mir nicht vorigen Winter gesagt, sie seien verschwunden?!»

«Und das waren sie auch!» antwortete Herr Rogge. «Den ganzen Boden habe ich nach ihnen umgedreht. Weiß der Henker, woher sie jetzt gekrochen kommen!»

«Man muß euch Männer nur einmal forträumen und dann wiederholen lassen», murmelte die Frau, aber doch immerhin so leise, daß Herr Rogge es mit Anstand und ohne Feigheit überhören konnte.

«Thomas, mein Sohn!» rief er. «Du hast helle Buxen an, es hat keinen Zweck, daß du dich da oben ins Dunkle zurückziehst, man sieht dich doch. Steige herab, du gewaltig lärmendes Kind, und erzähle uns, woher du diese Kokosschalen gezaubert hast.»

Herrn Rogge verführte sein beweglicher Geist oft, so bilderreich zu reden, und diese bilderreiche Sprache verführte wieder den Sohn, keine vernünftige Auskunft zu geben, sondern «Kratsch» zu machen. Auf das Wort vom Zaubern hin verzerrte Thomas die Züge zu etwas, was er für das furchterregende Gesicht einer Hexe hielt, mit «Hu-Hu!» sauste er die Treppe hinab, grade seiner Mutter in die Röcke, und kniff sie so, daß sie wirklich aufschrie.

Es dauerte eine ganze Weile, bis der Trubel aus Schelten, Huhen, Festhalten sich auflöste und der eine Teil erfuhr, daß die Kokosschalen in der Ecke beim Steuerruder gestanden hätten. – Dete: «Aha, dacht ich's mir doch!» Und Zips: «Nun sage mir um alles in der Welt, was du dir gedacht hast! Gar nichts, bitte schön!» – und bis der andere Teil erfuhr, daß diese Kokosschalen vor zwei Wintern zum Vogelfüttern gedient hätten.

«Und was haben die Vögel letzten Winter gefressen? – Gibst du den Vögeln nicht jeden Winter zu fressen, Vati? – Wann ist jetzt Winter? Gleich oder bald? – Mutti, was tust du in die Schalen? – Mutti, warum sind denn Drähte an den Schalen? – Vati, was ist Palmin? – Vati, willst du mir bitte mal ganz genau sagen, wie Palmin gemacht wird?»

Und so weiter und so weiter. Bis das Elternpaar floh, jedes in sein Reich zurück, und Thomas allein blieb mit den wiedergefundenen, einst heiß umstrittenen Futterschalen, um die sich doch nun wieder kein ‹Großes› kümmerte.

Aber in Verlust gerieten sie diesen Herbst doch nicht wieder. Eine Weile lagen sie ziemlich nutzlos im Kinderzimmer umher, und während dieser Weile elendete Thomas seinen Vater recht mit der Frage: «Vati, wann füttern wir die Vögel? Vati, ist noch nicht Winter?» – Aber dann fand Thomas eine Verwendung für sie, er machte sie zu Vorratsgefäßen seines Kaufladens und füllte die eine mit Erbsen, die zweite mit Bohnen, die dritte mit Bonbons – und ein Grauen war es, fand Frau Dete, wieviel gute, teure Kolonialwaren in eine solche halbe Kokosnuß hineingingen.

Die letzten Blätter waren von den Bäumen gefegt, der Garten hatte vor Nässe getrieft, alle Wege quatschten, und alle kleinen Jungenschuhe waren immer feucht vom Waten durch alle Pfützen. Dann drehte der Wind von West über Nord nach Ost, in den Nächten – und sie kamen jetzt so früh – war der Himmel ganz hoch, pechschwarz, strahlend, funkelnd mit tausend Sternen.

Eines Morgens war es so hell im Zimmer des kleinen Tom beim Anziehen, und als die Mutter lächelnd die Gardinen zurückzog, war das Land weiß, weiß. Weiß!

«Schnee!» jubelte Thomas. «Mein Schlitten!» schrie Thomas.

«Heute füttern wir die Vögel zum erstenmal», sagte Frau Dete, aber noch ging das unter in der ersten Seligkeit über den reinen, kühlen Himmelsgruß. Jauchzend wälzte sich Tom im Schnee, kugelte Abhänge hinab, stapfte in die tiefsten Wehen – wurde hereingeholt, unter brüllendem Protest, klamm wie ein Scheit Holz im Walde und naß wie ein Schweinsrüssel. – Wurde trocken angezogen – und die Mutter sah nur einen Augenblick nach dem Essen, schon war er wieder draußen, jauchzend, jubelnd: «Rein verdreht ist der Bengel heute!»

Erst nach dem Kakaotrinken am Nachmittag – es dämmerte schon wieder – fand Thomas Zeit und Lust, der Küche einen längeren Besuch abzustatten. Seltsames, unbegreifliches Tun der Frauen! Haustochter Isi hatte einen Haufen alter Speckschwarten vor sich, piekte in jede ein Loch und zog säuberlich einen Bindfaden hindurch, an den sie sorgsam eine Schlinge machte. Haustochter Käti stand am Herd und briet etwas, und die Mutti hatte alle Kokosschalen vor sich stehen und füllte sie aus einer Tüte und der Bratpfanne Kätis.

Eigentlich wollte Thomas zuerst einmal gründlich meckern wegen der unberechtigten Benutzung ‹seiner› Kokosnüsse, aber dann war es doch zu interessant, wie die Mutti einen weichen Brei aus Hanfsamen, Sonnenblumenkernen, Raps, Rübsen und Palmin einfüllte, wie die durchsichtige, helle Masse sich langsam mit einer weißlichen Haut überzog und dann grau und fest wurde.

«Morgen hängen wir sie dann den Vögeln hin.»

«Morgen . . .? Heute, Mutti!»

«Heute ist es schon zu dunkel, Thomas. Heute schlafen die Pieper schon.»

«Und was haben die Pieper *heute* gefressen?»

Es hatte noch mehr geschneit über Nacht, durch noch höheren Schnee als am vorigen Tage gingen sie von Baum zu Baum, und hier hängten sie eine Speckschwarte auf und dort eine Kokosschale. Der Garten war so still und leer, das Land vom Frost so weit und hell.

«Wo sind denn all die Pieper, Vati?» fragte Thomas. «Es gibt ja gar keine Pieper mehr.»

Trotzdem hängten sie weiter auf: «Du wirst schon sehen, Thomas!» Und die alte Linde vor Toms Fenster bekam zur dicksten Schwarte zwei Schalen! Da stand nun der kleine Thomas, und manchmal lief er auch durch den Garten, aber es war alles nur solch Erwachsenen-Unsinn. «Es gibt ja gar keine Vögel mehr, nur noch die Raben.»

Es war langweilig – und mit dem Schlitten die Wiese zum See hinabzugleiten, war tausendmal besser.

Aus dem Bett, wie sie waren, sprangen Herr und Frau Rogge von einem Schrei. Im Schlafanzug stand der kleine Thomas an seinem Fenster, drückte sich an der Scheibe die Nase breit und jubelte atemlos: «Die Grünfinken . . . Die Finken! Mutti, Vati – unsere Finken sind wieder da!»

Er sah die Eltern an mit glänzenden Augen, mit Augen voll tiefen, geheimnisvollen Lichts seligster Freude, und dann sah er wieder zu seiner Futterstelle hin. Und wirklich hingen da schaukelnd zwei Grünfinken an den Schälchen, pickten, fraßen . . .

«Unsere Grünfinkenmutti! Unser Finkenvati ...!»

Glück! Glanz aus dem Paradies. Seligkeit, wie sie später nie wieder kommt.

Noch mehr Seligkeit ...?

Es flattert, es huscht um die Stallecke. Mehr Finken, atemlos zählt Thomas: «Eins, zwei, vier, drei, sechs – oh, Vati, die ertrunkenen Pieper sind wieder da! Sechs Stück! Oh, Vati, Mutti, sie sind gar nicht ertrunken, sie sind wieder gut mit mir – unsere Grünfinken!»

Frau Dete hätte gar nicht mahnend die Schulter ihres Zips zu berühren brauchen – was hieß hier Pädagogik?! Was hieß hier Lügen?!

«Richtig», sagte Herr Rogge und räusperte sich. «Unsere Finken sind wieder da – und grade zu dir sind sie gekommen, Tom.»

«Unsere versoffenen Finken ...» sprach das Kind und atmete selig tief, als sei eine Last von seinem Herzen.

Lieber Hoppelpoppel – wo bist du?

Es war einmal ein kleiner Junge, der hieß Thomas. Dem hatten seine Großeltern zum ersten Weihnachtsfest einen kleinen Hund aus schwarzem Plüsch geschenkt, mit Hängeohren und frechen braunen Augen, eine Art Dackeltier, aber auf Rädern. Und da die Achsen dieser Räder nicht im Mittelpunkt saßen, sondern seitlich, hoppelte und wogte das schwarze Stoffgeschöpf auf und nieder, als haste es wild und über alle Kraft imaginären Hasen nach. Darum taufte der Vater den Hund ‹Hoppelpoppel›, und als Thomas etwas älter geworden war und sprechen konnte, genehmigte auch er diesen Namen.

Er liebte den Hund sehr, immer mußte er bei ihm sein, auch im Schlaf durfte er ihn nicht verlassen, und er wachte sehr genau darüber, daß die Eltern nicht nur ihrem Sohn, sondern auch dem Hoppelpoppel gute Nacht sagten. Es war eben eine richtige Liebe.

Nun geschah es, daß Toms Eltern an einen neuen Wohnsitz verzogen, weit, weit weg. Der kleine Thomas blieb während der Umzugstage bei der guten Tante ‹Kunjä›, und mit ihm natürlich Hoppelpoppel – wie hätte Tom sonst bei Tante Kunjä schlafen können? Nach einer Weile war es dann soweit: Tante Kunjä fuhr mit Tom und dem Hund nach dem neuen Häuserchen. Auf dem Bahnhof erwartete sie der Vater, und der kleine Tom war so selig und verlegen über dies

Wiedersehen, daß er schnurstracks seinen Kopf durch des Vaters Beine steckte und so den abfahrenden Zug betrachtete.

Dann gingen die drei Hand in Hand durch den Wald zur Mummi ins neue Häuserchen, und da kam plötzlich ein Augenblick, da Tante Kunjä angedonnert stehenblieb. «O Gott, habe ich nun doch den Hoppelpoppel in der Bahn liegengelassen!»

Der Vater machte rasch eine Kopfbewegung und sagte: «Still! Still! Hier hat der ‹Herr› so viel neue Eindrücke, daß er ‹ihn› einfach vergißt.»

Tom sagte noch gar nichts. Er marschierte stramm auf seinen Beinchen zwischen den beiden Großen und sah die herrlich hohen Bäume mit den Pieksenadeln an. Dann kam ein Zwinger mit einem Hund, und nun stand die Mummi unten auf einer Treppe und hielt die Arme weit auf. Sie gingen durch eine große Tür auf einen weiten Balkon, und plötzlich war da unten ein langes, langes Wasser, und ein Dampfer kam um die Waldecke, und ein Kahn, zwei Kähne, viele Kähne...

Es wurde Abend, und der kleine Junge mußte ins Bett. Er war müde und selig aufgeregt, aber als ihn die Mutter über die Bettleiter hob, sagte er: «Hoppelpoppel!»

Der Vater sagte ernst: «Hoppelpoppel fährt mit der Puffbahn, Thomas. Hoppelpoppel kommt morgen.»

Das Kind sah seine Eltern fragend an, erst sagte es nichts, als aber dann das Licht ausgemacht wurde, bat es wieder, dringend: «Hoppelpoppel!»

«Thomas muß jetzt schlafen», sagte die Mutter streng und machte die Tür von außen zu. Die Eltern standen atemlos und lauschten. Nein, kein Gebrüll, kein Weinen, sondern Stille. «Er wird sich beruhigen», sagte Mummi. «Aber besser ist doch, du gehst morgen zur Bahn und machst eine Verlustanzeige.»

«Schön», sagte der Mann. «Obgleich es keinen Zweck hat. Denn der Zug fährt weiter nach Polen, und die werden uns grade einen Hoppelpoppel zurückschicken!»

Am nächsten Morgen machte der Vater seine Verlustanzeige, dann kam der Nachmittagsschlaf – aber nein, es kam kein Nachmittagsschlaf.

«Hoppelpoppel!»

«Hoppelpoppel kommt bald.»

«Nun! Gleich!»

«Thomas muß schlafen!»

Gebrüll, Wut, Trostlosigkeit, Jammer, nur kein Schlaf. Und am Abend dasselbe. Das neue Häuserchen und das viele Wasser und der Garten und der Hund im Zwinger und die vielen Dampfer – alles nichts! Hoppelpoppel, lieber Hoppelpoppel – wo bist du? Hoppelpoppel, ein alberner schwarzer Stoffhund, war eine finstere Wolke am Himmel, nach drei Tagen überhing sie alles!

«Also ich fahre morgen nach Berlin und kaufe einen neuen Hoppelpoppel», sagte der Vater zur Mummi.

«Vielleicht kriegst du solch einen gar nicht?»

«Soll das, bitte, hier so weitergehen?!»

Der Vater fuhr also, und schließlich fand er auch seinen Stoffhund, er fand genau den Hoppelpoppel. Er war lange umhergelaufen, er hatte viel Fahrgeld ausgegeben, aber: Heute nacht wird Tom endlich wieder ruhig schlafen.

Der Vater war so glücklich über den kleinen Hund, am liebsten hätte er aller Welt Gutes getan.

Da war im Abteil ein Kind, es war natürlich kein Kind wie der Thomas, nein, sondern ein dunkles, blasses Kind, es war ein meckriges Kind, es war ein schwieriges, störendes Kind, aber es war ein Kind ... Es saßen noch zwei Herren im Abteil, das hielt den Vater nicht ab, er machte Kuckuck mit dem Kind, er lenkte es ab, er half der Mutter, so gut er konnte, aber es verschlug nichts, es blieb ein schwieriges Kind.

Der Vater nahm aus dem Netz das kleine braune Paket, das Kind sah zu. Er schnürte langsam das Paket auf, das Kind sah genau hin.

Was da wohl drin ist?

Er faltete das Papier auf, ließ ein bißchen sehen, mehr...

«Hoppelpoppel», sagte der Vater ernst.

«Wauwau», antwortete das Kind selig.

Es wurde nun doch eine sehr gute Bahnfahrt. Siehe, der dicke, brummige Herr in der Ecke war ein rechter Großvater, er zog den Hoppelpoppel auf der leeren Bank zu sich hin. Hoppelpoppel hoppelte. Der Vater zog ihn am Schwanz zurück. Das Kind jauchzte.

Manchmal ging eine kleine Sorgenwolke über des Vaters Herz. «Wie weit fahren Sie?» fragte er die Mutter des Kindes.

«Bis Neu-Bentschen. Und Sie...?»

«Oh, ich muß viel früher raus. Ihr Junge wird ja den Hund bis dahin über haben.»

«Das weiß ich nicht», sagte die Frau. «Wenn er was liebt, dann liebt er es auch richtig.»

«Na, eine Weile fahren wir ja auch noch», sagte der Vater nachdenklich und ließ den Hund bellen.

Der Vater kramte das braune Papier wieder vor und den Bindfaden: «Nun paß auf, jetzt geht Hoppelpoppel schlafen.»

Das Kind sah aufmerksam zu, aber dann, als der Hund im Papier verschwand, fing es an zu weinen. «Hoppäpoppä», sagte es klagend.

Alle redeten auf das Kind ein, das Kind weinte stärker, der Vater sagte: «Ich brauche ihn ja schließlich nicht eingepackt mitzunehmen, er kann ihn ja noch den Augenblick halten...»

Das Kind nahm den Hoppelpoppel in den Arm, es lächelte, es lächelte – lieber Himmel! Es war doch ein sehr ähnliches Kind...

Der Zug fuhr langsamer, der Zug hielt.

«Nun gib dem Onkel den Hoppelpoppel.»

Das Kind hielt den Hund fest.

«Willst du wohl artig sein, gibst du...!»

«Aussteigen...!»

«Du sollst den Hund loslassen!»

«Gib mir doch den Wauwau, bitte, bitte! Ich habe auch einen kleinen Jungen ...»

«Sie wollen noch raus? Bitte, beeilen!»

Alles ging durcheinander, das Kind weinte schmerzlich, der Schaffner schimpfte. Eine Hand (es war die Hand der Mutter) riß an der klammernden Kinderhand, das Weinen wurde lauter. Der Vater stand draußen mit seinem Hoppelpoppel, er dachte verwirrt: Wenn er was liebt, dann liebt er es auch richtig ...

Der Zug fuhr an, der Vater riß die Tür wieder auf, warf den Hund ins Abteil. Der Zug fuhr schneller, am Fenster waren Mutter und Kind zu sehen, das Kind hielt den Hoppelpoppel ...

Der Mann ging langsam durch den dunklen Wald nach Haus, er hatte es nicht eilig. Wenn er zu Haus ankommen würde, würde sein Junge grade ins Bett gebracht werden, er würde sehnsüchtig betteln: Hoppelpoppel! Der Mann bereute nicht, der Mann schalt sich nicht, er war nur traurig. Irgend etwas war nicht in Ordnung auf dieser Welt, irgend etwas stimmte nicht: Dem einen geben, daß der andere weint ...?

Der Mann schloß die Tür auf, oben krähte der Tom. Der Mann ging langsam und leise die Treppe hinauf, er hing leise den Mantel fort, er zog seine Hausschuhe an ... schließlich mußte er doch die Tür aufmachen ...

Da aß sein kleiner Sohn am Tischchen den Haferbrei, und auf dem Tischchen stand der Hoppelpoppel! Der Hoppelpoppel mit einem langen, langen Zettel am Hals.

«Sieh nur, Mann», sagte die Mummi.

Auf dem Zettel standen viele bahnamtliche Vermerke, aber da stand auch: Zbaszyn (Bentschen). Kleine schwazze Hund, särr biese. Beißt ...

«Kleine schwazze Hund, särr biese ...» sagte der Vater langsam.

Komisch: plötzlich war die Welt wieder in Ordnung.

Gigi und Lumpi

So lange Gigi zurückdenken kann, wohnen sie in der Siedlung ‹Eigene Scholle›. Mutti und Papi – und Gigi dazu – haben dort eine Parzelle, tausend Quadratmeter groß, eine Laube und seit letztem Herbst Anschluß an die Wasserleitung. Daß sie das mit der Wasserleitung im eigenen Garten geschafft haben, daran ist Mutti schuld, sie hilft Papi beim Verdienen: Aufwartung, Flicken und Stopfen, Neubauten saubermachen, Briketts in die Keller packen, alles, was ihr vorkommt. Mutti sagt nie nein.

Seit Gigi fünf Jahre alt ist, geht das so mit der Arbeit, und seitdem auch besorgt sie das Haus. Mutti kocht morgens das Essen an. Gigi macht es fertig. Gigi wäscht ab, Gigi jätet Unkraut, Gigi putzt Papis Schuhe. Ihr sehnlichster Wunsch ist, daß sie erst so groß ist, an die Nähmaschine zu reichen, dann könnte sie Mutti ‹richtig› helfen. Jeden Sonntag muß Papi Gigi messen, es geht sehr langsam mit dem Wachsen.

Aber es geht doch vorwärts, jetzt ist Gigi sechs Jahre und seit Ostern in der Schule. «Gisela Kößling», sagt sie. «Parzelle 375», sagt sie. «Packer», sagt sie. «Einundzwanzigsten Januar neunzehnhundertsechsundzwanzig in Neukölln», sagt sie.

Es ist herrlich in der Schule. Den ganzen Winter hat sie einsam auf der Parzelle gehaust, das nächste bewohnte Grundstück ist 381. Dort wohnt Herr Krupschert. Aber Herr Krupschert ist alt und dumm, findet Gisela, er war den ganzen Winter keine Unterhaltung für sie.

Jetzt hat sie Unterhaltung durch die Schule, aber sie hat auch Sorgen: allein auf Parzelle 375 bleibt Lumpi zurück, ihr Hundchen, ihr Freund. Sie kann ja den Lumpi so lange nicht freilassen, Lumpi ist unverständig, immer macht er im Garten Schaden. Sie muß ihn in der Laube einsperren. Schwer ist für Lumpi, was für Gigi schön ist: der Vormittag.

Eines Tages kommt Gigi von der Schule nach Haus, schon von weitem hört sie Lumpi in der Laube weinen. So weinte er schon, als Gigi früh fortging. Gigi begegnet Herrn Krupschert.

«Hörst du das?» sagt Herr Krupschert böse zu Gigi. «Das ist eine Gemeinheit!»

Herr Krupschert ist ein alter Mann mit einem gelblichweißen Bart, von seinem ganzen Rentnervermögen ist ihm nur die Parzelle 381 und eine Sozialrente geblieben. Gigi verachtet Herrn Krupschert, sie findet ihn dumm, weil er nicht einmal seinen Garten bestellt, sondern ihn wüst liegenläßt. Aber Herr Krupschert hat dafür keine Zeit, er muß ausrechnen, von wann an die Inflation böswillig verschuldet ist und bis wann sie gewissermaßen ein Naturereignis war. Wenn Herr Krupschert das ausgerechnet hat, wird er den Wirtschaftsminister verklagen. Herr Krupschert rechnet schon manches Jahr, es ist sehr schwierig, er wird noch lange rechnen müssen. Aber dann gewinnt er den Prozeß, und alle verarmten Leute werden wieder reich.

Muß man so angestrengt rechnen, kann ein durch drei Stunden kläffender, weinender Hund sehr stören. Darum fragt er Gigi so böse, ob sie den Hund nicht auch bellen hört?

«Lumpi ist nicht gerne allein, Herr Krupschert», sagt Gigi.

«Und ich soll das anhören?!» sagt Herr Krupschert böse. «Wenn ich deine Töle erwische, schlage ich ihr einen über den Deetz. Daß du es nur weißt!»

Gigi steht da und sieht Herrn Krupschert nach. Daß manche Menschen böse sind, weiß sie schon sehr lange, weiß sie schon, seitdem ein Stromer ihr die Hand aufgebrochen und ihr die Mark Einholgeld fortgenommen hat. Also, Herr Krupschert ist nicht nur dumm, er ist auch böse. – Gigi denkt den ganzen Tag und Abend nach. Mutti fragt, was los ist, aber sie sagt Mutti nichts, beileibe nichts, Mutti hat schon so genug Sorgen. Solange Lumpi in der Laube ist, entscheidet schließlich Gigi, ist er sicher. Das weiß sie bestimmt, daß keiner eine fremde Laube aufbrechen darf. Jeden Morgen schließt sie Lumpi sehr gut ein, und wenn sie Herrn Krupschert sieht, läuft sie weg.

Aber eines Morgens ist ihr Lumpi ausgebimst, tobt im Garten, läßt sich mit nichts in die Laube locken. Gigi *muß* in die Schule, sie hat einen Begriff von Pünktlichkeit; wenn Papi mit dem Halbachtuhrzug kommt, muß das Essen fertig sein – daher weiß sie von Pünktlichkeit.

Gigi geht zur Schule, sie denkt ununterbrochen nach, um sie herum tanzt Lumpi Freudentänze. Was ihr Sorge macht, bereitet ihm große Freude. Nirgendwo kann sie Lumpi abgeben oder einsperren, er könnte ausreißen, und dann haut ihm Herr Krupschert einen über den Deetz.

Gigi nimmt Lumpi mit in die Schule, es bleibt nichts, sie nimmt ihn mit ins Klassenzimmer. Oh, welch Hallo unter den Kindern! Herr Wendel ist noch nicht da, alle Kinder tanzen um Gigi und Lumpi. Lumpi ist ganz verschüchtert und will auf Gigis Arm. So kann ihn Gigi schnell, als Herr Wendel kommt, unter die Bank stecken, neben ihren kleinen Schulranzen. Immer wenn Herr Wendel mal wegsieht, legt sie eine Hand auf seinen Kopf. Und Lumpi scheint sich ausgetanzt zu haben, oder er hat Furcht, er liegt mäuschenstill, nur einmal macht er einen Schnapper nach einer Fliege, und Herr Wendel fragt sehr laut: «Wie?!»

Die Klasse lacht, und Herr Wendel versteht heute seine Klasse nicht, sie ist des Teufels, keines hört ein Wort von dem, was er sagt. Aber Herr Wendel ist sechsundfünfzig und hat einen Bauch; sicher hat er schon zweitausend Kinder gehabt. Er weiß, man muß Kindern Zeit lassen. Er weiß auch, ein

Baum wächst noch viel langsamer. Man darf nichts übereilen, nie heftig werden, weiß Herr Wendel.

Die Stunde ist vorbei, und in der Pause wird es schlimm für Lumpi. Die Jungens sind schrecklich frech, und die Mädchen wollen alle von ihm Küßchen haben, er hat eine kleine schwarze Affenschnauze und eine süße, flinke rosa Zunge.

Plötzlich steht Herr Wendel mitten in der Klasse und fragt furchtbar ernst: «Wessen ist der Hund?»

Es ist eine ungeheure Stille, Gigi will gerade den Mund auftun, da ärgert den Lumpi wohl der schwarze, dicke Mann, er fährt an gegen ihn mit einem Gejachter.

«Dir, Gisela?» fragt Herr Wendel und ist sehr böse. «Sofort bringst du den Hund auf die Straße!»

Gigi nimmt ihren Lumpi, sie hat ein sehr rotes Gesicht, aber sie sagt keinen Ton. Auf dem Flur schluchzt sie ein bißchen, und als sie die Schulhaustür zwischen sich und Lumpi zumacht, schluchzt sie noch mehr. Nun läuft Lumpi zur Laube, und da kommt Herr Krupschert und gibt dem Lumpi einen über den Deetz.

Also, die Schulstunde geht weiter, es wird eine richtige, gewöhnliche Schulstunde. Die Kinder fangen an auf Herrn Wendel zu hören, und nur Gigi denkt noch an Lumpi.

Da scharrt es plötzlich an der Tür, da kratzt es, da winselt es, da weint es, da bellt es – alle Kinder fahren zusammen, und Herr Wendel sagt: «Das ist doch unerhört, Gisela! Sofort jagst du den Hund weg!»

Und Gisela steht langsam auf, und Schrittchen für Schrittchen geht sie dunkelrot auf die Tür zu, am Pult vorbei, und grade, wie sie unterm Pult ist, sagt Herr Wendel plötzlich ganz milde: «Das hätte ich nie von dir gedacht, Gigi!»

Da aber ist es mit Gigis Fassung vorbei, die Tränen kommen, und mit den Tränen die Worte, und wenn auch alles sehr wirr und durcheinander ist: Herr Krupschert und die Laube, und Mutti, die auf Arbeit geht, und der Deetz – so viel versteht Herr Wendel doch, daß er früher ganz richtig von Gigi gedacht hatte.

«Also hol ihn rein, deinen Lumpi. Und nach der Schule sprechen wir weiter.»

Welch ein Freudentanz von Lumpi, welch seliges Kindergesicht! Lehrend lernen wir, nun ja, und die Kinder sind jetzt auch musterhaft. Ein Hund in der Klasse muß verdient werden, das hätte Herr Wendel gar nicht erst zu sagen brauchen, das versteht jedes.

Aber dann in der Pause:

«Sicher, Herr Wendel, Lumpi hat Hunger!»

«Bei mir muß er auch einmal abbeißen dürfen!»

«Ich habe Knoblauchwurst auf der Stulle – frißt er auch Knoblauchwurst, Herr Lehrer?»

Gewimmel. Getriebe. Geschrei. Gebrüll. Kann ein ausgewachsener Mann zwischen solchen Stöppkes verschwinden? Herr Wendel verschwindet. Er schreit: «Kinder, Kinder, das geht doch nicht. Gleich stellt ihr euch da drüben hin! Gisela, hier zu mir stell du dich hin!» Unmöglich...!

«Lumpi hat von Ernas Stulle abgebissen, dann darf er doch auch von meiner abbeißen, Herr Wendel...?!»

Also, da steht Gisela mit Lumpi, da stehen dreiundvierzig Kinder, da steht triefend Herr Wendel. «Kinder», schreit er wieder und ist um Auswege nicht verlegen. «Kinder, auf der Stelle legt jeder sein Butterbrot hier auf mein Pult. Nun aber schnell!»

Wirklich, er erreicht es, auf dem Lehrerpult liegen dreiundvierzig Stullenpakete, angebissen, halb verzehrt, unberührt.

«Jetzt gehst du mit Lumpi auf den Flur, Gisela», ordnet Herr Wendel an. «Und jetzt, wenn Gigi raus ist, nehmt ihr euch eure Butterbrote wieder und eßt sie ganz schnell auf – die Pause ist gleich vorbei.» Ist er ein Feldherr, der Herr Wendel, ein großer Organisator, der Mann der raschen, richtigen Entschlüsse? Armer Herr Wendel...!

«Ich habe Stulle mit Klops gehabt, die ist jetzt weg!»

«Wo ist meine Käsestulle?»

«Wollen wir tauschen? Ich gebe dir zwei mit Honig, gib mir eine mit Jagdwurst, ja?»

«Herr Lehrer, der Heinz hat sein Brot überhaupt schon aufgehabt, und nun ißt er immerzu!» Armer Herr Wendel...!

«Du könntest deinen Hund», fragt Herr Wendel zögernd nach der Schule, «nicht weggeben, Gigi...?»

Gigi sieht Herrn Wendel nur an. Daß Götter so schwach sein können!

«Gut», sagt Herr Wendel entschlossen, «dann gehe ich jetzt sofort zu Herrn Krupschert, und er muß mir in deiner Gegenwart versprechen, daß er dem Lumpi nichts tut. Bist du dann ruhig, Gigi?»

«Aber richtig in die Hand versprechen, Herr Lehrer», sagt Gigi. Und dann gehen sie los. Gigi, Lumpi auf dem Arm, Herrn Wendel an der Hand, zu Herrn Krupschert.

Lange, lange steht Gigi vor Krupscherts Laube, sie preßt den Lumpi so an sich, daß er schnauft. Die beiden reden drinnen und reden, das heißt, meistens redet Herr Krupschert, er erzählt von der Inflation.

Aber endlich kommen sie beide hinaus in die Sonne, und Gigi sieht Herrn Krupschert voller Angst an. Aber Herr Krupschert lächelt, er lächelt mit seinem ganzen weißgelben Bart aus den Nasenlöchern heraus: Herr Wendel hat ihm nationalökonomische Bücher aus der Schulbibliothek versprochen.

«Ich habe gedacht», sagt Herr Krupschert und lächelt immer weiter, «daß du schon ein großes Mädchen bist. Das darf man doch gar nicht, einem andern seinen Hund über den Deetz hauen.»

Gigi sieht Herrn Krupschert an, sie tut auch manchmal, was man nicht tun darf. «Geben Sie Herrn Wendel die Hand darauf, daß Sie Lumpi nichts tun?» Herr Krupschert tut es.

«Und nun geben Sie Lumpi die Hand», befiehlt Gigi.

«Na, weeßte...» sagt Herr Krupschert empört. Aber dann denkt er an die Bücher.

«Danke schön, Herr Lehrer», ruft Gisela und dann läuft sie, läuft sie, läuft sie mit fliegenden Röcken zu ihrer Parzelle. «Lumpi, Lumpi, uns tut keiner mehr was!»

Wie hell plötzlich die Sonne scheint...!

Ein Zweikampf im Weizen

Auf Rittergut Bredenau hatten wir einen Inspektor, der hieß Schönekerl, und einen Eleven namens Edmund Ranft. Manchmal stimmt es mit den Namen, manchmal stimmt es nicht, hier stimmte es. Inspektor Schönekerl war ein Kerl von einem Mann, groß und stark, mit einem roten, blühenden Gesicht, einem Nacken wie ein Stier und einer Stimme wie ein Nebelhorn. Der Edmund Ranft dagegen stellte sich dar als ein schmächtiger Jüngling, blaß, mit braunen Augen und braunem Haar, ein halbes Mädchen. Unnötig zu sagen, daß die beiden sich nicht riechen konnten.

Nun ist ein Inspektor ein großer Mann, ein hochgestellter Mann, er hat Befehlsgewalt über achtzig Leute oder hundert oder zweihundert (darunter die Eleven) – ein Eleve aber ist ein Garnichts, eine Art Renntier, er hat zu laufen, wenn der Inspektor ruft, zu springen, wenn er brüllt, das Maul zu halten, wenn er donnert. Der Inspektor konnte seinen Ranft fein merken lassen, daß er ihn nicht riechen konnte, der Eleve dagegen hatte stille zu sein und höflich zu tun und Knixchen zu machen und nichts als zu parieren.

Inspektor Schönekerl genierte sich keinen Deut, er schickte Ranft um drei Uhr morgens in den Pferdestall, dann ließ er ihn in der Mittagspause auf den Futterboden gehen und Säcke nachzählen, und wartete nur ab, bis abends Ranft um neun erschlagen in seiner Klappe lag, um ihn zu einer kalbenden

Kuh zu schicken. Wir sagten zu Ranft: «Mensch, such dir eine andere Lehrstelle. Hier hältst du es nicht durch.» Aber das sanfte Mägdlein Ranft hatte Energie. «Keine Bohne», sagte er. «Den Spaß soll ich dem machen ...? So blau!» Und lief weiter und sprang und machte seine Dienerchen und dachte, er schaffte es.

Er hätte es vielleicht auch geschafft, denn innerlich war er dem dicken Schwein von Inspektor weit überlegen, wenn nicht die Sache mit Wrunka gekommen wäre. Ich weiß nicht, wie Wrunka wirklich hieß, ob Wrunka überhaupt ein Name ist, genug, sie kam aus dem Schlesischen zu uns und wurde unsere Meieristin. Die vorige Meieristin hatte Rosinen im Kopf gehabt, sie hatte Besitzer und Inspektor rum und dumm geredet, bis wir aus unserer guten Milch pikfeinen Camembert machten, den uns nachher kein Mensch abkaufte (schließlich fütterten wir den Schweinen Camembert). Wrunka hingegen machte einen schlichten Backsteinkäse, einen Magerkäse, der nach nichts aussah, aber, packte man ihn eine Woche in salzwasser-getränkte Tücher, so wurde da ein Käse draus – kurz, der Laden klappte.

Nun, Ranft hatte die Aufsicht beim Melken im Kuhstall, an den Kuhstall stößt die Meierei, in der Meierei wird die Milch abgegeben bei der Meieristin. Ranft hatte die Aufsicht beim Milchabgeben und Wrunka sah ganz und gar nicht übel aus, eine dunkle Schönheit – und wie sie lachen konnte! Außerdem läßt sich der Name ‹Wrunka› verdammt zärtlich aussprechen, schon dieser Name ist die reine Verführung.

Warum Schönekerl sich auch mit dieser Geschichte zu befassen hatte, ist klar. Schönekerl hatte eine Frau, eine ständig verweinte, zitternde Frau und zwei ständig geohrfeigte, brüllerische Kinder. Schönekerl war einfach futterneidisch und darum befaßte er sich mit der Sache: eines frühen Morgens um fünf erfüllte er den Kuhstall mit dem Gebrüll einer Nebeltute und Ranft wurde bei der Milch abgelöst. Kein Kuhstall, keine Meierei, keine Wrunka mehr, dafür Außendienst, auf den entferntesten Schlägen, beim Dungfahren und Getreidehacken, zwei Kilometer vom Hof, vier Kilometer vom Hof.

Man hat es ja in den Naturgeschichtsbüchern gelesen, ein Schmetterling wittert ein gefangenes Weibchen stundenweit und findet zu ihr, Tierlein gesellt sich zu Tierlein: kaum war Inspektor Schönekerls Pferdeschwanz hinter der nächsten Waldecke verschwunden, so setzte sich Ranft in Trab und rannte zu seiner Wrunka, zweimal am Vormittag inspiziert kein Inspektor die Außenschläge. Die Leute grinsten und halfen dem Eleven noch, dazu ist ein Rittergut mit seinen Scheunen und Ställen und Schuppen eine unübersichtliche Sache, wenn der Inspektor vielleicht auch Feuer roch, Rauch und Flammen bekam er seit jenem Überfall im Kuhstall nicht mehr zu sehen.

Sicher aber roch er das Feuer. Unter des Inspektors Fenster lag ein großer Grasgarten mit vielen Obstbäumen, in andern Jahren hatten wir dort das Jungvieh getüdert. In diesem Jahr erging plötzlich die Order: «Der Schlappschwanz, der Ranft, kann noch immer nicht mähen. Ranft, Sie mähen den Grasgarten.»

«Jawohl, Herr Inspektor», sagte Ranft und holte sich eine Sense.

Ranft stand im Grasgarten und befaßte sich mit der Mäherei. Es stand da ein schönes, kräftiges Gras, gar nicht schwer zu mähen, aber darin hatte der Inspektor nun wirklich recht: vom Mähen hatte Edmund Ranft keine Ahnung. Mal ging die Sense in die Erde, mal in einen Obstbaum, mal fielen auch ein paar Gräser um und zuweilen tat sich oben das Fenster auf und der Inspektor legte los. Ranft war am ersten Morgen grade dabei, seine Sense, die durch Erde, Stein und Baumrinde ewig stumpf war, zu wetzen, da ertönte von oben dies Gebrüll. Ranft paßte nicht auf oder er kriegte einen Schreck und schon lief es schön rot über seine Hand: Ranft hatte sich den Daumen durchgewetzt. Tief hinein in die Daumenkuppe, durch den halben Nagel ging der Schnitt.

Etwas blaß lehnte Ranft die Sense sachte gegen einen

Baum, der Inspektor oben prustete los und warf das Fenster zu. Ranft ging auf den Hof und ließ sich den Daumen verbinden, der Inspektor aber erzählte in der Küche seiner verheulten Frau den Spaß und schickte Ranft dann von neuem an seine Mäherei. Am Abend hatte sich Ranft dann auch noch den andern Daumen durchgewetzt, aber das war kein Grund für Krankenurlaub: «Werden Sie lernen, Sie Roß, den Wetzstein richtig anzufassen. So faßt man einen Wetzstein an ...!»

Im Ganzen aber kamen weder Inspektor noch Eleve auf ihre Kosten bei dieser Mäherei. Ranft zwar lernte es mit der Zeit einigermaßen, aber sein «Jawohl, Herr Inspektor» klang gar nicht mehr so wie früher und in unsern Kreisen führte er lästerliche Reden von «dem Schönekerl eins besorgen». Der Inspektor seinerseits entdeckte, daß auch ein unter seinen Fenstern arbeitender Ranft keine völlige Sicherheit bot, schließlich mußte er doch zweimal täglich auf's Feld hinausreiten, und sicher fand sich immer so ein Aas, das dem Ranft einen Wink gab, die Luft sei jetzt rein.

Wie Wrunka selbst zu der ganzen Sache stand, das war schwer auszumachen, rein vom Liebesstandpunkt war Ranft sicher der bessere Partner und Schönekerl nur ein wohlgesacktes Schwein, aber schließlich war der Inspektor derjenige, welcher ... welcher nämlich die Löhne auszahlte und die Milchtantieme berechnete und der einem armen alleinstehenden hilflosen Mädchen viel Schaden tun konnte. Wenn Schönekerl schon lange Feuer roch, so roch es in letzter Zeit der Ranft nicht weniger ... «Wenn ich den Bullen mit der Wrunka erwische ...!» drohte er düster.

Die Weizenernte kam uns in diesem Sommer nach einer vierzehntägigen Dürre wie ein Gewitter über den Hals, es war nicht nachzukommen, so rasch hintereinander wurde Schlag um Schlag reif. Binder und Ableger mähten vom Morgengrauen bis in die Nacht, aber es half alles nichts, schließlich mußte jeder, der nur eine Sense halten konnte, antreten zum Weizenmähen auf dem Großen Weisel.

Es war eine scheckige Mähmannschaft, die dort am frühen

Morgen antrat: junge Ochsenknechte und wacklige Altenteiler, der bucklige Schweinemeister, der Gutsschmied, zwei städtische Elektriker, die grade im Herrenhaus eine neue Lichtleitung legten, und natürlich auch mit uns jüngeren Beamten der Eleve Edmund Ranft.

«Na, nun ist es gut, Ranft, daß du im Grasgarten Mähen gelernt hast», sagten wir.

«Ach rutsch!» antwortete Ranft wütend. Er sah nicht gut aus, das Ränftlein, er sah käseweiß aus und seine braunen Augen wirkten schwarz, so finster sah er. Sicher war er wieder die ganze Nacht unterwegs gewesen, hatte hinter der Wrunka spioniert.

Ob er nun wütend war, weil er was gesehen hatte oder weil er immer noch nichts gesehen hatte, gleichviel, er steckte so voll Wut, daß wir kein Wort weiter zu ihm sagten, sondern ihn seinem Mähen überließen.

Wir waren sie ja alle nicht mehr gewöhnt, diese Mäharbeit im schweren Winterweizen. Um sechs Uhr früh war es losgegangen und um halb sieben schien uns die Frühstückspause um acht schon endlos fern, und als sie dann schließlich doch da war, wären die meisten von uns sicher ganz gerne wieder ins Bett gegangen, so weh taten die Knochen. Aber das Aas von Schönekerl war so schlau gewesen, uns einen richtigen Tagelöhner mitzuschicken, der das Mähen gewohnt war, und der stand punkt halb neun wieder auf und sagte: «Na, denn man wieder los!» Und mähte uns voran, und wir mußten nach, es half alles nichts. Wir konnten es uns so leicht machen, wie wir wollten, wir konnten den Schwad so schmal nehmen, daß es eine Schande war, immer kam der Moment, wo man nicht mehr mitkam, wo der Hintermann brüllte: «Paß Achtung, Nachbar!» und seine Sense nur noch ein paar Zentimeter hinter unserer Hacke zischte. Und dabei brannte die Sonne wie ein höllisches Feuer und unser Gaumen war trocken wie eine staubige Landstraße und von Zeit zu Zeit wurde es schwarz in unserm Hirn und wir dachten nichts mehr und mähten nur so hin in einem Taumel, und dann wurde plötzlich alles feuerrot und wir dachten wieder: Ich kann nicht mehr! Gott, wird es denn nie zwölf?

Aber erst einmal wurde es elf und kurz nach elf kam der Inspektor Schönekerl zu uns auf den Großen Weisel geritten, Schönekerl, schön hoch zu Roß, in blütenweißem Hemd, rotbraun gebrannt... und da brach er los wie ein Platzregen, als er unsere Mähleistung und unsere Mähkünste sah. Es prasselte nur so von «stinkenden Faultieren», von «Trotteln», von «Schlappschwänzen», von «Nachtmützen». Aber im Grunde hatten wir andern nicht viel auszustehen, er nahm sich gleich nach den ersten zehn Sätzen seinen Freund Ranft vor die Binde, und was der da zu hören bekam, war wirklich selbst für Schönekerl eine saftige Leistung.

Aber vielleicht hatte Ranft wirklich diese Nacht was zu sehen gekriegt, diesmal hielt er das Maul nicht, sondern sagte ganz vernehmlich: «Halt die Klappe, dämlicher Hund!»

«Wie?!» schrie der Inspektor, der wirklich vielleicht nicht ganz verstanden hatte oder sich nicht getraute zu verstehen.

«Hab gesagt, daß ich Sie noch nie habe mähen sehen», sagte Ranft brummig.

«Was?!» schrie der Inspektor und nun ging es los: ... in Ranfts Jahren... und was so ein Schnösel sich einbildete... und so ein Gewitschel und Gepritschel mit der Sense mache ihn krank... Und plötzlich brüllte er: «Weg, Stachu, nimm den Gaul! Mir die Sense! Dir wollen wir's zeigen, fauler Knochen! Du mähst vor und ich mäh nach... und wehe dir...!»

Nun ging es los, und das mußte man schon sagen, eine feine Fahrt legte der Ranft vor und einen Schwad nahm er wie der Stärkste, alles was recht war. Ein Schlappschwanz war der Jüngling nicht, aber einen Rochus hatte er im Bauch, darum konnte er so mähen. Doch hinter ihm der Inspektor, der konnte auch mähen, und während der Ranft immer wortlos weiter zog wie eine Lokomotive, brüllte der Inspektor hinter ihm ununterbrochen: «Du fauler Hund, du! Dir will ich es zeigen! Nimm deine Haxen in acht, ich mäh dir deine Haxen ab! Bei den Mädels bist du ein Kerl, was, aber hier...»

Es war schon ein Theater und wir gingen eigentlich nur so ein bißchen hinterher und fiddelten mit unsern Sensen, daß das Kind einen Namen hatte, und wünschten inbrünstig, daß der Ranft die Tour durchhielt bis oben an die Chaussee, wo wir anhalten mußten... Und er hielt durch, einen phantastischen Murr hatte der Bengel und mit all seinem Geschrei und seinen Viechskräften war ihm der Inspektor nicht einmal näher als einen halben Meter auf die Pelle gerückt.

Da standen wir nun oben und wetzten unsere Sensen und gingen langsam wieder zurück zum Anfang des Schwads und die ganze Zeit schimpfte der Schönekerl den Ranft und verhöhnte ihn. Der Inspektor sah blaurot angelaufen aus, der Schweiß lief nur so über sein Gesicht und sein blütenweißes Hemd war klatschnaß. «Dir wollen wir's zeigen, du Schmachtlappen, dir will ich schon deine Haxen abmähen...!»

Dem Ranft ging die Brust auch wie ein Blasebalg, aber Farbe hatte er nicht ein Fitzelchen bekommen, und er konnte ganz ruhig sagen: «Haxen abmähen...! Mähen Sie mal vor und ich will *Ihnen* die Haxen abmähen!» (Das ‹Herr Inspektor› sparte er sich schon.)

Er sagte das ganz leise und friedlich, aber uns blieb die Spucke weg, wir dachten, der Inspektor haute ihn mit einem Schlag zur Erde. Aber nichts davon. «Das versuch nur, du Weiberknecht», brüllte er. «Das versuch nur! Nicht auf einen Meter kommst du an mich, du Muttersöhnchen. Weg da, los, ich mäh vor!»

Und wieder ging es los, den endlosen Großen Weisel hinauf, vorne Schönekerl, hintennach Ranft und schließlich wir, ziemlich außen vor. Der Inspektor legte höllisch los, das hatte er nun doch gemerkt, daß es hier um seine Ehre und sein Ansehen ging, viel sagte er auch nicht mehr, nur manchmal schrie er noch: «Du, Schwächling... Haxen... komm ran, wenn du eine Traute hast...»

Und hintennach der Ranft, nun, ich kann wieder nur sagen: wie eine Dampfmaschine, sicher hatte er überhaupt keine Ahnung, was er tat, mähte ganz mechanisch und sah nur vor sich die braunen, schicken Reitstiefel von dem Schönekerl in der weißgelben Weizenstoppel. Die Sense zischte, und der Weizen seufzte leise, wenn er sich umlegte, und es war heiß zum Verrecken, und sicher war, daß Ranft aufholte, langsam und allmählich aufholte. Gegen solche Viechsmäherei kam eben auch der Schönekerl nicht an mit seinen Bärenkräften, weil er nicht die richtige innerliche Wut hatte, bei Schönekerl war es doch nur Geblubber.

Aber ebenso sicher ist es, daß Ranft den Schönekerl bis zur Chaussee doch nicht eingeholt hätte, so viel gab auch die Wut nicht her, und oben wären sie beide ausgepumpt gewesen und hätten nichts mehr angeben können, also, das Rennen wäre sicher tot ausgegangen. Da aber reitet doch den Schönekerl der Teufel, er fühlt sich so sicher, er muß wieder mit Stänkern anfangen und dreht sich um und schreit: «Was nimmst du denn für einen Schwad, Hund, verfluchter, ist das ... Oh ...» sagte der Inspektor plötzlich ganz sanft und leise.

Sein Mund war rund wie ein Osterei und blieb offen, die Sense rutschte ihm aus den Händen, und er sackte sanft hin auf die Erde.

Und «Oh ...» sagte auch Ranft und sah verblüfft seine Sense an, deren funkelnde Schneide einen breiten roten Streifen hatte. Und dann sah er und sahen wir nach dem Schuh des Inspektors, und der Schuh war aufgetan wie ein Mund, und es lief rot daraus ...

Wir standen alle atemlos, wie die Schafe, wenn's donnert, und nun war der Inspektor auch schneeweiß, genau wie der Ranft.

Aber dann richtete er sich auf und eine ganz hübsche Portion von der alten Polterei lag schon wieder in seinem Ton, als er ein bißchen schwächlich sagte: «Hast du verdammter Trottel mir wahrhaftig die Haxe durchgemäht. Na warte ...!»

Aber Eleve Edmund Ranft wartete nicht mehr auf weiteres. Er schmiß seine Sense hin, daß es klapperte, er schmiß Wetzstein und Leibriemen und die Bülte dazu, er sagte, auch er sagte: «Oh, ich verdammter Trottel ...!» Und lief los.

Als wir auf den Hof kamen mit dem verwundeten Inspektor, war er schon fort mit all seinen Sachen, nicht einmal der Wrunka hatte er Adieu gesagt. Die hatte er sich gleich mit den Haxen, mit dem Elevenposten, mit den landwirtschaftlichen Aussichten, mit dem Durchhalten abgemäht auf alle Zeit und Ewigkeit.

Was der Inspektor Schönekerl sich über den Trottel noch amüsiert hat, trotz der durchgemähten Haxe . . .!

Gänseeier im Gehirn

Auf dem Lande hatte ich einmal einen Chef, dem saßen im Kopf mehr Grappen als einem durchschnittlichen Hofhund im Fell Flöhe. Zu diesen seinen Grappen gehörte es auch, daß er auf seinem Hof keine Polizei sehen konnte. Da fehlt aber mal ein Sack Hafer oder das Schrot schmilzt dahin wie Schnee im April, aber Hannes Tiedemann sagte: «Das erledige ich schon selbst. Dazu braucht mir kein Grüner auf den Hof zu kommen.»

Und er erledigte es selbst, der wackere Tiedemann, und wie er seine kleinen Hof-, Feld-, Wald- und Wiesendiebe erledigte! Das beste dabei war, daß auch die Herren von der langen Hand nach dem anfänglichen Ärger selbst grinsten. «Und sie gingen dahin und sündigten dergleichen nicht mehr.»

Da wuchs uns auf unserem Hof ein junger sächsischer Knabe heran, Albin Fleischer hieß er, in den Zwanzigern, und er melkte die Küh. Das heißt genau, er melkte sie nur, wenn ihm der Staat gerade Zeit dazu ließ, der schon früh durch eine ausgedehnte Fürsorgeerziehung in Albin Fleischer den Grund zu mancherlei Kenntnissen und Fertigkeiten gelegt hatte. Und als die Bestätigung dieser Fertigkeiten Albin wieder einmal eine längere staatliche Pension eingetragen hatte, und als dann seine Zeit um war und er wieder hinausgelassen werden sollte, da sagten sie im Zentralgefängnis Altholm: «Ja, wohin mit ihm? Lassen wir ihn so laufen, dann klaut er doch gleich wieder.» Und da Hannes Tiedemann großen Ruf im Lande Pommern genoß, so schrieben sie einfach auf den Entlassungsschein: ‹Arbeit als Stallschweizer bei Herrn Gutsbesitzer Johannes Tiedemann in Fern-Varnkewitz.›

Da stand er nun an einem gänzlich verregneten Tag triefend naß bei uns im Büro und erklärte uns im schönsten Sächsisch: «Heern Se, ich soll hier de Giehe mälken.»

Tiedemann besah sich dieses Bündel Menschenwerk und sprach: «Da stripp du man de Käuh!»

Und von Stund an war Albin Fleischer bei uns Stallschweizer. Eine Weile ging es mit ihm gut, aber dann trat die Liebe dazu, zu einer Kätnerstochter Mathilde im Dorf, und nun wurde es schlimm. Da sagte Hannes Tiedemann ... Aber ich merke leider, mit Albin Fleischer habe ich das falsche Ende meiner Geschichte zu fassen bekommen, und ich muß noch einmal von vorne anfangen.

Frau Tiedemann war eine kleine, fixe Frau. Sie flitzte in der Meierei und im Geflügelstall herum wie ein Wiesel, kannte jedes Huhn und wußte, wann es dran war mit Eierlegen. Aber ihr Stolz waren ihre Gänse. Und über diese Gänse wurde sie eines Tages schwermütig, denn es war Frühjahr und sie mußten eigentlich Eier legen. Und sie taten es nicht. Frau Tiedemann grübelte sich in einen tiefen Kummer hinein: was war los mit ihren Gänsen? Sie legten und sie legten nicht. Wieso kamen keine Eier? Lag es am Futter? Hatten sie zu wenig Kalk? Frau Tiedemann blieb in einem Grübeln.

Und eines Tages sagte sie aufgeregt zu ihrem Hannes: «Du, Hannes, die Weiße mit dem grauen Stutz hat heute bestimmt gelegt. Und wie ich in den Stall komme, ist kein Ei da.» Sie schimpft, einer hat es ihr geklaut. «Daß so ein armes Biest keine Sprache hat! Diese Räuber ...» Und sie sah drohend über den Hof.

Tiedemann bemerkte: «Da bist du selbst dran schuld, mein Mäten. Hundertmal habe ich dir gesagt, mach deinen Hühnerstall dicht. Aber da steht ja alles offen.»

«Alles ist dicht», protestierte sie.

«Alles ist offen», sagte Hannes Tiedemann. «Vergangenen Donnerstag, als die Klütensuppe angebrannt war, bin ich selber drin gewesen und hab vier Hühnereier ausgetrunken.»

«Du bist das gewesen!» schreit sie. Aber er ist schon weg.

Nun bekommt der Stellmacher zu tun. Drahtgeflecht wird gekauft, enges, engeres, ganz enges. «Die Hühner gehen in den Safe», sagte Tiedemann.

Aber es hilft alles nichts, es bleibt Baisse in Gänseeiern. Frau Tiedemann lebt unter immer stärkerem Druck. Sie schläft nicht mehr, sie fängt an, vom Fleisch zu fallen. Eines Tages explodiert sie, sie bestellt den Landjäger. Sie bestellt ganz einfach den Landjäger und sie sagt es Tiedemann.

Tiedemann ist baff. Aber er sammelt sich: «So ein Grüner kommt mir nicht auf meinen Hof. Den bestell man wieder ab.»

Sie protestiert: «Was nimmst du ewig solch Gesindel auf den Hof.»

«Aber...»

Tiedemann zieht es in den Kuhstall, Tiedemann geht in den Kuhstall. Dort ist es vormittäglich still und friedlich. Die Schweizer sind nicht da, sind beim Futterholen, die Kühe stehen und liegen, wie es ihnen Spaß macht. Sie sehen dabei einander an, immer zehn Stück reihauf, reihab, schauen einander an, zwischen ihnen läuft der Futtergang. Der hinterste Futtergang an der Mauer ist nicht benutzt. Dort haben die Schweizer ein paar Ballen Streustroh liegen, alte Futterkiepen, der Rübenschneider steht dort, lauter Schurr-Murr.

Tiedemann ist tiefsinnig. Er geht gangauf, gangab, manche Kühe sagen Muh, manche kauen nur. Tiedemann kommt auf den leeren Futtergang. Er raschelt durch das Stroh, nun ist der Futtergang beinahe zu Ende. Tiedemanns Fuß stößt im Stroh an was. Er bückt sich, er wühlt das Stroh ein bißchen auseinander: ein etwas starker Osterhase, was? Elf Gänseeier. Da soll der Donner...! Tiedemann steht und denkt. Das Garn ist leicht abzuheddern: da ist einerseits Albin mit Vorkenntnissen, andererseits Mathilde, die Kätnerstochter aus dem Dorf. Einfache Vorgeschichte, man könnte die Eier nehmen und zur Frau bringen. Aber wie Tiedemann so dasteht und auf die Eier glotzt, da ist es, daß sich die Grappen in seinem Kopf rühren, die dicken Brummer brummen durch sein Gehirn. Sachte wühlt er das Stroh wieder zu. Alles hat seine Zeit, auch Gänseeier. Tiedemann geht über den Hof zurück zum Gutshaus. Auf dem Hof trifft er mich an. Ich so eine Art Mädchen für alles auf diesem Hof. Ich führe die Bücher und schreibe die Briefe, ich löhne die Leute und gebe das Futter aus. Tiedemann bleibt vor mir stehen und sieht mich glupsch an. «Sie können ja wohl englisch lesen?» fragt er mich. «So getragen und weihevoll wie ein Pastor?»

«Das kann angehen, Herr Tiedemann», sage ich.

«Und Sie haben was Englisches zum Vorlesen?» fragte er mich.

«Ja», meine ich zögernd. «Eigentlich nicht. Nur so englische Verse von einem Omar Khayyan.»

«Omar? Ist das Englisch?»

«Das ist ein Perser», sage ich.

«Aber ein Engländer Fitzgerald ...»

«Hören Sie lieber auf», winkt er ab. «Ich habe heute Morgen noch keinen Cognac getrunken. Das Leben ist schon kompliziert genug. Fünf Minuten vor sechs gehen Sie mit Ihrem englischen Perser in den Kuhstall und langen sich den Albin. Mit dem kommen Sie dann zu mir auf meine Stube.»

«Wird gemacht, Herr Tiedemann», sage ich und er geht weiter, ins Gutshaus, zu seinem vormittäglichen Rührei mit Speck und einem Cognac.

Fünf Minuten vor sechs bin ich im Kuhstall. «Albin, sollst zu Herrn Tiedemann kommen.»

Um sechs Uhr abends im zeitigen Frühjahr muß man schon Licht brennen, auch Hannes Tiedemann brannte in seinem Zimmer Licht, aber wie sah es aus! Rot sah es aus, geheimnisvoll sah es aus, mystisch war das. Über alle Glühbirnen hatte Tiedemann rotes Papier gemacht, das Licht war trübe und schwer, es wehte einen an: sprich leise hier. Auf dem runden

Eichentisch stand eine Extralampe mit roter Glühbirne aus der Dunkelkammer, daneben stand der große Lehnstuhl. «Setz dich hierhin, Albin», sagte Tiedemann sachte und betrübt. «Setz dich hierhin, mein Jung.»

«Herr Tiedemann», fängt Albin an.

Aber Tiedemann drückt ihn auf seinen Platz. «Nicht ganz hoch genug. Dein Kopf muß gerade in der Höhe der roten Birne sein. Warte mal ...» Und er schleppt ein dickes Buch an. «So, jetzt langt es.»

«Herr Tiedemann», fängt der Junge wieder an.

«Psst», macht Tiedemann. «Kein Wort. Sonst geht es nicht.»

Der Junge ist still. Ich bekomme einen Platz ihm gerade gegenüber am Tisch, und Tiedemann stellt sich neben ihn, so daß der Kopf von Albin zwischen Lampe und Tiedemann ist. Stille. Tiefe Stille. Die große Uhr macht unendlich langsam Ticke-Tacke. Das Licht ist geheimnisvoll rot. Tiedemann räuspert sich: «Fangen Sie an, Fallada.»

Ich fange an. Meine Aussprache des Englischen ist nicht schön, ich habe Englisch in Leipzig von einem sächsischen Lehrer gelernt, so was verwächst sich nie. Aber an diesem Abend war ich weit über meinen sonstigen Standard. Es war vielleicht kein korrektes Englisch, es war eine mystische Sprache, aus Urmenschentagen. Ich fing an mit dem Vierzeiler: «Oh, Thou who Man of baser Earth didst make ...»

Tiedemann schüttelte ernst den Kopf: «Noch nicht ganz das Richtige. Bitte weiter. Etwas Stärkeres.»

Ich fuhr fort: «There was a Door to which I found no Key ...»

«Gut. Das ist das», sagte Tiedemann und bauz, nahm er von seinem Schreibtisch ein Riesenteleskop, so einen Fernkieker, ganz aus Messing, wie ihn die Seeleute früher hatten. Setzte das Ding dem Jungen an die Schläfe, der zuckt. Sitzt totenstill. Hannes Tiedemann kiekt durch.

Ich lese: «Ah, my beloved, fill the cup that clears today of past Regrets and future Fears ...»

«Albin», fragt Tiedemann mit Grabesstimme. «Albin, an was denkst du?»

Albin ist blaß und still.

«Du denkst an den Kuhstall, Albin, du denkst an den Futtergang. Du denkst an den letzten Futtergang an der Wand ...»

«Indeed, indeed, Rependance of before I swore ...»

«An das Stroh denkst du, Albin, was dort liegt. Du denkst ... warte, warte ... Herr Fallada, feste! Lauter, Herr Fallada! Du denkst ...» Ganz schrill: «Albin, Albin, wie kommen die Gänseeier in dein Gehirn ...?» Totenstille. «Albin!!!!»

Und da kommt er leise und zermalmt: «Herr Tiedemann, Herr Tiedemann, ich will's Sie sagen: ich hab sie gestohlen. Herr Tiedemann, ich hab sie gestohlen.»

«Fallada! Laufen Sie. Du lügst ja, Junge. Sehen Sie im Kuhstall nach. Im letzten Futtergang. Im Stroh.» Ich laufe schon. Da sind sie. Die Jacke aus. Die Jacke voll Gänseeier. Zurück.

Albin starrt blöde auf die Eier. «Ich hab sie gestohlen ... ich stehl hier nie wieder ...»

«Geh, mein Sohn Albin», sagt Tiedemann. «Es ist in Ordnung. Es ist alles glatt.»

An der Tür macht Albin halt, er steckt den Kopf von außen wieder herein: «Ich zeig Sie an, Herr Tiedemann, bei der Polizei. So was ist Vergewaltigung, von so was kann man verrückt werden.»

«Raus!» sagte Tiedemann nur.

Albin ist nicht zur Polizei gegangen. Albin ist nicht einmal vom Hof gegangen. Albin melkt weiter die Küh. Ich glaube, Albin hat nie wieder bei uns geklaut. Im Dorf so ein bißchen, dafür will ich keine Hand ins Feuer legen, aber die konnten ihn ja auch nicht durchleuchten. Das konnte nur Tiedemann.

Lüttenweihnachten

«Tüchtig neblig heute», sagte am 20. Dezember der Bauer Gierke ziellos über den Frühstückstisch hin. Es war eigentlich eine ziemlich sinnlose Bemerkung, jeder wußte auch so, daß Nebel war, denn der Leuchtturm von Arkona heulte schon die ganze Nacht mit seinem Nebelhorn wie ein Gespenst, das das Ängsten kriegt.

Wenn der Vater die Bemerkung trotzdem machte, so konnte sie nur eines bedeuten. «Neblig...?» fragte gedehnt sein dreizehnjähriger Sohn Friedrich.

«Verlauf dich bloß nicht auf deinem Schulwege», sagte Gierke und lachte.

Und nun wußte Friedrich genug, und auf seinem Zimmer steckte er schnell die Schulbücher aus dem Ranzen in die Kommode, lief in den Stellmacherschuppen und ‹borgte› sich eine kleine Axt und eine Handsäge. Dabei überlegte er: Den Franz von Gäbels nehm ich nicht mit, der kriegt Angst vor dem Rotvoß. Aber Schöns Alwert und die Frieda Benthin. Also los!

Wenn es für die Menschen Weihnachten gibt, so muß es das Fest auch für die Tiere geben. Wenn für uns ein Baum brennt, warum nicht für Pferd und Kühe, die doch das ganze Jahr unsere Gefährten sind? In Baumgarten jedenfalls feiern die Kinder vor dem Weihnachtsfest Lüttenweihnachten für die Tiere, und daß es ein verbotenes Fest ist, von dem der Lehrer Beckmann nicht wissen darf, erhöht seinen Reiz. Nun hat der Lehrer Beckmann nicht nur körperlich einen Buckel, sondern er kann auch sehr bösartig werden, wenn seine Schüler etwas tun, was sie nicht sollen. Darum ist Vaters Wink mit dem nebligen Tag eine Sicherheit, daß das Schulschwänzen heute jedenfalls von ihm nicht allzu tragisch genommen wird.

Schule aber muß geschwänzt werden, denn wo bekommt man einen Weihnachtsbaum her? Den muß man aus dem Staatsforst an der See oben stehlen, das gehört zu Lüttenweihnachten. Und weil man beim Stehlen erwischt werden kann und weil der Förster Rotvoß ein schlimmer Mann ist, darum muß der Tag neblig sein, sonst ist es zu gefährlich. Wie Rotvoß wirklich heißt, das wissen die Kinder nicht, aber er ist der Förster und hat einen fuchsroten Vollbart, darum heißt er Rotvoß.

Von ihm reden sie, als sie alle drei etwas aufgeregt über die Feldraine der See entgegenlaufen. Schöns Alwert weiß von einem Knecht, den hat Rotvoß an einen Baum gebunden und so lange mit der gestohlenen Fichte geschlagen, bis keine Nadeln mehr daran saßen. Und Frieda weiß bestimmt, daß er zwei Mädchen einen ganzen Tag lang im Holzschauer eingesperrt hat, erst als Heiligabend vorbei war, ließ er sie wieder laufen.

Sicher ist, sie gehen zu einem großen Abenteuer, und daß der Nebel so dick ist, daß man keine drei Meter weit sehen kann, macht alles noch viel geheimnisvoller. Zuerst ist es ja sehr einfach: die Raine auf der Baumgartener Feldmark kennen sie: das ist Rothspracks Winterweizen, und dies ist die Lehmkuhle, aus der Müller Timm sein Vieh sommers tränkt.

Aber sie laufen weiter, immer weiter, sieben Kilometer sind es gut bis an die See, und nun fragt es sich, ob sie sich auch nicht verlaufen im Nebel. Da ist nun dieser Leuchtturm von Arkona, er heult mit seiner Sirene, daß es ein Grausen ist, aber es ist so seltsam, genau kriegt man nicht weg, von wo er heult. Manchmal bleiben sie stehen und lauschen. Sie beraten lange, und wie sie weitergehen, fassen sie sich an den Händen, die Frieda in der Mitte. Das Land ist so seltsam still, wenn sie dicht an einer Weide vorbeikommen, verliert sie sich nach oben ganz in Rauch. Es tropft sachte von ihren Ästen, tausend Tropfen sitzen überall, nein, die See kann man noch nicht hören. Vielleicht ist sie ganz glatt, man weiß es nicht, heute ist Windstille.

Plötzlich bellt ein Hund in der Nähe, sie stehen still, und als sie dann zehn Schritte weitergehen, stoßen sie an eine Scheunenwand. Wo sie hingeraten sind, machen sie aus, als sie um eine Ecke spähen. Das ist Nagels Hof, sie erkennen ihn an den bunten Glaskugeln im Garten.

Sie sind zu weit rechts, sie laufen direkt auf den Leuchtturm zu, und dahin dürfen sie nicht, da ist kein Wald, da ist nur die steile, kahle Kreideküste. Sie stehen noch eine Weile vor dem Haus, auf dem Hof klappert einer mit Eimern, und ein Knecht pfeift im Stall: es ist so heimlich! Kein Mensch kann sie sehen, das große Haus vor ihnen ist ja nur wie ein Schattenriß.

Sie laufen weiter, immer nach links, denn nun müssen sie auch vermeiden, zum alten Schulhaus zu kommen – das wäre so schlimm! Das alte Schulhaus ist gar kein Schulhaus mehr, was soll hier in der Gegend ein Schulhaus, wo keine Menschen leben – nur die paar weit verstreuten Höfe... Das Schulhaus besteht nur aus runtergebrannten Grundmauern, längst verwachsen, verfallen, aber im Sommer blüht hier herrlicher Flieder. Nur, daß ihn keiner pflückt. Denn dies ist ein böser Platz, der letzte Schullehrer hat das Haus abgebrannt und sich aufgehängt. Friedrich Gierke will es nicht wahrhaben, sein Vater hat gesagt, das ist Quatsch, ein Altenteilhaus ist es mal gewesen. Und es ist gar nicht abgebrannt, sondern es hat leergestanden, bis es verfiel. Darüber geraten die Kinder in großen Streit.

Ja, und das nächste, dem sie nun begegnen, ist gerade dies alte Haus. Mitten in ihrer Streiterei laufen sie gerade darauf zu! Ein Wunder ist es in diesem Nebel. Die Jungens können's nicht lassen, drinnen ein bißchen zu stöbern, sie suchen etwas Verbranntes. Frieda steht abseits auf dem Feldrain und lockt mit ihrer hellen Stimme. Ganz nah, wie schräg über ihnen, heult der Turm, es ist schlimm anzuhören. Es setzt so langsam ein und schwillt und schwillt, und man denkt, der Ton kann gar nicht mehr voller werden, aber er nimmt immer mehr zu, bis das Herz sich ängstigt und der Atem nicht mehr will: «Man darf nicht so hinhören ....»

Jetzt sind es höchstens noch zwanzig Minuten bis zum Wald. Alwert weiß sogar, was sie hier finden: erst einen Streifen hoher Kiefern, dann Fichten, große und kleine, eine ganze Wildnis, gerade, was sie brauchen, und dann kommen die Dünen, und dann die See. Ja, nun beraten sie, während sie über einen Sturzacker wandern: erst der Baum oder erst die See? Klüger ist es, erst an die See, denn wenn sie mit dem Baum länger umherlaufen, kann sie Rotvoß doch erwischen, trotz des Nebels. Sind sie ohne Baum, kann er ihnen nichts sagen, obwohl er zu fragen fertigbringt, was Friedrich in seinem Ranzen hat. Also erst See, dann Baum.

Plötzlich sind sie im Wald. Erst dachten sie, es sei nur ein Grasstreifen hinter dem Sturzacker, und dann waren sie schon zwischen den Bäumen, und die standen enger und enger. Richtung? Ja, nun hört man *doch* das Meer, es donnert nicht gerade, aber gestern ist Wind gewesen, es wird starke Dünung sein, auf die sie zulaufen.

Und nun seht, das ist nun doch der richtige Baum, eine Fichte, eben gewachsen, unten breit, ein Ast wie der andere, jedes Ende gesund – und oben so schlank, eine Spitze so hell, in diesem Jahre getrieben. Kein Gedanke, diesen Baum stehenzulassen, so einen finden sie nie wieder. Ach, sie sägen ihn ruchlos ab, sie bekommen ein schönes Lüttenweihnachten, das herrlichste im Dorf, und Posten stellen sie auch nicht aus. Warum soll Rotvoß grade hierherkommen? Der Waldstreifen ist über zwanzig Kilometer lang. Sie binden die Äste schön an den Stamm, und dann essen sie ihr Brot, und dann laden sie den Baum auf, und dann laufen sie weiter zum Meer.

Zum Meer muß man doch, wenn man ein Küstenmensch ist, selbst mit solchem Baum. Anderes Meer haben sie näher am Hof, aber das sind nur Bodden und Wieks. Dies hier ist richtiges Außenmeer, hier kommen die Wellen von weit, weit her, von Finnland oder von Schweden oder auch von Dänemark. Richtige Wellen...

Also, sie laufen aus dem Wald über die Dünen.

Und nun stehen sie still.

Nein, das ist nicht mehr die Brandung allein, das ist ein seltsamer Laut, ein wehklagendes Schreien, ein endloses Flehen, tausendstimmig. Was ist es? Sie stehen und lauschen.

«Jung, Manning, das sind Gespenster!»

«Das sind die Ertrunkenen, die man nicht begraben hat.»

«Kommt, schnell nach Haus!»

Und darüber heult die Nebelsirene.

Seht, es sind kleine Menschentiere, Bauernkinder, voll von Spuk und Aberglauben, zu Haus wird noch besprochen, da wird gehext und blau gefärbt. Aber sie sind kleine Menschen, sie laden ihren Baum wieder auf und waten doch durch den Dünensand dem klagenden Geschrei entgegen, bis sie auf der letzten Höhe stehen, und...

Und was sie sehen, ist ein Stück Strand, ein Stück Meer. Hier über dem Wasser weht es ein wenig, der Nebel zieht in Fetzen, schließt sich, öffnet den Ausblick. Und sie sehen die Wellen, grüngrau, wie sie umstürzen, weißschäumend draußen auf der äußersten Sandbank, näher tobend, brausend. Und sie sehen den Strand, mit Blöcken besät, und dazwischen lebt es, dazwischen schreit es, dazwischen watschelt es in Scharen...

«Die Wildgänse!» sagen die Kinder. Die Wildgänse...!»

Sie haben nur davon gehört, sie haben es noch nie gesehen, aber nun sehen sie es. Das sind die Gänsescharen, die zum offenen Wasser ziehen, die hier an der Küste Station machen, eine Nacht oder drei, um dann weiterzuziehen, nach Polen oder wer weiß wohin, Vater weiß es auch nicht. Da sind sie, die großen, wilden Vögel, und sie schreien, und das Meer ist da und der Wind und der Nebel, und der Leuchtturm von Arkona heult, und die Kinder stehen da mit ihrem gemausten Tannenbaum und starren und lauschen und trinken es in sich ein ...

Und plötzlich sehen sie noch etwas, und magisch verführt, gehen sie dem Wunder näher. Abseits, zwischen den hohen Steinblöcken, da steht ein Baum, eine Fichte wie die ihre, nur viel, viel höher, und sie ist besteckt mit Lichtern, und die Lichter flackern im leichten Windzug ...

«Lüttenweihnachten», flüstern die Kinder. «Lüttenweihnachten für die Wildgänse ...»

Immer näher kommen sie, leise gehen sie, auf den Zehen – oh, dieses Wunder! – und um den Felsblock biegen sie. Da ist der Baum vor ihnen in all seiner Pracht, und neben ihm steht ein Mann, die Büchse über der Schulter, ein roter Vollbart ...

«Ihr Schweinekerls!» sagt der Förster, als er die drei mit der Fichte sieht.

Und dann schweigt er. Und auch die Kinder sagen nichts. Sie stehen und starren. Es sind kleine Bauerngesichter, sommersprossig, selbst jetzt im Winter, mit derben Nasen und einem festen Kinn, es sind Augen, die was in sich reinsehen. Immerhin, denkt der Förster, haben sie mich auch erwischt beim Lüttenweihnachten. Und der Pastor sagt, es sind Heidentücken. Aber was soll man denn machen, wenn die Gänse so schreien und der Nebel so dick ist, und die Welt so eng und so weit und Weihnachten vor der Tür ... Was soll man da machen ...?

Man soll einen Vertrag machen auf ewiges Stillschweigen, und die Kinder wissen ja nun, daß der gefürchtete Rotvoß nicht so schlimm ist, wie sich die Leute erzählen ...

Ja, da stehen sie nun: ein Mann, zwei Jungen, ein Mädel. Die Kerzen flackern am Baum, und ab und zu geht auch eine aus. Die Gänse schreien, und das Meer braust und rauscht. Die Sirene heult. Da stehen sie, es ist eine Art Versöhnungsfest, sogar auf die Tiere erstreckt, es ist Lüttenweihnachten.

Man kann es feiern, wo man will, am Strand auch, und die Kinder werden es nachher in ihres Vaters Stall noch einmal feiern.

Und schließlich kann man hingehen und danach handeln. Die Kinder sind imstande und bringen es fertig, die Tiere nicht unnötig zu quälen und ein bißchen nett zu ihnen zu sein. Zuzutrauen ist ihnen das.

Das Ganze aber heißt Lüttenweihnachten und ist ein verbotenes Fest, der Lehrer Beckmann wird es ihnen morgen schon zeigen!

Wie ich Schriftsteller wurde

Ich will Ihnen davon erzählen, wie ein Mensch zum Schriftsteller wird. Aber hier schon halte ich inne. Denn, frage ich mich, wird man denn ein Schriftsteller? Ist dies etwas, das man sich vornimmt, auf das man hinsteuert, zielbewußt, und das man dann schließlich mit Fleiß, mit Ausdauer, mit Glück erreicht, um es von da an zu sein?

Ich möchte Ihnen gleich sagen, daß ich daran nicht glaube. Ich glaube nicht daran, daß man ein Schriftsteller wird, sondern daß man einer ist, vom Beginn des Lebens an. Es kann sehr lange dauern, bis man es erkennt, ich zum Beispiel war 37 Jahre alt, als ich meinen ersten richtigen Roman schrieb. Bis dahin hatte ich mich im allgemeinen mit sehr andern Dingen beschäftigt als mit Romanen.

Die Umstände hatten es so mit sich gebracht, daß ich nicht mein Abitur machte, ich machte es nie. Ich wurde krank in der Oberprima, ich wurde aufs Land geschickt, und als ich wieder laufen und lernen konnte, stellte sich heraus, daß von meinen schon früher recht lückenhaften Kenntnissen in der höheren Mathematik nichts und von meinem Griechisch nur noch sehr wenig vorhanden war. Es hätte Jahre gebraucht, um das Verlorene nachzuholen, und es waren damals noch Zeiten, in denen alles rechtzeitig zu geschehen hatte, d. h. man machte sein Abitur mit achtzehn oder neunzehn Jahren, und nicht mit zwei- oder dreiundzwanzig, das allein war in Ordnung. Alles andere war Unordnung, und Unordnung, also aus einem zu späten Abiturienten konnte nie im Leben ein richtiger Student werden! So war das damals wirklich!

Die Familientradition war nun also doch einmal durchbrochen; ich, der älteste Sohn, konnte kein Jurist werden, wie das nun schon seit vier oder fünf Generationen in unserer Familie üblich gewesen war. Aber was konnte aus dem Jungen sonst werden? Ich weiß es nicht mehr, wer es eigentlich beschlossen hat, daß ich Landwirt werden sollte. Landwirtschaft lag ganz außer dem Familien-Üblichen. In meiner Familie war man Jurist oder Geistlicher, also Beamter in irgendeiner Form. Und nun wurde ich Landwirt – entweder weil die Ärzte die Landluft für mich zuträglich hielten oder weil ich grade damals auf dem Lande lebte und überall Güter um mich herum lagen oder weil mein lieber Vater sonst nichts mit mir anzufangen wußte oder vielleicht sogar, weil ich's selber wollte.

Ein Gutsbesitzer, ein Herr Rittergutsbesitzer, war bequem zur Hand, der bereit war, mich gegen ein gutes Kostgeld zum Eleven zu nehmen, und so stand ich denn eines Morgens um drei Uhr im Kuhstall als Oberaufseher über hundertzwanzig Kühe und etwa ein Dutzend Melker, und von dem Tage an hatte ich jeden Morgen meines Lebens um drei Uhr im Kuhstall zu stehen und darauf zu achten, daß die Kühe auch sauber gemolken wurden, daß die Melker nicht grob mit ihnen umgingen, daß sich nicht zu viel milchlüsterne Katzen herumtrieben – und ich war so müde!

Der Tag ging weiter, war endlich die Milch zum ersten Morgenzug geschickt, wurde ich nach kurzem Frühstück aufs Feld geschickt, zum Pflügen etwa oder zum Zuckerrübenakkord oder, was noch immer am besten war, in den Wald. Denn da durfte ich ein bißchen bummeln, ehe ich zu den Holzbauern kam, sonst hatte ich den ganzen Tag hinter Leuten zu stehen und sie zur Arbeit anzutreiben, denn nie taten die Leute nach Ansicht meines Vorgesetzten, des Inspektors Schönekerl, genug. Und nie leistete ich genug im Antreiben.

War dann der Abend gekommen, die Pferde abgefüttert, war ich müde zum Umsinken, so begann mein hoher Chef mit seinen Stehkonventen. Er hatte spiegelnde Reitstiefel an, und in ihnen wie ein Turm stehend, begann er die Wirtschaft zu besprechen, wie er es nannte, während ich in meinen mageren Gamaschenbeinen vor Müdigkeit leise hin und her schwankte und ganz blöde im Kopfe war. Ich weiß es nicht, warum mein hoher Chef diese Besprechungen immer so lange ausdehnte, ich sah die Knechte vom Füttern nach Hause gehen, später schloß der Hofmeister die Scheunen und Böden ab, mit einem Riesenschlüsselbund rasselnd, es wurde dämmrig, die Mamsell jagte das letzte Geflügel in die Ställe, es wurde dunkel, und immer noch wurde die Wirtschaft besprochen: Chilesalpeter auf den Weizen, der Mist ist zu ungleich gestreut auf Schlag 7, da muß noch mal durchgegangen werden, was ich noch sagen wollte: auf dem Klinkecken ist mir der Boden doch zu tonig für Zuckerrüben, wenn wir statt dessen lieber noch einmal Weizen nähmen, mit Luzerneuntersaat ...?

Endlos, immer weiter, Tag für Tag, Jahr für Jahr. Denn wenn später auch die Güter wechselten, die Probleme blieben immer die gleichen, immer holte der Beamte nicht genug Arbeit aus den Leuten heraus, immer hatte alles Gelungene der Chef angeordnet, alles Mißratene der Beamte verpatzt. Immer war der Tag zu lang, der Lohn zu gering. Sie müssen es mir zugeben, ich war damals ziemlich weit von der Schriftstellerei ab, und ich kann es Ihnen auch versichern, ich dachte auch mit keinem Gedanken an so etwas wie Bücher. Immer war ich müde, immer hatte ich Hunger (denn meist hatten meine Chefinnen auch die Neigung, uns Beamte etwas spärlich zu beköstigen), und wenn ich sonntags einen Brief nach Haus schreiben mußte, seufzte ich über die Schreiberei.

Und doch habe ich all diese Zeit – das aber erfuhr ich erst Jahrzehnte später – gelernt, gelernt für das, was ich einmal werden sollte; ein Schriftsteller. Ich war nämlich fast immer mit Menschen zusammen, ich stand hinter den endlosen Reihen der schwatzenden Frauen beim Rübenhacken, beim Kartoffelbuddeln, und ich hörte die Frauen und die Mädels schwatzen, von morgens bis abends ging das. Abends schwatzte dann der Chef, und auch die Schweizer im Kuhstall schwatzten wie die Knechte beim Füttern im Stall. Ich konnte ja nicht anders, ich mußte zuhören, ich lernte, wie sie reden und was sie reden, was sie für Sorgen haben, was ihre Probleme sind. Und da ich ein sehr kleiner Beamter war, der auf keinem Pferd herumritt, sondern höchstens der Zeitersparnis halber das Dienstrad benutzte, so hatten die Leute auch keine Hemmungen, mit mir zu reden, ich habe es damals gelernt, mit jedem Menschen zu schwatzen. Wenn man ein halbes Jahr lang fast keine Stunde von dem verdammten Zuckerrübenacker herunterkommt, so gehört man eben zur Kolonne, man mag noch so sehr aus einem behüteten stillen Bürgerhaus kommen, jetzt ist man so eine Art Feldarbeiter geworden. Und wenn man auch zehnmal Beamter ist und das Kommando hat, die Leute wissen es doch, der muß ja schimpfen, oder der hat heute seinen schlechten Tag, man gehört dazu. Sehen Sie, das ist es, was mir meine Landwirtszeit eingetragen hat, daß ich aus der Vereinzelung herausgerissen wurde, daß ich mit zu allen gehörte, zu ihren Sorgen, Freuden und Nöten.

Und das war eigentlich sehr gut für mich, denn wäre ich den gewöhnlichen Weg unserer Familie über Abitur und Studiererei und Juristerei gegangen, ich wäre vielleicht nie ein Schriftsteller geworden, und das wäre schade gewesen, da ich heute noch es für das Schönste auf der Welt halte, einen Roman zu schreiben, sich vor Papier zu setzen, und eine Welt zum Leben zu rufen, die vorher noch nicht da war, daß nicht nur ich sie sehe, das können wir alle, wenn wir träumen, sondern daß auch für andere meine Träume wirklich werden. Doch davon noch später.

Jetzt nur noch ein Wort über die Vereinzelung, in der ich als junger Mensch gelebt hatte und aus der mich dann mein Landwirtsdasein holte. Ich war ein kränklicher Junge gewesen und ein recht mäßiger Schüler, der oft Wochen und Monate fehlen mußte, weil er im Bett zu liegen hatte. Nun, was tut man, wenn man lange im Bett liegen muß? Man liest! Mein guter Vater glaubte an den Satz von Jean Paul, daß Bücher zwar nicht gut oder schlecht, doch aber wohl den Leser besser oder schlechter machen, und weil er an diesen Satz glaubte, hielt er ein wachsames Auge auf seine Bücherschränke und teilte mir meine Lesekost genau zu. Aber Krankentage sind lang und vom Papa ausgewählte Bücher oft langweilig, so mußte ich mir schon selbst helfen. Mein Vater besaß aus früheren Zeiten noch eine sehr reichhaltige Auswahl in Reclambändchen, die er der Ordnung halber in großen Kartons verwahrte und deren Fehlen er darum nicht merkte. Aus diesen Kartons stillte ich nun meinen Lesehunger, und den guten Papa wäre wohl ein Grausen angekommen, wenn er gesehen hätte, was der gute Junge da alles las: Zola und Flaubert, Dumas und Scott, Sterne und Petöfy, Manzoni und Lie, die ganze Weltliteratur kunterbunt durcheinander und in keiner Weise ausgewählt und gereinigt. Ich darf es hier wohl sagen, daß ich nicht glaube, mir mit meinem wahllosen Lesen irgendeinen Schaden getan zu haben, was ich noch nicht verstand, darüber las ich fort, und vieles, was ich später erst schätzenlernte, hat in meinen Jugendjahren gar keinen Eindruck auf mich gemacht.

Aber so ist es gekommen, daß ich vor der wirklichen Welt die Welt der Bücher kennengelernt habe, ehe ich noch was vom Leben wußte, lernte ich das erdichtete Leben erdichteter Gestalten kennen. Das ist keine gute Reihenfolge, und wenn ich auf diesem Wege etwa zur Literatur gekommen wäre, so hätte ich nur nach den Mustern von Büchern wiederum Bücher geschrieben, und hätte vom wirklichen Leben nichts gewußt. Es gibt ein Gedicht von Gerhart Hauptmann, ich entsinne mich nur der Zeilen: ich bin Papier, du bist Papier, die Welt Papier, die Hand Papier, und so wäre es mir auch ergangen, wenn ich nicht durch einen Zufall, der kein Zufall war, auf den Rübenacker gestellt wurde, ins Leben geschickt wurde.

Übrigens muß ich sagen, daß ich damals, als ich auf meinem Krankenlager so unermüdlich Reclambändchen in mich fraß, mit keinem Gedanken daran gedacht habe, einmal selber solche Bücher zu schreiben. Sie fesselten mich, alle diese Romane, weil sie meinem Verstande Stoff zum Denken und meinem Herzen Gefühle gaben, aber sie riefen damals nie irgendeinen Ehrgeiz in der eigenen Brust wach. Schriftsteller zu werden – ich hätte gar nicht gewußt, wie ich das meinem Vater erzählen sollte, und er wäre wohl ebenso ratlos gewesen wie ich, wie man das denn machte, denn dafür gab's ja kein Studium, keine Karriere, keine Prüfungen.

Doch, die gab es schon, aber diese Prüfungen waren draußen auf dem Acker abzulernen, auf den endlosen Feldern der großen Güter, im Zusammenleben mit den Leuten, den Kollegen, den großen Herren. Laß dir den Wind um die Nase wehen, laß dich auch mal rausschmeißen, weil du über das Essen zu sehr gemeckert hast, krieche zwischendurch etwas geschlagen daheim unter, aber dann wieder hinaus, eine neue Stellung, neue Äcker, neue Leute, neue Kollegen und Chefs, und die alte Erde, die alte Arbeit, das alte Geschwätz dabei. Denn überall sind die Sorgen der Menschen die gleichen, ihr Glück das gleiche, ihre Fehler dieselben, ihre Vorzüge unverkennbar.

So ging das eine Reihe von Jahren mit mir, bis der Erste Weltkrieg diesen Weg unterbrach. Nein, ich wurde nicht Soldat oder wurde es nur für elf Tage, dann hatten sie – für den Ersten und für den Zweiten Weltkrieg – genug von meinen militärischen Fähigkeiten und schickten mich wieder fort. Aber der Krieg brachte es so mit sich, daß ich nach Berlin kam, an eine der damals bestehenden Kriegsgesellschaften, an die Kartoffelbaugesellschaft, und von da an hatte ich mich nur noch damit zu beschäftigen, den Kartoffelbau in deutschen Landen zu fördern und zu heben. Ich wurde ein Spezialist in Kartoffelzüchtung, in meinen besten Zeiten habe ich rund 1200 Kartoffelsorten nicht nur dem Namen nach gekannt, sondern auch nach dem Aussehen, den Augen, der Form und Farbe der Knolle zu bestimmen gewußt. Wieder nichts von der Literatur, ein Leben in den Eisenbahnen, von einem Gut zum andern fahrend, Ratschläge erteilend, Zuchten aufbauend, altes Saatgut auswechselnd, und dazwischen die Stadt, diese Stadt, in der ich schon mal zur Schule gegangen war, und die allein ich als meine Heimat empfinde, wenn ich auch nicht in ihr geboren bin, wenn sie auch heute ganz zerschlagen ist. Nein, nichts von Literatur, und doch liegen an dem Ende dieser Epoche meine zwei ersten Romane. Ich kann diese Schande nicht ganz verbergen, ich habe schon 1918 und 1919 zwei Romane geschrieben und veröffentlicht, sogar bei dem Verleger, der viele Jahre später mein Verleger wurde, beim alten Rowohlt. Aber ich erkenne diese beiden ersten Kinder nicht an, ich habe sie später aufgekauft, einstampfen lassen, ich will nichts mehr von ihnen wissen, ich denke mit einem Grausen an sie zurück.

Und warum ist das so? Weil sie so schlecht sind? Nein, das ist der Grund nicht; ich habe auch später manches schwache Buch geschrieben, dessen ich mich nicht freue. Sondern ich will von diesen Kindern nichts wissen, weil es nicht meine Bücher waren, weil ich sie auf Anregung, auf Befehl fast einer ehrgeizigen Frau geschrieben habe, weil sie mir suggeriert waren, weil ich sie nicht aus meinem eigenen inneren Antrieb geschrieben habe. Darum rechne ich diese Bücher nicht dazu, darum lasse ich sie nicht gelten, es sind ja nicht meine Kinder. Ein wirkliches Buch muß wachsen in einem, es muß nicht von außen künstlich dazu getragen werden. Gewiß, fast jeder Mensch könnte ein Buch schreiben, aber das sind nicht die Bücher, um die es geht. Man muß Bücher schreiben, weil man sie schreiben muß! Das allein sind die richtigen Bücher, und jene damals waren solche Bücher nicht! Vorbei – eingestampft und vergessen!

Dann kamen Inflation und Arbeitslosigkeit und trieben mich wieder aus dieser großen Stadt hinaus aufs Land, in meinen alten Beruf. Aber, ach, auch mein alter Beruf war nicht mehr der alte, die wenigen Stellungen in festen Händen, ich hatte nicht wie früher die Wahl, ich mußte nehmen, was ich bekam. So habe ich in diesen Jahren eine Menge von Berufen ausgeübt, um mich schlecht und recht durchs Leben zu schlagen, meist mehr schlecht als recht. Lange Zeit war ich Feldwächter auf einem großen Gut, d. h. Nachtwächter und mußte mich damit abplagen, kleine Leute, die Ähren abschnitten oder Zuckerrüben als Ziegenfutter gezogen hatten, abzufangen, ihnen ihre geringe Beute wieder abzunehmen und sie anzuzeigen. Sie bekamen dann eine ganz geringe Geldstrafe, die durch die fortschreitende Inflation auch noch ganz wertlos geworden war. Es war eine seltsame Tätigkeit. Nacht für Nacht unterwegs, über die endlosen Feldbreiten eines Riesen-Rittergutes in der Neumark, meist mit einem kleinen Kollegen, der damals einer meiner getreuesten Lebensfreunde wurde, immer wachsam, und doch so oft ganz der Schönheit der Nachtstunden hingegeben. Ich erinnere mich unseres Liegens an einem Waldrand, wir hatten ein weniges geredet und sahen nun still zu den Sternen hinauf, die immer mächtiger und strahlender hervortraten, und mir war, als läge ich in einer Sternenwiege, und die Sterne schaukelten langsam mit mir, und die ganze Welt schaukelte ... Und dann waren wieder nur die Sterne da und wurden immer größer und strahlender, und ich mühte mich, was ich seit Knabentagen nicht mehr getan, meinen Stern herauszufinden, denn ich hatte sehr früh schon einen Stern als den meinen bestimmt, aber in all dem Glanz fand ich ihn nicht mehr ...

Dann waren wir wieder auf den Beinen und gerieten ganz unvermutet in eine Rotte von Grubenarbeitern, die beim Weizenstehlen waren, an die dreißig Mann etwa, und wir hatten unsere Waffen vergessen, und es sah übel für uns aus, bis uns ein bißchen Frechheit rettete ... Habe ich damals je an Bücher gedacht? Ich glaube, ich habe durch Jahre kaum je ein Buch in der Hand gehabt.

Später verlor ich den Geschmack an diesem Beruf, als einer meiner Kollegen eines Morgens halbtot geschlagen auf den Hof kroch. Er starb wenige Stunden später in unserer kleinen Wachstube. Ich hatte genug von diesem Dasein und wurde so eine Art Schreiber bei einem Bäckermeister. Aber die Inflation machte es, daß der Bäckermeister längst seinen Beruf verachtete und unter die Kartoffelhändler gegangen war, und endlose Züge mit Kartoffeln verluden wir nach Berlin, und mein Bäckermeister wurde immer reicher darüber, und sein Weib immer betrübter, denn er saß eigentlich nur noch in den Schänken herum, und ich lief mit den Verladepapieren auf die Güterbahnhöfe und hatte nur meine Kartoffeln im Kopf, wie ich ja eigentlich in all den letzten Jahren immer nur an Kartoffeln gedacht hatte. Viel Zeit hatte ich nicht für mich, der Chef soff immer mehr, immer mehr wurde ich der Geschäftsführer. Bis die Inflation ihr Ende nahm und es sich herausstellte, daß mein lieber Bäckermeister und Kartoffelgroßhändler kein reicher Mann, sondern ein sehr armer Mann geworden war. Ich weiß es nicht, ob er seine Bäckerei hat erhalten können, ich wanderte weiter und wurde wieder Gutsbeamter auf einem großen Gute der Insel Rügen.

Da habe ich manches Jahr gelebt, und es ist mir gut gegangen. Ich hatte einen schnurrigen Kauz zum Brotherren, einen wirklichen Mann, mit tausend Eigenheiten, und zum erstenmal in meinem Leben auch einen Chef, der wirklich etwas von der Landwirtschaft verstand, tausendmal mehr als ich. Denn was ich, der gewesene Städter, der Beamtensohn, mir erst mit vieler Mühe verstandesmäßig zusammenreimen mußte, das hatte er im Gefühl. Wenn der über einen Acker ging, so fühlten es sein Fuß und sein ganzer Körper, daß der Boden nicht locker genug, daß er noch nicht gar war, und gleich wußte er auch die Mittel, wie man eben diese Gare erzielen konnte. Ich habe viel von diesem Manne gelernt, vor allem verlangte er nie von mir, daß ich nur ein Leuteantreiber war, bei ihm arbeiteten die Leute von selbst. Er liebte den Boden, er liebte, was auf ihm wuchs, und die Leute liebten es mit ihm, da brauchte es kein Antreiben.

Er war kein sanfter Mann, dieser Rügener Chef, o nein, das war er nicht, und nie werde ich vergessen, wie er einmal einen Melker, der in der Wut mit der Stallgabel auf mich los wollte, wie er diesen Mann auf den Arm nahm, wie ein kleines Kind, ihn unter die Hofpumpe trug, mitten im Winter, und ihn da nun mit einem Arm unter die Pumpe hielt, mit dem andern aber abpumpte, bis er den Triefenden auf die Dungstatt warf. Nein, sanft war er nicht, aber er war der Mann der tausend Einfälle, und ich könnte von ihm Geschichten erzählen, stundenlang. So zum Beispiel wollte er durchaus Tennisspielen lernen, aber unsere Versuche, aus einem guten Rügener Ackerboden einen festen Tennisplatz zu machen, mißlangen immer wieder. Da geriet er auf das flache Dach der Feldscheune, und er ließ die längste Leiter ansetzen, denn die Feldscheune war immerhin ihre guten zwölf Meter hoch, und da haben wir denn oben Tennis gespielt, nicht ganz ungefährlich, o nein, durchaus nicht, wenn man so hinter einem Ball dreinsauste und plötzlich scharf an der Dachkante bremste und in die Tiefe schaute. Oder er segelte mit mir an einem schönen Oktobertage mit einem kleinen, aus Fichtenbrettern selbstgebauten Segelboot auf die Ostsee hinaus, und der Wind und die Wellen (und mein Ungeschick) brachten es dahin, daß unser Mast über Bord ging, und dann sank das Boot, und nun hatten wir durch das eisige Wasser wieder heimzuschwimmen... Hoch und weiß schimmernd standen die Kreidefelsen von Arkona über uns, wir sahen die Matrosen der Marinestation klein wie Streichhölzer dort oben herumgehen, aber sie sahen unsere Köpfe auf den Wellen nicht, und so hieß es schwimmen, schwimmen, schwimmen... Alle Augenblicke bekam ich einen Krampf von dem kalten Wasser, und schließlich war ich so weit, daß ich erklärte, wir kämen doch nie wieder ans Ufer, und ich hätte es über und ließe mich lieber untergehen... Aber damit war er gar nicht einverstanden, er kam zu mir geschwommen und sagte mir wütend, ich solle ihm um des Teufels willen keine Scherereien machen, und er würde mich so lange ohrfeigen, bis ich weiterschwämme, und nun hätte ich die Wahl! Und, ich stehe hier, und so sind wir denn wohl ans Ufer gekommen, und wir sind nicht nur das, wir sind noch manchesmal wieder hinausgesegelt, mit demselben unzureichenden, gebrechlichen Kahn, den uns die Matrosen wieder aufgefischt hatten. Wieder nichts von Büchern, nichts von Literatur, aber herrliches, nahrhaftes Leben, und nun war ich immerhin schon um die dreißig Jahre herum ...

Aber auch die herrlichen Rügener Jahre nahmen ein Ende, mein kauziger Chef war auch in seinem Geschäftsverkehr etwas kauzig gewesen und verlor sein Gut, und ich sehe mich nach manchem kurzen oder längeren Zwischenspiel wieder in Hamburg. Ich hatte Schluß gemacht mit dem Lande, ich wollte nicht mehr den Beamten spielen, ich hatte begriffen, daß ich nie dazu taugte. Ich mochte es einfach nicht mehr. Nun hatte ich ein kleines Mietzimmer, und ich war sozusagen ein freier Mann, wenn freier Mann heißt, daß es einem vollkommen freisteht, zu essen oder nicht zu essen, zu arbeiten oder nicht zu arbeiten. Ich hatte keinen Chef mehr, auch damit hatte ich Schluß gemacht, ich war mein eigener Chef geworden, und meine Tätigkeit bestand darin, daß ich von einem Exporthaus Hamburgs zum andern wanderte und mich erkundigte, ob man nicht Adressen zu schreiben hätte, denn ich hatte mir eine alte Schreibmaschine gekauft und gedachte mich mit ihr durchs Leben zu schlagen. Aber die Konkurrenz war groß und der Export gering, für das Tausend Adressen bekam ich im besten Falle vier Mark und, wenn es spanische waren, fünf Mark. Es schreibt sich lange an eintausend Adressen, und so habe ich in diesen doch glücklichen Hamburger Tagen nur einmal die Woche, nämlich am Sonntag, warm essen können, sonst leistete ich mir zum Mittag nur einen halben Liter Milch und zwei Bücklinge ... Damals habe ich geglaubt, das sei eine rechte Hungerkost, und die alte Frau, bei der ich wohnte, hat es nicht nur geglaubt, sondern mir auch oft genug mit leiser Verachtung gesagt, aber heute finde ich einen halben Liter Milch und zwei Bücklinge zum Mittag gar nicht so schlecht, gar nicht so schlecht ...

In derselben Stadt Hamburg war nun auch mein alter Rügener Chef gelandet und hauste wie ich in einem möblierten Zimmer von irgendwelchen spärlichen Resten seines ehemaligen Gutes, die auch immer spärlicher zu werden schienen. Aber das kümmerte ihn wenig, denn nun war er mit unter die Sterne geraten, und die Welt hier unten bekümmerte ihn nur noch wenig. Er erlernte die Astrologie, er glaubte plötzlich daran, daß man das Schicksal der Menschen aus den Sternen lesen könne, und immer, wenn ich zu ihm kam, saß er zwischen endlosen Tabellen und Berechnungen und Horoskopen, und wenn ich ihn ansprach, schien er aus einer anderen Welt zu kommen...

Mich soll man mit solchen Dingen besser verschonen, denn zum Berechnen der Gestirnstände bedarf man der höheren Mathematik, und ich habe es ja schon früher gesagt, daß ich in der höheren Mathematik immer nur sehr Kümmerliches geleistet habe. Aber ich war natürlich ganz bereit, meinen früheren Brotherrn, der längst mein Freund geworden, mit allen möglichen Geburtsdaten zu versorgen, nicht nur von mir, sondern auch von andern Leuten, damit er an diesen Geburtsdaten seine Astrologenkünste übe. So fragte ich denn auch meine Zimmerwirtin nach ihrem Geburtsdatum und dem ihrer Töchter, von denen sie drei hatte, aber keine zu Hause, d. h. in dem Zimmer der einen, der jüngsten Tochter, wohnte ich, die war nur von der Krankenkasse zu einer längeren Nierenkur verschickt, und es war ausgemacht worden, daß ich das Zimmer zu räumen hatte, sobald sie zurückkehrte.

Ich bekam die Geburtsdaten und gab sie meinem astrologischen Freunde, und als ich später einmal zu ihm zurückkehrte, berichtete er mir, es sei ihm etwas sehr Seltsames geschehen. Als er nämlich das Horoskop der jüngsten Tochter, in deren Zimmer ich hauste, berechnete, habe auch grade mein Horoskop auf dem Tisch gelegen, und da habe er ganz zufällig die beiden Horoskope gegeneinandergehalten. Da habe er eine solche Übereinstimmung der Gestirnstände gefunden, so geheimnisvolle Beziehungen zueinander, daß es unmöglich sei, daß wir beide aneinander vorübergingen, sondern wir würden im Leben noch kräftig miteinander zu tun bekommen, im Guten wie Bösen, hauptsächlich aber im Guten...

Ich mußte lachen, als mein astrologischer Freund mir das erzählte. Denn grade an diesem Tage hatte mir meine Wirtin, die mich so wegen meiner Bücklingskost verachtete, das Zimmerchen aufgekündigt, da ihre Tochter nun heimkehre. Ich hatte zu gehen, ehe sie kam, und so war keine Gelegenheit für diese Zusammenkünfte im Guten und Bösen, die mir da eben prophezeit worden waren. Mein Freund blieb aber fest dabei und meinte, ich solle bloß nicht albern sein, die Sterne lögen nicht...

Ich wußte nichts von Albernheit, ich wußte nur, daß ich zu ziehen hatte, und das war mir auch ganz recht, denn mein Heringsbrot bei den Exporthäusern war mir recht verleidet, denn es war gar zu mager geworden, und ich war entschlossen, in eine andere Stadt zu ziehen, wo mir so etwas wie eine kleine Anstellung bei einer Zeitung vielleicht womöglich unter glücklichen Umständen winkte. Aber die Umstände brachten es dann doch so mit sich, daß ich diese Tochter, die mich austrieb, zu sehen bekam, nur auf der Treppe, sie im Kommen, ich im Gehen, und daß wir ein paar Worte miteinander wechselten. Und die Umstände oder die Sterne oder was weiß ich, haben es dann weiter mit sich gebracht, daß diese paar Worte auf der Treppe es zur Folge hatten, daß ich von meiner kleinen holsteinischen Stadt eines Sonntags weiter nach Hamburg fuhr, nur um diese Tochter wiederzusehen, und daß wir nach siebenmaligem Sehen miteinander verheiratet waren. Es ist schon eine seltsame Geschichte, und man möchte fast an die Horoskope glauben. Viele werden nun wieder sagen, daß ich, eben weil ich durch das Gerede meines astrologischen Freundes aufmerksam gemacht worden war, auf das Mädchen ein Auge hatte, mich unbewußt beeinflussen ließ. Aber immerhin war ich damals kein so leicht zu beeinflussender Mensch mehr, ich war schon 36 Jahre alt und meine äußeren Lebensumstände sprachen nicht sehr für Heiraten...

Ich muß dieses Rätsel ungelöst sein lassen wie so manches Rätsel in meinem Leben, das Wort Zufall scheint mir zu billig und das Wort Schicksal zu groß und zu weit in seiner Deutung. Aber ich sehe heute noch meinen Freund, nicht sehr sauber und arg mit Tabakasche beschmutzt vor mir, an seinem schmutzigen, arg mit Tabakasche beschmutzten Schreibtisch, die Horoskope in der Hand und auf die Sternlinien deutend. Und ich sehe mich wieder in jenem hellen Hamburger Treppenhaus stehen (das Haus ist nicht mehr, der ganze Stadtteil ist nicht mehr), und ich habe meine paar Worte mit dieser Tochter gewechselt und sehe ihre langen Beine die Treppe hinauflaufen: tripptrapptreppe, und – Rätsel hin und Astrologie her! – ich freue mich dieser Erinnerungen.

Meine Stellung an der kleinen Zeitung in der kleinen holsteinischen Stadt war eigentlich keine Stellung, es war ... Es gab also zwei Zeitungen in dieser Stadt, eine große und eine kleine, eine gute und eine schlechte, und ich hatte leider die kleine, schlechte Zeitung zu vertreten. Ich hatte sie derart zu vertreten, daß ich von Haus zu Haus und von Wohnung zu Wohnung ging und neue Abonnenten warb. Ausgerüstet war ich dabei mit einem notariell beglaubigten Schriftstück, daß meine Zeitung noch 4000 Bezieher habe. Aber ich hielt gerne, wenn ich das Schriftstück vorwies, den Daumen auf das Datum, denn das war schon ein bißchen sehr alt, und unsere Bezieherzahl war unterdes weiter gesunken, ich glaube, wir hatten keine tausend mehr. Bei jedem neuen Abonnenten, den ich warb, hatte ich 1,25 RM Bezugsgeld für den ersten Monat zu kassieren, und diese 1,25 RM waren mein einziger Lohn, mein einziges Einkommen. Ich glaube, es war ein noch schwerer verdientes Brot als das Adressenschreiben für die Hamburger Exporthäuser, und ich habe dabei etwas kennengelernt, was man die Angst vor dem Klingelknopf nennt. Morgens stürmte ich ja mit frischem Elan los, ich hatte mir einen bestimmten Stadtteil vorgenommen und war guter Hoffnungen voll. Aber wenn ich dann so die ersten zwanzig Klingelknöpfe gedrückt hatte und hatte nur böse oder brummige Gesichter zu sehen bekommen, die Tür war mir in meine ersten Worte hinein vor der Nase zugeschlagen worden, so ließ der Eifer nach, ich wurde zögernd, abergläubisch starrte ich auf die Namenschilder, überlegte, ob ein solcher Name glückverheißend sei, streckte den Finger aus nach dem Klingelknopf und zog ihn wieder zurück. Und nach einer Weile streckte ich ihn wieder aus und zog ihn wieder zurück. Und dann beschloß ich, daß mit diesem ganzen Haus nichts los sei, und schlich leise die Treppe hinunter, und nach dem nächsten Mißerfolg verurteilte ich die ganze Straße, und schließlich war ich dann so weit, daß ich nirgends mehr zu klingeln wagte. Aber ich mußte am Tag mindestens vier neue Abonnenten finden, sonst konnte ich meine Miete nicht zahlen und nicht essen, und so fing ich wieder mit Klingeln an und mit Reden, und wenn eine zusagte, so merkte ich, daß sie weniger der Zeitung wegen zusagte, an der ihr gar nichts lag, als bloß um mich loszuwerden, und das war kein angenehmes Gefühl.

Später dann wurde es ein wenig besser, ich durfte auch Anzeigen werben, und Anzeigen brachten mehr Geld, und die Geschäftsleute ließen sich viel leichter überreden als die Hausfrauen. Wenn dann das Teppichhaus Lührs mir eine halbe Seite oder das Kino eine achtel in Auftrag gegeben hatte, kam ich stolz und glücklich heim auf meine kleine Redaktion und kam mir wie was Rechtes vor, denn nun verdiente ich manchmal schon meine zweihundert Mark im Monat!

Das war aber auch nötig, denn unterdes hatten wir geheiratet, und wenn wir auch verabredet hatten, die Heirat sollte vorläufig nichts ändern, meine Frau arbeitete in Hamburg weiter und ich in meinem Nest, so spielte uns das Schicksal auch hier einen Streich, denn meine junge Frau wurde krank, und wenn sie doch einmal krank liegen mußte, wo konnte sie das besser als bei mir, als bei uns? Wir hatten eine sehr seltsame Dachwohnung bei einem versoffenen Tischler, auf der einen Seite wohnte eine uralte Großmutter, die von ihrer Altersrente nicht nur lebte, sondern auch verbummelten Enkelkindern aushalf, auf der anderen Seite hauste eine Lederarbeiterin, die der lebenslange Umgang mit Leder auch ganz lederhäutig und ledermütig gemacht zu haben schien. In der Mitte aber hausten wir mit unserer Katze Hule-Mule, die sich so angefunden hatte und die eine Herumtreiberin war und blieb, immer schmutzig, immer verkommen, immer auf dem Sprung, auszureißen. Die Straße, in der wir wohnten, hieß der Kuhberg, und viel anders ging es da auch nicht zu, ganz so, wie es von einem Kuhberg zu erwarten ist, aber das alles störte uns gar nicht. Wir waren glücklich, und wenn ich abends nach Hause kam von meiner ewigen Rennerei durch die Stadt und hatte acht Mark in der Tasche oder gar zehn, so kamen wir uns wie die Könige vor und machten noch späte Einkäufe in einem Lebensmittelladen, und manchmal fingen wir schon auf dem Heimwege an, aus dem Papier zu abendbroten, und es schmeckte uns immer köstlich.

Ich aber stieg und stieg bei meiner kleinen Zeitung, ich wurde das Mädchen für alles, ich warb nicht nur Abonnenten und Anzeigen, nein, ich fing auch an zu schreiben. Ich machte Berichte über Vereinssitzungen, ich schrieb Kinokritiken, die natürlich immer lobend sein mußten, sonst bekam ich das nächste Mal keine Anzeige, und schließlich wurde ich sogar auf die Polizei geschickt und machte die Berichte über all die Schandtaten, die sich in so einem kleinen Städtchen begaben. Es waren damals, so um 1928 herum, schlechte Zeiten in Deutschland, und wir wußten es zu würdigen, daß wir wenigstens einigermaßen leben konnten. Wir lebten für den Tag und machten uns kein Kopfzerbrechen um den nächsten, und so gingen denn die Tage, einer nach dem andern, dahin, und jeder hatte neben manchen Sorgen auch seine Freude!

Es begab sich aber unter diesen Tagen, daß unser Chefredakteur, der aber auch unser einziger Redakteur war, der der Mann war, der die Zeitung machte, mich zu sich heranwinkte und mir sagte: «Hören Sie mal, Fallada, mir hat da die Reichsbahn zwei Karten für eine Fahrt ins Blaue geschickt. Ich habe keine Zeit, wollen Sie mit Ihrer Frau fahren? Sie müssen aber eine halbe Seite darüber schmieren!»

Ich erklärte dem Gewaltigen, daß ich erst mal mit meiner Frau reden müsse, denn wenn auch die Fahrt frei war, man muß ja auch während solcher Tagesfahrt leben, und diese

Frage mußte eben erst geklärt werden. Es ergab sich aber, daß wir noch fünf Mark besaßen, und so wollten wir es denn wagen, und an einem schönen Sommermorgen saßen wir denn im Zuge und fuhren ins Blaue. Das Blaue erwies sich als die Insel, über den grade neu gebauten Hindenburgdamm ging die Reise nach dem Badeort Westerland. Dort entstiegen wir dem Zuge und wollten an den Strand, ans Meer. Aber die Kurverwaltung Westerland hatte Meer und Strand abgesperrt und nur gegen Zahlung einer Tageskurtaxe von einer Reichsmark pro Kopf gab sie den Weg frei. Zwei Reichsmark von unserer Barschaft opfern, bloß um an einen übervollen Strand zu kommen, das schien mir etwas viel verlangt, und so sagte ich denn zu meiner Frau: «Komm, laß uns hier den Strand entlanggehen! Einmal muß die Sperre ja ihr Ende nehmen!» Wir wanderten fort, und als wir lange genug gewandert waren, erreichten wir auch den Strand und die See und die Einsamkeit, und wir genossen das alles, und als wir Hunger bekamen, gelangten wir in das Örtchen Kampen und aßen – ich werde es nie vergessen – herrlichen Entenbraten, und behielten sogar noch über von unserem Geld!

Als aber der Abend herangekommen war, gingen wir noch einmal an die Seekante, denn wir hatten beschlossen, von dem Rest unserer Barschaft mit dem Bimmelbähnchen von Kampen nach Westerland zu fahren. Und an der Seekante stand ein großer Mann mit einer Baskenmütze auf dem Kopfe, und einen Augenblick sahen wir uns zweifelnd an, ich und der große Mann. Dann aber fragte jeder «Rowohlt?» – «Fallada?» – und so sahen sich Verleger und Autor nach vielen Jahren wieder. Ich hatte nie mehr an diese verstoßenen Kinder gedacht, er aber hatte sie nicht vergessen und erkundigte sich genau, wie wir wohl lebten und was ich arbeitete, und als ich mit meinem wenig üppigen Bericht zu Ende gekommen war, sagte er entschieden: «Das ist aber nichts für Sie, Fallada! Das ist doch kein Leben für Sie. Schreiben Sie mir nach Berlin, was Sie allermindestens zum Leben brauchen, und dann will ich sehen, daß ich Sie dort irgendwie unterbringe, bei einer Zeitung oder Zeitschrift oder auf einem Verlage – also atjüs!» Denn unser Zug fuhr, und wir mußten zurück in die kleine Stadt zum Anzeigen- und Abonnentenwerben und zum Schreiben kleiner Artikel, und auch meinen ‹Riemen› über diese wirkliche Fahrt ins Blaue schrieb ich.

Ich will es nun nicht weitläufig erzählen, wie wir in den nächsten Monaten zwischen Hoffen und Verzweifeln hin und her schwankten, wie uns unser kleines, bisher so geliebtes Dasein ganz unerträglich geworden schien, seitdem der große Stern Berlin am Himmel uns aufgegangen war, wie wir schließlich ganz verzweifelten, da sich plötzlich herausstellte, daß ich, der ich bisher bei meinem Blättchen immer der überflüssigste Mann zu sein schien, nun um keinen Preis losgelassen werden sollte, als wir wirklich nach Berlin konnten, wie wir ums Reisegeld kämpften und keine Wohnung fanden in der großen Stadt, die unserm Einkommen angemessen schien, kurz und gut, schließlich sind wir vier Monate später doch in Berlin, wohnen in der Nähe vom Kriminalgericht Moabit in einem möblierten Zimmer, und alle Tage gehe ich auf den Rowohlt Verlag und klebe Kritiken über Bücher auf grüne Zettel und verbuche diese Kritiken und schreibe Adressen aus, an welche Zeitungen Freiexemplare zu senden sind, bin also ein kleiner, ein sehr kleiner Angestellter, und wenn die Klingel geht und der Bote ist grade nicht da, so mache ich die Tür auf und melde die berühmten Schriftsteller beim Verleger Rowohlt an, den Herrn Tucholsky, und den Herrn Emil Ludwig, und den Herrn Albert Ehrenstein, und wie sie nun alle heißen.

Ja, ich bin nur ein sehr kleiner Verlagsangestellter, und von aller Literatur und allem Bücherschreiben scheine ich meilenweit entfernt. Aber in einem Punkte unterscheide ich mich von meinen Mitangestellten doch: der Herr Rowohlt hat verfügt, daß meine Arbeitszeit jeden Tag mittags um ein Uhr zu enden hat, während die andern alle bis fünf oder sechs Uhr am Abend sitzen müssen. Warum das so ist, das weiß ich nicht, ich nehme es zu Anfang auch nur als etwas Angenehmes hin, es *ist* angenehm, schon um ein Uhr nach Hause zu gehen und den ganzen Nachmittag für sich und seine junge Frau frei zu haben. Später entdecke ich dann, daß so ein Nachmittag lang ist, daß die Frau nicht immer Zeit für den Mann hat, daß es langweilig ist, so herumzusitzen ... Ja, was tut man nur? Was tut man in aller Welt, wenn man so gar kein Talent hat, nichts zu tun und faul zu sein?

Ja, da fällt mir ein, daß ich eigentlich noch eine Sache auf dem Herzen habe, mit der ich noch nicht klargekommen bin. Als ich noch bei der Zeitung in dem kleinen holsteinischen Nest war, erklomm ich zum Schluß eine so hohe Stufe der Berichterstattung, daß ich sogar einem endlosen politischen Prozeß beiwohnen und über ihn schreiben durfte. Bauern hatten auf Finanzämter Bomben geworfen, Bauern hatten einen politischen Umzug veranstaltet, aus dem dann eine große Schlägerei geworden war – und gegen die Bauern wurde nun verhandelt. Aber wie das nun mal bei einer Zeitung so ist, ich durfte nicht ganz so über die Dinge berichten, wie sie mir vorkamen, ich hatte der politischen Tendenz des Blattes entsprechend zu berichten, und wie es meine städtischen Leser erwarteten, kurz, ich hatte nie das schreiben können, was ich auf dem Herzen hatte.

Das fiel mir wieder an meinen freien Nachmittagen ein. Ich hatte nun Zeit, das Versäumte nachzuholen, aber nur nachholen? Nur aufzeichnen, was damals gewesen war, was ich im Gerichtssaal vor Augen gehabt hatte? Das schien mir zu wenig, es schien mir auch, als könne das keinen Menschen so recht mehr interessieren. Ein Prozeßbericht muß frisch sein, ein reiner Prozeßbericht liest sich nach vier Wochen wie ein Bericht über die Neuigkeiten vor hundert Jahren. Und dazu schien mir als Drittes, als wüßte ich viel mehr, als damals im Gerichtssaal gesagt worden war, über die Dinge, die draußen auf dem Lande und in der Stadt geschehen waren, als könnte ich über das Leben der Angeklagten und der Zeugen erzählen, als könnte ich diese ganze große Sache lebendig machen, als sei sie eben erst geschehen ...

Ich weiß nicht, wie lange ich damals mit diesen Gedanken herumgelaufen bin, wie sie sich in mir formten, Gestalt annahmen, bis schließlich das Wort ‹Roman› in mir auftauchte. Ja, es stellte sich nun heraus, daß ich einen Roman schreiben wollte, ich wollte es wenigstens versuchen, denn ich hatte keine Ahnung, ob ich es konnte. Jene Bücher damals, von außen inspiriert, nur mit der eigenen lieben Persönlichkeit – du lieber Himmel, die konnte man nun wirklich nicht mit dem in Vergleich setzen, was ich nun vorhatte. Nämlich ich hatte vor, eine ganze Welt zu gestalten, Dutzende von Figuren leben und sprechen zu machen, Taten geschehen zu lassen. Folgen zu zeigen – nein, das war schon etwas sehr anderes als das, was ich einmal versucht und dann wieder aufgegeben hatte.

Maupassant hat es einmal erzählt, wie er bei dem großen Meister des französischen Romans, bei Flaubert, in die Schule gegangen ist, und wie er da zu schreiben gelernt hat, daß er es für immer konnte. Ich hatte keinen Lehrer, ich mußte mein eigener Lehrer sein, und ich mußte es eben versuchen, gehe es nun gut oder schlecht. Ich bin ein so abergläubischer, so heimlicher Mensch, daß ich keinem Menschen, nicht einmal meiner Frau ein Wort von dem sagte, was ich da vorhatte: ach du lieber Himmel, irgendwelche Schreibereien über den Prozeß damals, du weißt doch noch, nicht wert davon zu reden! Nein, ich war in diesen Tagen, da ich meine Arbeit begann (und immer sorgfältig fortschloß) besonders brummig und mürrisch, bloß damit ich nicht nach ihr gefragt wurde, dies war eine Sache, die ich ganz allein mit mir abzumachen hatte, und niemand wußte, wie es ausgehen würde ...

Ach, diese herrlichen Stunden, die ich da in meinem Zimmer in der Calvinstraße verbrachte, als ich anfing, das, was in mir so lange gelebt, nun zu Papier zu bringen! Ach, diese kläglichen Stunden, die ich mit den Schwierigkeiten der Technik kämpfte, da ich nicht wußte, was zuerst zu erzählen, wie eine Handlung vorzubereiten, etwas schon früher Geschehenes dem Leser nachträglich beizubringen war. Diese endlosen Dialoge mit ihrem ‹sagte sie, sagte er, antwortete sie, widersprach er›... Wie da herauskommen? Wie mir der Kopf dampfte, wenn die Handlung sich immer mehr verwickelte, wenn kein Ende der Schwierigkeiten abzusehen war! Wie oft bin ich abends zu Bett gegangen, spät, lange schon schlief meine Frau, und wußte bestimmt: morgen geht es aber bestimmt nicht weiter, hieraus findest du keinen Ausweg! Vertan, du jämmerlicher Nichtskönner du!

Und der Morgen kam, und ich wachte verdrossen auf, durch den Tiergarten trabte ich auf mein Büro, ordnete Kritiken, klebte sie auf, öffnete die Tür und führte berühmtere, begabtere Menschen in das Allerheiligste des Verlages – und keine Erleuchtung hatte sich gezeigt. Es gab eben kein Weiter!

Aber wie die Spinne immer wieder das immer wieder zerrissene Netz neu webt, so kehrte ich zurück zu meinen Manuskriptblättern, ich setzte mich hin, den Kopf noch ganz dumm von Unwissen, ich fing an, irgendwas zu kritzeln, irgendein Sätzchen, das ebensogut nicht geschrieben wurde, bloß um doch was zu schreiben... Und plötzlich fängt die Feder an zu eilen, plötzlich weiß ich, wie alles weiterzuführen ist, plötzlich überstürzen sich die Einfälle nur so, und mein Kopf wird immer heißer, so schnell kann ich gar nicht schreiben, ich bekomme es mit der Angst, daß ich wieder vergesse, was mir eben für die nächsten Kapitel eingefallen ist. Und habe doch nicht die Zeit, mir Notizen zu machen, denn ich muß erst einmal das Nächstliegende aufzeichnen, und so jage ich denn hin, Stunden und Stunden und Stunden, und wenn ich zum Abendessen gerufen werde, so komme ich wohl, aber ich sitze dabei wie nicht von dieser Welt, und ich weiß nicht, was ich esse, und ich muß meiner Frau manchmal vorgekommen sein wie ein Wahnsinniger.

Bis dann der Strom wieder abflaut, bis ich ruhiger schreibe, bis es drei oder vier Tage später zu einem Halt kommt. Und bis ich mir wieder sage, diesmal weiß ich bestimmt nicht weiter.

Und so im Auf und Ab wird schließlich der Roman beendet, den ich zuerst ‹Ein kleiner Zirkus namens Monte› benannte, und der dann später unter dem Titel *‹Bauern, Bon-*

zen und Bomben› erschienen ist. Als ich etwas zagend meinem Verleger Rowohlt das Manuskript übergab, war ich 37 Jahre alt und dachte nicht daran, je einen zweiten Roman zu schreiben. Mit diesem einen, dachte ich, hatte ich genug getan, ich hatte mir vom Herzen geschrieben, was unerledigt es bedrückte, und damit war es genug. Aber es ist ein seltsam Ding mit dem Schreiben von Büchern, es liegt etwas Verführerisches darin. Immer in der nächsten Zeit, wenn ich herumging und nichts zu tun hatte, als eben herumzugehen, immer, wenn ich den Tisch ansah, an dem ich *‹Bauern, Bonzen und Bomben›* geschrieben, spürte ich ein Gefühl der Leere in der Brust. Und wenn ich nachts wachend lag, und ich lag jetzt oft wach, da mein Kopf nichts mehr zu bedenken hatte, dann dachte ich, ob denn das mein Leben sein solle, in einem Hinterzimmer des Rowohlt Verlages Kritiken auszuschneiden und auf grünes Papier zu kleben, Freiexemplare zu versenden und ihre Besprechung zu buchen? War ich darum auf dieser Welt? Es schien so wenig Sinn in alldem.

Und dann dachte ich wieder an die hohen Stunden, die ich bei der Niederschrift meines ersten Buches gehabt. Es war wie ein Rausch oft gewesen, aber ein Rausch über alle Räusche, die irdische Mittel spenden können. Noch die schlimmsten Stunden, die ich ganz und gar daran verzweifelt war, wie es weitergehen sollte, schienen mir besser als jetzt meine schönsten Freistunden. Nein, es war schon so, ich hatte von einem Gift getrunken, das ich nicht wieder loswerden konnte aus meinem Körper und Geist, und nun dürstete es mich danach, mehr von diesem Gift zu trinken, es immer zu trinken, jeden Tag, den Rest meines Lebens hindurch.

Ich weiß nicht, ob ich mich klar und verständlich ausdrücke. Was ich sagen will, ist dies, daß ich nicht mehr aufhören konnte, da ich nun einmal angefangen, daß ich unter einem Zwange handelte, als ich beschloß, noch einen Roman zu schreiben, jenes Buch, das dann später unter dem Titel *‹Kleiner Mann – was nun?›* ein Welterfolg wurde. Ich habe es gewiß nicht meiner Leser wegen geschrieben. Ich denke nie an meine Leser, wenn ich ein Buch schreibe. Ich denke nur an das Buch, an seine Gestalten, an seine Schicksale. Wenn ich außer diesen Dingen an etwas denke, so denke ich sehr eigensüchtig an mich selbst, ich hole mir das höchste Glück, das das Leben zu verschenken hat, ich hole es in Brust und Herz: ich schreibe, ich schreibe jede Stunde des Tages und des Nachts, ob ich nun an meinem Schreibtisch sitze oder umhergehe, ob ich Briefe beantworte oder hier mit Ihnen rede, alles wird mir zum Buch, eines Tages wird es Buch geworden sein, davon ein Stückchen, und dort eine Miene, und hier die Stühle und Tische und Fenster. Alles in meinem Leben endet in einem Buch. Es muß so sein, es kann nicht anders sein, weil ich der bin, der ich wurde.

Ich habe Ihnen von meinem früheren Leben erzählt, es sah wirklich nicht danach aus, viele Jahre sah es nicht danach aus, daß ich ein Bücherschreiber werden würde. Ich ging umher und tat meine Arbeit auf den Feldern der großen Güter und in den Büros der großen Städte wie jeder andere. Ich wußte selbst nichts davon, daß es etwas anderes für mich zu verrichten gab. Aber als ich dann mein erstes Buch geschrieben hatte, gab es kein Aufhalten mehr für mich, und nach dem ersten kam das zweite, und ihm folgte das dritte, und so bin ich mit den Jahren das geworden, was man einen alten Bücherschreiber nennen kann, und ich habe nichts mehr als sie im Kopfe, und es ist kein Gedanke mehr daran, das ich zu einer andern Tätigkeit zu gebrauchen wäre.

Aber ich bin den Ereignissen weit vorausgeeilt, wie man so sagt, eigentlich sind wir ja noch dort, wo ich meinem Verleger Rowohlt ein wenig zagend meinen ersten Roman in die Hände lege. Nun, er las ihn, denn er ist ein Verleger, der die Bücher seiner Autoren alle selber liest, was durchaus nicht alle Verleger tun, und sein erster Lektor las ihn und sein zweiter Lektor las ihn, und immer mehr Leute lasen ihn, lange ehe er zum Druck befördert wurde, und darüber wandelte sich mein Gefühl der Zagheit allmählich in die feste Überzeugung, daß ich einen Roman geschrieben hatte, einen richtigen Roman, und daß er imstande sein würde, die Leute zu fesseln und auch von der Kritik günstig beurteilt zu werden. Es war mir also auch ohne Lehrmeister, auch ohne die Anleitung eines Flaubert gelungen, einen richtigen Roman zu schreiben.

Weiter gehe ich nicht, sehen Sie, weiter gehe ich nicht, denn ich muß Ihnen hier ein seltsames Geständnis machen: es hat mich nämlich nie interessiert, was meine Leser oder was die Kritik zu meinen Büchern zu sagen hat. Ich kann es Ihnen versichern, daß mir nichts lästiger ist, als jene Leute, die mir erzählen, daß sie den ganzen Fallada gelesen haben, und die mich dann mit ihren Lobpreisungen überhäufen, und geradezu verhaßt sind mir jene, die mich stellen und anfangen, mir Episoden aus den eigenen Werken zu erzählen und zu rühmen, wie köstlich diese Episoden doch seien. Und was in den Zeitungen über mich steht, sei es nun gut oder schlimm, das bekümmert mich nicht, ich lese es schon seit vielen Jahren nicht mehr, und kommt es mir doch einmal zu Auge, so geht es mich nichts an, es interessiert mich nicht, es hat nichts mit mir zu tun.

Das klingt vielleicht sehr undankbar, aber ich bin nicht undankbar. Sie haben nicht vergessen, daß ich Ihnen von dem Gift erzählt habe, das mich seit dem Schreiben meines ersten Buches vergiftete, so daß ich immer weiter schreiben mußte? Und Sie haben weiter nicht vergessen, daß ich meine Bücher nur schrieb wegen der Gestalten in ihnen, ihrer Schicksale, daß ich nie an meine Leser dachte? Sehen Sie, darin liegt schon viel begründet. Ich schreibe die Bücher ja nicht um der andern willen, nicht um meine Leser zu erfreuen, schreibe ich sie, ich schreibe sie nur mir zur Freude, mich wie ein kleiner Herrgott und Weltenschöpfer zu fühlen, darum schreibe ich sie. Ich verdiene keinen Dank und kein Lob, und so mag ich auch von Dank und Lob nichts hören. Es ist, gerade herausgesagt, als hätte sich jemand ganz wundervoll betrunken, und nun kämen die Leute daher und dankten ihm dafür, daß er sich so bildschön die Nase begossen hat. Nein, nein, das geht doch nicht.

Und die andere Seite der Sache, die Kritik ...? Ja, es klingt vielleicht sehr überheblich, daß ich auch von Kritik nichts hören will. Aber das muß ich sagen, daß jemand, der es so ernst nimmt mit seiner Schreiberei wie ich, und meine Bücher mögen nun viel oder wenig sein, ernst nehme ich sie, daß also solch ein Buchschreiber und Romanvater sein eigen Kind am allerbesten kennt. Ich weiß genau, wo seine Schwächen sind, wo der Sturm ausgesetzt hat, wo ich gepfuscht habe, das alles weiß ich nur zu gut. Stünde es in meiner Macht, ich würde es ändern, noch immer ändern, aber leider steht es nicht in meiner Macht.

Und damit kommen wir zu einem andern Kapitel und einem neuen Geständnis, nämlich zu dem, daß ich schon nach kurzer Zeit alles vergesse, was ich in einem Buche geschrieben habe. So vollkommen vergesse, daß mich selbst Erinnerungen an von mir Geschriebenes nicht wieder aufklären können. Ich zucke dann nur ungewiß die Achseln und sage: «Möglich, daß das in einem meiner Bücher steht. Aber ich weiß es nicht.» Ich weiß es so wenig, ich vergesse so vollkommen den Inhalt meiner Bücher, daß es mir schon vorgekommen ist, daß ich Geschichten zweimal erzählt habe und habe es nicht gemerkt. Und nie hat mich etwas dazu bewegen können, je wieder in eines meiner Bücher hineinzuschauen, davor schaudert mir geradezu.

Warum das so ist, dafür gibt es wohl mehrere Gründe. Der eine ist der, daß das Kind seinen Weg in der Welt allein gehen muß, wenn es denn ein rechtgeratenes Kind ist. Der Vater kann nicht immerzu daneben herlaufen und es beschützen wollen. Es ist fertig, und der Vater, der in diesem Falle ja zugleich die Mutter ist, hat nun mit andern Kindern zu tun. Das ist der eine Grund, aber er ist der schwerwiegendste nicht. Der für mich schwerwiegendste Grund, ein Buch nie wieder anzusehen und es völlig zu vergessen, ist ein ganz anderer. Ich würde Ihnen hier ein ganz falsches Bild von der Schriftstellerei geben, wenn ich den Eindruck erweckte, ein Schriftsteller habe nichts zu tun, als Romane zu schreiben. Das ist der angenehme, aber der zeitmäßig weitaus kleinere Teil der Beschäftigung. Wenn der Roman nämlich mit der Hand geschrieben ist – ich gehöre zu den Schriftstellern, die jede Zeile noch mit der Hand schreiben müssen, ich kann gar nicht in die Maschine dichten –, wenn also der Roman fertig ist, dann muß er doch ein bißchen überarbeitet und in die Maschine diktiert oder selber getippt werden. Manchmal tue ich das selbst, manchmal diktiere ich ihn. Und das Getippte muß dann sehr genau auf Tippfehler durchgesehen werden, das ist dann schon das dritte Mal, daß ich mein Kind sehr genau durchsehe. Dann haben es Verleger und Lektoren gelesen, und nun bekommt der Autor eine Wunschliste, je nachdem lang oder kurz, aber der Wunschzettel kommt. Und er enthält einmal eine Aufstellung von sachlichen Irrtümern, die dem Autor trotz aller Aufmerksamkeit unterlaufen sind, und zum zweiten zählt er die Dinge auf, die dem Lektor unerwünscht, bedenklich, gefährlich oder auch unwahrscheinlich erscheinen. Der Autor kann gar nicht anders, er muß sich hinsetzen und sein Kind zum viertenmal durchnehmen, oft sehr genau durchnehmen.

Sind wir nun fertig? Nein, nun fangen wir an. Denn nun geht der Roman in den Druck, und die Dinge liegen meist so, daß der Autor dreimal Korrektur lesen muß, erst die sogenannten Fahnen, dann die Umbruchkorrektur, schließlich die Autorenkorrektur. Das sind so drucktechnische Dinge, von denen ich erstens selbst nicht allzuviel verstehe, und mit denen ich Sie zweitens nicht langweilen will, aber jedenfalls: Es muß sein, und nun haben wir nach der letzten Korrektur den Roman siebenmal gelesen und geschrieben, und ich kann Ihnen versichern, bei diesem Korrekturlesen lese ich oft zwanzig Seiten und weiß nicht ein Wort hinterher von dem, was ich da gelesen habe. Der Kopf will einfach nicht mehr, es ist, als wollten Sie Vokabeln lernen und lernen, die Sie seit Jahren schon genau kennen, als wollten sie ein Lied auswendig lernen, das sie von der ersten bis zur letzten Strophe absingen können.

Sind wir nun mit unserm Kinde fertig ...? Nein, jetzt fangen wir erst richtig damit an! Denn die meisten meiner Bücher sind ja vor dem Erscheinen in Buchform erst in einer Zeitung oder in einer Illustrierten vorabgedruckt worden, und ein solcher Vorabdruck bedarf wieder einer besonderen Bearbeitung. Denn einmal kann eine Zeitung nie einen so langen Roman wie die Buchform bringen, die Leser würden den Anfang über den Schluß vergessen, und dann muß in einem Vorabdruck vieles heraus, was auf einen weiten Leserkreis anstößig wirken könnte. Also noch einmal durcharbeiten, auf die Hälfte kürzen, Übergänge schreiben, weglassen, zusetzen, ergänzen. Einmal, zweimal, dreimal – hoffentlich ist es nun so recht. Hoffentlich.

Und dann kommt der Film. Ja, dieser Roman soll nun auch verfilmt werden, man muß aus dem Roman ein Drehbuch machen für einen Film, der nicht mehr als zweieinhalbtausend Meter haben darf, also ran an die Sache und wieder umgearbeitet! Ich habe es mir einmal überschlagen, und ich bin dabei zu dem Ergebnis gekommen, daß der Autor so seinen Roman etwa ein dutzendmal vorzunehmen und zu überarbeiten hat. Sicher nicht angenehm, mühselige Tagesarbeit, aber besser noch, man tut sie selbst, als daß ein anderer sie macht. Denn man selbst kennt sein Kind doch am besten, und es tut einem weh, wenn man es als Vater plötzlich in ganz falschen Tönen reden hört und mit Worten, die man ihm nie in den Mund gelegt hatte. Das ist eine große, aber nicht zu umgehende Schattenseite meines Berufes, aber danach werden Sie es verstehen, daß ich nach der letzten Umarbeitung mein Kind aus der Hand lege und es nie wieder sehen und nie wieder von ihm hören will. Ja, daß ich es nun ganz vergesse. Es hat ein wenig zu oft mein Hirn und mein Herz beschäftigt, ich habe zum Schluß meinen Kopf ja direkt zwingen müssen, sich damit zu befassen. Und nun, da es nicht mehr nötig ist, will ich es nicht mehr, und er will auch nicht mehr. Fort und vergessen, zu einem neuen Buch, wieder hinein in die Schöpferfreude, und wenn dann das Buch kommt oder der Film oder der Vorabdruck oder auch eine Kritik oder ein wohlgesinnter Leser, so denke ich: Ach ja, das war damals – ja, das ist schon lange her, aber jetzt beschäftige ich mich mit einem ganz andern Buch, jetzt lebe ich in einer ganz anderen Welt, geht mir doch mit dem, was einmal war und das schon so lange vergangen ist!

Mit meinem ersten Roman aber, mit *‹Bauern, Bonzen und Bomben›* aber, oder wie ich es für mich ganz einfach nenne, mit B. B. B., ist es mir noch seltsam ergangen. Ich habe gesagt, daß Verleger und Lektoren und mancherlei Leute nicht ungünstig auf dieses mein erstes Kind sahen, und es erreichte mich auch die Nachricht, daß die *Kölnische Illustrierte* den Roman zum Vorabdruck erworben hätte. Ich habe mich nicht aus Ruhmsucht darüber gefreut, sondern aus einem andern, sehr materiellen Grunde: ich sollte nämlich viel Geld dafür bekommen, ich will es verraten, ich sollte neuntausend Mark dafür bekommen. Nun wissen Sie es ja, wie wir bis dahin gelebt hatten, von heute auf morgen, von dem kleinsten Gehalte, nicht ein einziges Möbelstück nannten wir bis zur Stunde unser eigen, da war es kein Wunder, daß wir über dieses in Aussicht stehende viele, viele Geld fast aus dem Häuschen gerieten. Ach, was haben wir gesessen und Pläne gemacht, was wir mit dem Geld alles tun wollten. Damals konnte man ja, schien uns, für neuntausend Mark noch die halbe Welt kaufen. Bei unsern Spaziergängen, wenn wir bei den Mahlzeiten saßen, abends im Einschlafen redeten wir davon, wir machten uns säuberliche Listen, und machten neue Listen, und dem einen fiel dies ein, und dem andern fiel jenes ein, und die neuntausend Mark schienen ganz unerschöpflich, und unsere Listen wurden immer länger, dort oben in unserm möblierten Zimmer am Kriminalgericht Moabit.

Und dann kam das Geld, aber damals war so eine gespannte Lage, daß ich es nur in Raten bekam, dann mal fünfhundert und dann wieder tausend Mark. Aber das machte uns gar nichts aus, wir dachten nicht an die angespannte, an die gefährliche Wirtschaftslage, wir gingen hin und kauften ein.

Wir kauften uns ein Siedlungshäuschen mit zweieinhalb Zimmern – auf Abzahlung, und Möbel – auf Abzahlung, und Kleider und Wäsche und Hausgerät – auf Abzahlung, und Bücher – auf Abzahlung. Und wir zogen hinaus aus der Stadt in einen östlichen Vorort in eine Straße, die so nett hieß wie Der grüne Winkel (die aber nicht viel Grünes hatte), und dort lebten wir denn herrlich und in Erwartung weiterer Zahlungen – auf Abzahlung.

Aber an einem schwarzen Tag erfuhr ich, daß es keine weiteren Zahlungen vorläufig mehr geben würde, sondern daß mein guter Verlag in Konkurs gegangen war (damals gingen in Berlin die größten Banken und Geschäfte in Konkurs), und mein Geld steckte nun in der Konkursmasse und ich bis über die Ohren und weit tiefer noch in den Schulden! Oh, das waren sehr schwere Stunden und Tage und Wochen, ich wußte nicht, wovon ich die nächsten Raten bezahlen sollte, ja, es war nicht einmal möglich, die nötigsten Lebensmittel zu kaufen, und so plagte ich meinen Kopf und schrieb Geschichten und Geschichtchen für Zeitungen, und alles, was das einbrachte, war doch nur wie ein Tropfen auf einen heißen Stein. So hatte ich denn nur Sorgen erschrieben, und es war mir ziemlich egal, daß an allen Anschlagsäulen mein Name als der des Verfassers von B. B. B. stand und auf den Vordruck in der *Kölnischen Illustrierten* aufmerksam machte.

Aber irgendwie gingen auch diese Tage vorüber, wie eben alle Tage vorübergehen, die guten mit den schlechten, und der Verlag sanierte sich, und ich bekam mein Geld auf Heller und Pfennig und konnte meine Schulden bezahlen, und wir lebten nicht mehr auf Abzahlung, sondern in unserm Eigentum. Da war ich schon wieder tief drin im Schreiben des Buches *‹Kleiner Mann – was nun?›*, und die Welt draußen interessierte mich nicht mehr sehr, und ich ging wieder einmal umher als ein Träumender.

Dann wurde das Buch fertig, und wir fanden diesen Titel dafür – ja, ich muß gestehen, ich weiß eigentlich nicht mehr, wer den Titel fand, der dem Buch zu solchem Erfolg verhalf.

Ursprünglich hieß das Buch ‹Der Murkel›, aber alle fanden, daß dies kein guter Titel sei. Und so saßen wir denn eines Tages zusammen auf dem Verlage, Rowohlt und meine Frau und ich und die beiden Lektoren und es können auch andere Leute noch dabei gewesen sein, ich weiß es nicht mehr. Und Rowohlt sprach uns immer wieder den Titel eines damals erfolgreichen Romans vor: *‹Wohin rollst du, Äpfelchen?›*, als ein Muster dessen, was wir zu finden hatten, gewissermaßen. Und da saßen wir nun, ziemlich dumm eigentlich, und machten Vorschläge, die alle gleich verworfen wurden, und dann herrschte wieder Stille, und in die Stille hinein sagte Rowohlt wieder einmal: *‹Wohin rollst du, Äpfelchen?›* – und plötzlich war der Titel da: *‹Kleiner Mann – was nun?›* war geboren. Wer hat ihn gefunden? Ich weiß es nicht mehr. Ich möchte beinahe annehmen, daß ich ihn gefunden habe, da niemand jemals mich darauf angesprochen hat, daß er der Vater dieses Titels sei. Also werde ich es wohl gewesen sein. Aber ich weiß es nicht mehr, genauso wie ich nicht weiß, was in diesem Buch vom Kleinen Mann steht, ich habe es vergessen.

Und der Kleine Mann wurde das, was man einen Welterfolg nennt, was heißen soll, daß es in sehr viele Sprachen übersetzt wurde, daß es seinen Autor sehr bekanntmachte und daß es viel Geld einbrachte. Ich kann Ihnen nur sagen, daß ein Welterfolg nichts Angenehmes ist – wenigstens nicht für mich. Alle möglichen Leute schrieben mir plötzlich, und die meisten wollten Geld von mir, und wenn es mit einer Widmung abging, so war es gnädig. Und ich sollte da reden und dahin zu Besuch kommen und dort was eröffnen und für diese Zeitung einen Artikel schreiben und jenem Verlag meinen nächsten Roman geben und diese wunderbare Erfindung finanzieren, die mich unbedingt zum Millionär machen würde. Und Schlösser wurden mir zum Kauf angeboten, und jetzt, da ich um keinen Preis mehr Landwirt sein wollte, hätte ich der Besitzer von Gütern werden können und mir meine eigenen Beamten halten, da ich doch nichts weiter wollte, als in Ruhe weiter Bücher schreiben.

Aber dieser Ansturm, der übrigens bald wieder abflaute und sich auf einen noch berühmteren Mann stürzte, war noch nicht das Schlimmste an dem Welterfolg. Sondern das Schlimmste war das Geld. Noch vor sehr kurzer Zeit hatte ich von einem sehr bescheidenen Einkommen leben müssen, und wir hatten kaum etwas besessen. Dann war mit B. B. B. ein wenig Geld in unser Haus gekommen, aber weiter als bis zu einem Häuschen mit zweieinhalb Zimmern hatte es doch nicht gereicht. Jetzt aber fing das Geld an zu strömen. Es schwoll immer mehr an, es kam nicht nur aus Deutschland, es kam aus zehn, aus zwanzig Ländern, und es schien immer mehr zu werden, es schien nie enden zu wollen ...

Niemandem kann ein so plötzlich erworbener Reichtum bekommen, man muß auch mit Geld umgehen lernen, und das hatte ich in meinem Leben bisher nicht gelernt. Ja, mit wenig hatten wir uns ausgezeichnet eingerichtet, das konnten wir, mit zwei-, mit dreihundert Mark im Monat konnten wir ausgezeichnet leben. Aber mit zweitausend oder mit zwanzigtausend? Konnte man sich nun eigentlich alles erlauben, die halbe Welt kaufen, oder wie war das? Ein alter, weiser Bücherrevisor sagte mir damals den Satz, den ich immer für wahr erfunden habe: «Ja, Fallada», sagte er, «mit wenig Geld gut auskommen, das ist gar keine Kunst, aber mit viel Geld sich einrichten, daß man all seinen Verpflichtungen gerecht wird, das können die wenigsten!»

Ich jedenfalls konnte es nicht. Ich hörte mit Arbeiten auf, denn ich hatte nun eine ganz neue Beschäftigung entdeckt: Geld einnehmen und ausgeben, und ich bemühte mich sehr erfolgreich, diese Beschäftigung möglichst töricht auszuüben. Ich wußte wirklich nicht mehr, was alles ich anfangen sollte, und ich war auf dem allerbesten Wege, meine Familie, meine Arbeitslust und meine Gesundheit zu ruinieren, mein Vermögen dazu, als Freunde und meine Frau mich schließlich bestimmten, vor diesem wahren Goldrausch aufs Land zu fliehen.

In einem kleinen Mecklenburger Dorfe, wo ich mir ein ganz kleines Anwesen erworben hatte, kam ich schließlich wieder zur Besinnung und zur Vernunft. Es war auch hohe Zeit. Denn der Welterfolg war von dem nächsten Welterfolg abgelöst worden (kein Welterfolg hält länger als ein halbes Jahr vor), der Strom des Geldes war im Versickern, und schließlich gab es ja auch noch so eine Einrichtung wie das Finanzamt, und diese Einrichtung hatte ich bei meinem unsinnigen Leben ganz übersehen. Aber genug, ich kam noch einmal mit heiler Haut davon, ich rettete mich auf das Land, auf mein Höfchen. Aber ich möchte es nicht noch einmal erleben, wenn ich seitdem auch ein ganzes Stück älter geworden bin und – vielleicht – ein wenig vernünftiger mit Geld umgehen gelernt habe.

Nein, von all den Geldgeschichten abgesehen: ich möchte das nicht noch einmal erleben. Denn es ist zweierlei, an seinem Schreibtisch zu sitzen und sich eine Welt erschaffen und dann draußen zu stehen in der wirklichen Welt, und sich in ihr zu behaupten und in ihr seinen Mann zu stellen. Das sind zwei sehr verschiedene Dinge. Und je stärker man an der ersten, nennen wir sie ruhig an der künstlichen Welt, hängt, und ich hänge sehr stark an der meinen, so stark, daß ich sie um nichts in der Welt missen möchte, um so schlechter wird man in der Welt draußen abschneiden. Ein Buch schreiben und es vor der Welt draußen repräsentieren, das verlangt ganz verschiedene Eigenschaften von einem Manne, und ich möchte sagen, je mehr man ein Schreiber ist, ein um so schlechterer Repräsentant ist man auch. Ich wenigstens habe mich erst wieder wohl gefühlt, als ich wieder in der Stille saß, der Sturm war verrauscht, weißes, säuberliches Papier lag vor mir, und ich sprach zu mir: Auf ein neues. Beginne nun dein drittes Buch!

Denn nun war ich doch so weit gekommen, daß ich es begriffen hatte, was ich durch 36 Jahre meines Lebens nicht gewußt hatte, daß es mein Beruf war, Bücher zu schreiben, und nur das, nichts wie das. Und so habe ich es denn mein Leben durch auch weiter gehalten: ich habe mit und für Bücher gelebt, und wenn ich mit Menschen zusammen war und Dinge

Mit wenig Geld gut auskommen . . .

... das ist gar keine Kunst, sagte der alte, weise Bücherrevisor. Kunst kommt von können, sich einschränken kommt vom Müssen. Sparen muß man können.

Wer seine Wünsche zähmt, sei immer reich genug, meinte Voltaire. Aber oft wachsen die Wünsche dem Geld voraus.

erfuhr und Taten erlebte, so wurden sie immer Stoff für mich für Bücher. Das war nicht so, daß ich mir das etwa vornahm, daß ich den oder jenen Menschen aufs Korn nahm, ihn beobachtete und ausspionierte, mit dem festen Vorsatz, eine Gestalt in einem Buche aus ihm zu machen, nein, nichts von alldem. Aber ich habe nun mittlerweile in meinem Leben die Erfahrung gemacht, daß mir alles, was ich sehe und erlebe, Stoff zu einem Buch oder zu einer Geschichte in einem Buche oder zu einer Gestalt in einem Buche werden *kann*. Ich weiß das nicht, ich nehme mir nichts vor. Aber plötzlich, während ich schreibe, taucht dies oder jenes Erlebnis in mir auf, aus alten Zeiten oder auch aus den jüngsten Tagen, und ich sitze wieder in einem S-Bahnzug und der oder jener Mann sieht so oder so aus und spricht dies oder das, und das muß ich nun schildern, daß es jeder sieht. Mein Hirn, mein ganzes Leben ist zu einer Speicherkammer geworden für etwas, das eines Tages geschrieben werden soll, und ich weiß nicht, was der Speicher alles enthält, so groß ist er, ich kann nicht in seine dunklen Winkel und Laden sehen, aber ich weiß, ich finde in ihm alles. Anders gesagt würde das vielleicht heißen, daß ich ein Naturalist bin, der die Natur schildert, wie sie ist. Aber ich muß ja doch die Einschränkung oder die Erweiterung machen – was in diesem Falle das gleiche bedeutet –, daß ich die Natur so schildere, wie sie sich in mir ansammelt, in der Auswahl, in der sie sich in mir ansammelt, in der Veränderung, die sie in mir erfährt.

In einem früheren Teil meiner Ausführungen habe ich sehr darauf bestanden, daß ich meine beiden ersten Romane verleugnete, weil sie nicht ‹meine› Romane waren, sondern bestellt, weil ich sie angetrieben schrieb. Ich sehe mich nun in einer gewissen Verlegenheit, wenn ich Ihnen gestehen muß, daß ich seitdem dann und wann – und nicht einmal selten – Romane geschrieben habe, die mir wirklich in Auftrag gegeben wurden, von einer Zeitschriftenredaktion etwa, und ich erkenne sie doch als meine echten Kinder an. Ich muß auch daran denken, daß ich in der Zeit der Naziherrschaft selten so schreiben durfte, wie ich wollte, sondern daß es da nicht nur thematisch, sondern auch ins einzelne gehende Bestimmungen gab, über das, was man schreiben durfte und was nicht. Ich erinnere mich zum Beispiel daran, daß es von einem gewissen Zeitpunkt ab uns Romanschreibern verboten war, von Geistlichen, von Pfarrern zu sprechen, weder im guten noch im bösen Sinne, denn die Existenz von Geistlichen sollte im Dritten Reich einfach vergessen werden. Und wiederum war es uns nur erlaubt, von Lehrern im günstigen Sinne zu schreiben, wir durften nur sympathische und völlig fehlerfreie Lehrer in unsern Büchern erwähnen, denn Lehrer waren knapp im Dritten Reich, und es war sehr erwünscht, daß möglichst viel junge Menschen sich zum Lehrerberuf entschlossen. Solcher Bestimmungen gab es eine Unzahl, und ich mußte sie beim Schreiben meiner Bücher beachten, sonst gab es keine Aussicht auf Veröffentlichung. Und auch unter diesem Zwange habe ich Bücher geschrieben und erkenne sie als meine Bücher an.

Wie ich schon sagte, bin ich in einiger Verlegenheit, wie ich diesen Widerspruch erklären soll. Am besten ist es vielleicht, ich sage es so, daß ich heute so weit bin, daß ich mein Handwerk so weit gelernt habe, denn bei meiner Tätigkeit wie bei jeder andern Tätigkeit, ist viel Handwerksmäßiges, also ich will sagen, daß ich heute mein Handwerk so weit beherrsche, daß ich auch einen fremden, mir zugetragenen Stoff ganz zu meinem eigenen mache. Das war im Anfang nicht so. Im Anfang war ich noch unsicher, ich wußte ja nicht einmal, ob ich einen Roman überhaupt zustandebrächte, da ängstigte mich noch jeder Zwang, da mußte ich mich ganz in mich verschließen, mich einkapseln wie eine Auster, und niemand durfte mich stören, nicht einmal mit meiner Frau konnte ich über das reden, was ich vorhatte.

Heute weiß ich, daß ich einen Roman schreiben kann. Und ich weiß noch mehr, ich weiß, daß ich aus fast jedem Stoff meinen Roman machen kann, weil meine Art, die Dinge zu sehen und sie zu beschreiben, nun einmal festliegt. Darum ängstigt mich ein Auftrag nicht mehr, nein, ich suche dann meinen Weg, und ich finde ihn eigentlich immer.

Ich möchte Ihnen mit einem Beispiel aus meiner jüngsten Vergangenheit erläutern, wie seltsam so etwas zugehen kann. Es war vor reichlich einem Jahr, ich war vom Lande gerade nach Berlin gezogen und noch recht zermürbt von einer mir aufgezwungenen fremden Tätigkeit als Bürgermeister einer kleinen Stadt, also sagen wir im Oktober des Jahres 1945 gab mir ein Bekannter einen schmalen Akt in die Hände, Akten der Gestapo gegen ein Berliner Arbeiterehepaar. Die beiden schon ältlichen Leute hatten plötzlich im Kriege angefangen, Postkarten mit Aufrufen gegen Hitler zu schreiben, nachdem sie doch bis dahin kleine Parteiämter bekleidet hatten, und diese Karten hatten sie in den Treppenhäusern sehr begangener Geschäftsbauten niedergelegt. Das war so zwei Jahre gut gegangen, dann war der Mann durch die Gestapo erwischt worden, nach ihm die Frau, es folgte das unvermeidliche Verfahren vor dem Volksgerichtshof und das Todesurteil, das dann im Jahre 1942 an beiden vollstreckt wurde.

Mein Bekannter fragte mich, ob ich es wohl für möglich hielte, hieraus einen Roman zu machen? Doch, ich hielt das für möglich. Ich las mir den Band durch, und dann machte ich erst einmal daraus einen kurzen sachlichen Bericht für eine Zeitschrift, der so abgedruckt wurde. Das alles ist etwa ein Jahr her.

Aber während ich diesen Bericht machte, wurden mir die Schwierigkeiten des Stoffes so recht klar. Da waren zwei ältliche Leute, ohne Anhang, ohne Kinder, ohne Freundschaft. Sie schrieben Postkarten, zwei Jahre lang, nichts wie das, und legten sie auf den Treppen nieder. Schließlich wurden sie erwischt und hingerichtet. Es war zu trocken, zu wenig. Kein bißchen Jugend, Licht, Hoffnung. Nun ja, die Gestapo war da mit ihren Beamten, die nach den Kartenschreibern jagten, aber wie gleichgültig, wie routinemäßig und wie ungeschickt jagten sie. Sie jagten, wie ein Beamter Briefmarken hinter seinem Schalter verkauft!

Nein, der Stoff gab nichts her, der Stoff war zu trocken, daraus war wohl ein Aufsatz von zwanzig Schreibmaschinenseiten zu machen, aber nie ein Roman von vierhundert! Und dann – wer mochte noch von solchen Dingen etwas lesen? Dachte ich gerne daran? Illegale Tätigkeit während des Krieges, und nun doch solche illegale Tätigkeit...! Ungeschickt bis dort hinaus, die Karten von einer Primitivität des Inhalts, die nicht mehr zu überbieten war, und sie hatten auch nie irgendeine Wirkung getan. Die meisten Karten waren ja auch ohne weiteres möglichst schnell an die Gestapo abgeliefert worden. Niemand hatte sich die Zeit genommen, sie zu lesen und über sie nachzudenken. Nur fort mit ihnen!

Und ich verbannte diesen Stoff für immer aus meinem Gedächtnis. Ich wollte nichts mit ihm zu tun haben, es war kein Stoff für mich. Ich schrieb einen kleinen andern Roman, der mir recht mißglückte, und dann lenkte ich meinen Kopf auf einen andern Plan, auf einen ganz großen Roman, der im Berlin von heute spielen sollte: ein junger Mensch kommt vom Lande in die Stadt, in die erste Stadt seines Lebens, ein Flüchtling lebt zwischen den Trümmern, er kommt in Gefahr, ins Abrutschen, und dann sammelt er sich, er baut sich eine kleine Existenz auf, ein bißchen Glück, ein wenig Optimismus...

Mit diesen Dingen beschäftigte ich meinen Kopf, und ich war schon nahe am Beginnen, noch mit der heute so nötigen kleinen Tagesarbeit beschäftigt, als ich durch einen Brief zu einer Filmgesellschaft gerufen wurde. Voller Erwartung ging ich dorthin. Und was ich dort hörte, das enttäuschte mich doch tief. Dort hatte man – nach Jahresfrist – meinen kleinen Aufsatz über das Berliner Arbeiterehepaar gelesen, man hatte Gefallen an dem Stoff gefunden, man glaubte, daraus einen Film machen zu können. Wie weit ich denn schon mit meinem Roman gekommen sei? Ich mußte gestehen, daß ich ihn noch nicht begonnen hatte. Ich erzählte von meinem andern, von dem optimistischen Roman.

Aber nein, so seltsam sind die Menschen nun einmal, man wollte von meinem schönen optimistischen Roman nichts wissen, ich sollte diesen andern düsteren Stoff bearbeiten, dieses aussichtslose Buch, ohne Jugend, ohne Hoffnung, ohne Liebe, grade das sollte ich schreiben.

Nun, auch ein Schriftsteller muß leben, ein Filmauftrag bedeutet Geld, unter Umständen viel Geld, und als ich nach Hause ging, hatte ich einen Vertrag mit diesen Leuten besprochen genau über das Buch, das ich um keinen Preis schreiben wollte. Das war am 26. September 1946, als Arbeitsbeginn war der 1. Oktober 1946 festgesetzt. Ich war nicht froh, als ich nach Hause ging, das Geld, das in Aussicht stand, freute mich nicht. Ich dachte nur daran, welche Quälerei diese Arbeit sein und wie doch nichts aus ihr werden würde.

Aber mein Arbeitsgewissen ließ mir doch keine Ruhe. Mit keinem Blick sah ich zwar in die Notizen und Auszüge hinein, die ich mir damals aus den Gestapo-Akten gemacht; ich kümmerte mich auch nicht um den Aufsatz, den ich damals geschrieben. Aber mein Gehirn beschäftigte sich doch mit dem Stoff, es beschäftigte sich fast ununterbrochen mit der Frage: wie bekomme ich ein bißchen Farbe und Leben in diese Düsternis? Und dann: wie sieht das erste Kapitel aus? Das erste Kapitel ist wie die Tür zu einem Haus, steht man erst in der Tür, dann braucht man nur noch weiterzugehen.

Ich begann einen Tag früher als ausgemacht mit der Niederschrift, ich hatte meine Tür gefunden. Übrigens war die Arbeitszeit auch knapp bemessen: schon in zwei Monaten sollte ich abliefern.

Und ich schrieb weiter. Schon als ich noch bei den ersten hundert Seiten war, merkte ich zu meiner Überraschung, daß dies kein Romänchen, sondern daß es ein ausgewachsener Roman werden würde, daß ich eher zuviel Stoff haben würde als zuwenig. Ich habe Ihnen schon erzählt, daß ich nicht in die Maschine dichten kann, ich muß mit der Hand kritzeln, und da ich auch noch einen Schreibkrampf habe, ist das ein mühseliges Geschäft. Der Ablieferungstermin hetzte mich auch, so hatte ich alle Tage einen langen, mühseligen Arbeitstag. Ich saß morgens um fünf Uhr an der Arbeit, und ich machte selten abends vor sieben Schluß. Ich legte mir, wie das so meine pedantische Gewohnheit war, einen Arbeitskalender an, und auf ihm trug ich ein, wieviel Seiten ich jeden Tag geschrieben hatte. Und ich machte es mir zum Gesetz, wie ich das schon immer gemacht habe, daß ich keinen Tag weniger Seiten schreiben durfte als den Tag zuvor. Mehr war erlaubt, aber weniger streng verboten. Kurz, ich hetzte mich und mein Hirn mit allen alten und neuen Kniffen, die ich nur wußte.

Und während ich schrieb, während ich den Stoff verarbeitete, und mit Schrecken sah, daß es immer mehr Stoff wurde, und daß ich hart zu arbeiten haben würde, um ihn zu bewältigen, währenddem kam ich doch nicht aus dem Verwundern über meinen eigenen Kopf heraus. Da hatte ich doch wahrhaftig geglaubt, dies sei kein Stoff für mich, ich hatte ihn endgültig ad acta gelegt und mich nicht mehr um ihn gekümmert. Ein Jahr lang hatte ich nicht an ihn gedacht, sondern mich mit optimistischeren Plänen beschäftigt. Und da ergab es nur der Zufall, daß nach einem Jahr einem Filmmenschen mein längst vergessener Aufsatz in die Hände kam, ich bekam einen Auftrag, ich nahm ihn an, aus äußeren Gründen nahm ich ihn an, weil ich nämlich rasch und möglichst viel Geld verdienen wollte, und nun stellte es sich heraus, daß dies alles nicht stimmte. Sondern mein Hirn hatte in aller Stille, ohne daß sein Besitzer auch nur das geringste davon wußte, an diesem Stoff weiter herumgekaut, es hatte ihn zerfasert, bereichert, umgestaltet, kurz, es hatte einen Stoff daraus gemacht, aus einem Nichts war in aller Stille ein Etwas geworden, und ich hatte nichts davon gewußt!

Ich überlegte mir zwischendurch immer wieder, was denn nun geworden sei, wenn ich nicht zufällig von außen angestoßen worden wäre, den Roman doch zu schreiben? Ob er dann ungeschrieben in mir liegengeblieben wäre? Ob noch viele andere Stoffe ungeschrieben in mir lägen? Ich wußte es nicht, ich würde es nie erfahren. Aber Sie verstehen es vielleicht, welch ein seltsam aufregendes Abenteuer das Leben heute noch für mich ist, in einem Alter, in dem die meisten

Menschen schon daran denken, mit ihrer Arbeit aufzuhören, in diesem Alter fange ich noch immer wieder an. Und Sie werden jetzt auch verstehen, daß ich diesen in Auftrag gegebenen Roman doch mein Buch nenne, mein eigen Werk, das ich anerkenne. Zweifelsfrei wurde der Auftrag erteilt, zweifelsfrei wurde er ungern angenommen, aber ebenso zweifelsfrei wurde es mein Roman, was ich da schrieb.

Ich brauchte vierundzwanzig Tage dazu, um diesen Roman niederzuschreiben, und seine sechshundert Druckseiten wird er so ungefähr haben. Wahrlich, ich habe mich trefflich gehetzt. Ich habe alle Schöpferwonnen empfunden, als ich ihn niederschrieb, aber ich konnte mir keine Zeit für sie lassen, ich mußte ja weiter. Ich wußte ja nicht, ob der Strom fortströmen würde, ob es nicht plötzlich aufhören würde, ich hetzte mich. Und war am 24. Oktober fertig. Wieder einmal gerettet, wieder einmal ein Buch unter Dach und Fach! Und während ich viele Kinder, namentlich aus der letzten Nazizeit, nur mit ungünstigen Augen ansehe, als halb gelungen nur oder als ganz mißlungen, habe ich nun bei diesem Roman, den ich durchaus nicht schreiben wollte, das Gefühl: er ist mir gelungen, endlich mal wieder was Richtiges geschafft! Ich bin froh...

Ich gönnte mir eine Woche Ruhe, was heißen will, daß ich Briefe beantwortete, Gänge tat und alles mögliche Geschäftliche erledigte, ich ruhte meinen Kopf aus. Ich fand, er hatte es nötig. Dann, pünktlich am 1. November, begann ich mit dem Umarbeiten des Buches, teils tippte ich ihn selbst, teils diktierte ich ihn. Dieses Umarbeiten und Diktieren dauerte fast länger als die Niederschrift, aber freilich, jetzt war der Roman auch gesichert, er war ja niedergeschrieben, ich brauchte mich nicht mehr so zu hetzen...

Freilich muß ich auch das mit einer kleinen Einschränkung sagen. Ein in der Handschrift vollendeter Roman ist noch nichts, er ist immer gefährdet. Ein einziges Exemplar – und es kann Feuer ausbrechen, es kann gestohlen werden (trotzdem ich noch nie von Dieben gehört habe, die Roman-Manuskripte stehlen!), er kann irgendwie wegkommen – und nie, nie, nie könnte ich ihn wieder schreiben! Ein Roman in Handschrift ist noch nichts, ist ein ewiges Kind der Sorge. Erst wenn er getippt ist, erst wenn er in drei, vier Exemplaren da ist, und wenn diese drei, vier Exemplare an drei, vier verschiedenen Stellen sind, dann atme ich auf, dann bin ich – fast – sicher, daß meinem Buche nichts mehr geschehen kann. Was wollen Sie? Ich bin nun einmal mit allem, was mit meiner Arbeit zusammenhängt, ein abergläubischer Mensch. Ich mag nie mit jemandem über meine Arbeit sprechen, ich finde es unmöglich, daß jemand auch nur eine Zeile des Manuskriptes liest. Ich glaube immer daran, daß der Strom aufhört, daß der Roman nie fertig werden wird. Ich habe Angst um sein Schicksal – immer wieder, immer neu. Ich bin ein Sklave all dieser Gefühle, wie ich ein Sklave meiner Arbeit bin. Schreibe ich denn diese Bücher? Es schreibt sie in mir. Ich muß ja einfach! Es ist wahrhaftig kein Vergnügen, tagaus, tagein, jeden Tag zehn, zwölf Stunden am Schreibtisch zu sitzen und sich von seiner Arbeit hetzen zu lassen, da ich doch nach sechzehn Romanen weiß, ich habe noch jeden Roman zu Ende geschrieben, es hat mich noch nie der Strom im Stich gelassen. Da ich auch weiß, daß Hunderte oder daß doch Dutzende von meinen Schriftstellerkollegen sehr viel bequemer und ruhiger ihre Bücher schreiben, und ihre Bücher sind nicht schlechter als meine!

Aber das alles hilft mir gar nichts! Ich muß. Ich muß so schreiben, wie das Gesetz in mir ist, oder ich muß das Schreiben lassen. Und da ich das Schreiben nicht lassen will und werde, so muß ich mich hetzen, heute, morgen, wahrscheinlich werde ich mich noch als alter Mann hetzen, als Greis, immer werde ich Angst haben, ich werde nicht fertig.

Was nun aber diesen Roman angeht, der vorläufig den Titel trägt *‹Jeder stirbt für sich allein›*, so hat er das Schicksal vieler meiner Romane: er wird mir in der nächsten Zeit noch gründlich verekelt werden, ich werde nie wieder von ihm hören mögen. Er wird nicht nur verfilmt werden, und ich werde nicht nur dazu verpflichtet sein, an der Fertigstellung des

Drehbuches mich zu beteiligen. Nein, er wird auch in der *Neuen Berliner Illustrierten* im Vorabdruck erscheinen. Nun ist es mit einem Vorabdruck so – ich sprach schon davon –, und besonders ist es mit einem Vorabdruck in einer nur wöchentlich erscheinenden Zeitung so, daß solch ein Roman nur über eine bestimmte Zeit laufen kann, sonst vergessen die Leser den Anfang. Dreizehn Wochen, ein Vierteljahr ist eigentlich das höchste, was man ihnen zumuten kann. Mein Roman so aber, wie er jetzt vorliegt, ist lang genug, um weit über ein halbes Jahr zu laufen, ich muß also gut die Hälfte herausschneiden, ich muß auch noch manches andere ändern, um ihn für einen Vorabdruck zurechtzumachen. Diese Arbeit liegt noch vor mir, und ich muß Ihnen gestehen, ich denke mit Seufzen an sie. Aber wie der Kapitän Shotover in Bernard Shaws Stück *‹Haus Herzenstod›* sagt: «Geld wird nicht bei Tage verdient», und außerdem finde ich es immer noch besser, ich nehme diese Verstümmelung vor, als daß sie ein fremder Anatom tut, so werde ich mich denn daranmachen.

Aber wenn ich Sie heute um etwas bitten darf, beurteilen Sie nie einen Roman nach seinem Vorabdruck. Ich habe Ihnen ein kleines Bild davon entworfen, wie solch ein Vorabdruck zustandekommt, und ich habe Ihnen auch gesagt, warum das so sein muß. Wir müssen diese Dinge so hinnehmen, weil sie nun einmal nicht zu ändern scheinen oder weil ihre Änderung im Augenblick nicht möglich ist. Aber darum bleibt doch meine Bitte richtig: beurteilen Sie einen Roman nicht nach seinem Vorabdruck. Der gewitzte und der gewarnte Leser werden es schon beim Lesen des Vorabdrucks merken, daß hier etwas fehlt und daß dies etwas unmotiviert erscheint, und werden sich sagen: Aha, Vorabdruck! Wir wollen darum nicht auf die Vorabdrucke schelten. Sie ermöglichen nicht nur dem Autor ein gut Teil seiner Lebensführung, sie gewähren doch auch einen ersten Eindruck von der Art eines Romans, sie gewinnen ihm Leser, und das ist auch etwas.

Und dann winken da in der Ferne, in keiner sehr weiten Ferne leider, die Korrekturen der Buchausgaben. Drei an der

Zahl. Und auch das Ausland fängt schon an sich wieder zu melden, erst einmal nur ein paar Länder, aber es ist doch ein Anfang. Aber auch für das Ausland wird man den Roman noch einmal durchsehen müssen.

Kurz, es stehen grade jetzt vor mir alle die unangenehmen Tagesaufgaben, die zu dem Beruf eines Schriftstellers gehören. Ich werde sie erledigen, wie ich sie viele Male schon erledigt, nicht grade gerne, aber wie eine nun einmal übernommene Pflicht. Niemand kann von seinem Beruf hier auf Erden erwarten, daß er nur Angenehmes mit sich bringe, immer werden zu den Rechten auch die Pflichten gehören, auch bei meinem Berufe, den ich so sehr liebe und den ich nie aufgeben werde. Nach den Stunden des Schaffensrausches folgen die Stunden, lange, sehr viel längere Stunden der Arbeit, anstrengender, ermüdender, oft unangenehmer Arbeit. Grade auch das Ihnen zu sagen, lag mir am Herzen.

Und nun stehe ich am Schluß meiner Ausführungen. Ich überlege, ich hoffe, ich habe nichts Wesentliches zu sagen vergessen. Ich habe Ihnen ein ganz persönlich gefärbtes Bild von meiner Arbeit gegeben. Ich habe es Ihnen, stark gekürzt, aufgezeichnet, wie ich das wurde, was ich heute bin, wie ich zu meiner Art der Tätigkeit kam. Ich glaube fest daran, daß jeder von uns, daß also auch jeder von Ihnen solche Berufung in sich trägt, jeder hat eine Art von Aufgabe, der er am besten gewachsen ist. Es hat Zeit, diese Art Aufgabe herauszufinden. Man muß sich damit nicht übereilen. Bei mir hat es immerhin 36 Jahre gedauert, bis ich mir über das, was ich hier auf dieser Welt zu tun hatte, klarwurde. Lassen Sie sich auch Zeit. Überstürzen Sie nichts. Es wird sich eines Tages schon zeigen. Es gibt so viele Aufgaben, und es gibt so viele Wege zu ihnen. Nur eben das muß man versuchen zu erreichen, daß man nicht irgend etwas tut, bloß um etwas zu tun, sondern daß man etwas tut, das einen freut – und damit auch die andern. Daß Ihnen dies beschieden sein möge, das ist mein Wunsch für jeden von Ihnen!

Hans Fallada

Kleiner Mann – was nun?
Roman · rororo Taschenbuch 1

Wer einmal aus dem Blechnapf frißt
Roman · rororo Taschenbuch 54

Damals bei uns daheim
Erlebtes, Erfahrenes und Erfundenes · rororo Taschenbuch 136

Heute bei uns zu Haus
Ein anderes Buch / Erfahrenes und Erfundenes
rororo Taschenbuch 232

Der Trinker
Roman · rororo Taschenbuch 333

Bauern, Bonzen und Bomben
Roman · rororo Taschenbuch 651

Jeder stirbt für sich allein
Roman · rororo Taschenbuch 671

Wolf unter Wölfen
Roman · rororo Taschenbuch 1057

Kleiner Mann – Großer Mann alles vertauscht
Roman · rororo Taschenbuch 1244

Ein Mann will nach oben
Die Frauen und der Träumer
Roman · rororo Taschenbuch 1316

Lieschens Sieg
und andere Erzählungen · rororo Taschenbuch 1584

Zwei zarte Lämmchen weiß wie Schnee
Eine kleine Liebesgeschichte · Mit 23 Illustrationen von
Wilhelm M. Busch · rororo Taschenbuch 1648

Gesamtauflage der Werke von Hans Fallada in den
rororo Taschenbüchern: über 2,3 Millionen Exemplare

Rowohlt

46/13

rowohlts rotations romane

Ungekürzte Romane bekannter Autoren aus aller Welt

Verzeichnis aller lieferbaren Titel

* hinter dem Titel: Für Jugendliche ab 10 Jahren zu empfehlen

** hinter dem Titel: Für Jugendliche ab 14 Jahren zu empfehlen

Romane und andere Prosa

ABE, KOBO Die Frau in den Dünen [1265]

ABECASSIS, GUY 100 Koffer auf dem Dach [702], Kopfkissen für Globetrotter [1065]

ÅBERG, JOHN EINAR Engel – gibt's die? [1064]

ADAMSON, JOY Frei geboren . . . Eine Löwin in zwei Welten / Mit 32 Bildtafeln [844] **, Die gefleckte Sphinx / Mit Bildtafeln [1626] **

AIRTH, RENNIE Der Schnapp [1525]

ALLER LÜSTE ANFANG. Das 7. Buch der Werbung. Zusammengestellt von Dieter Hülsmanns und Friedolin Reske [1579]

AMADO, JORGE Gabriela wie Zimt und Nelken [838]

AMALRIK, ANDREJ Unfreiwillige Reise nach Sibirien [1452]

ANATOL, ANDREAS Olympische Liebesspiele. Eine heitere Mythologie der Griechen. Illustrationen: Wilhelm M. Busch [1306]

ARNAUD, CÉCILE Die kleine und die große Liebe [1523]

ARNOTHY, CHRISTINE Sommerspiele [1629]

AYMÉ, MARCEL Die grüne Stute [402]

BACHER, MANFRED Immer bin ich's gewesen! Illustrationen: G. Bri [1375] **, Lehrer sein dagegen sehr / Illustrationen: Dieter Klama [1529] **

BALDWIN, JAMES Giovannis Zimmer [999], Gehe hin und verkünde es vom Berge [1415]

BARLAY, STEPHEN Die Sex-Händler / Ein Bericht über moderne Formen der Sklaverei [1359]

BEAUVOIR, SIMONE DE Das Blut der anderen [545], Die Mandarins von Paris [761], Ein sanfter Tod [1016], Memoiren einer Tochter aus gutem Hause [1066], In den besten Jahren [1112], Der Lauf der Dinge [1250], Alle Menschen sind sterblich [1302], Die Welt der schönen Bilder [1433], Eine gebrochene Frau [1489], Sie kam und blieb [1310]

BECHER, ULRICH Männer machen Fehler / 12 Kurzgeschichten [1283], Das Profil [1612]

BECKETT, SAMUEL [Nobelpreisträger] Murphy [311]

BELLOW, SAUL Das Opfer [1085], Herzog [1132], Mann in der Schwebe [1367]

BICHSEL, PETER Die Jahreszeiten [1241]

BIGIARETTI, LIBERO Heiß [1487]

BLONDIN, ANTOINE / GUIMARD, PAUL Jeder Mann wird mal schwach. Illustrationen: Cabu [1445]

BLOOM, MURRAY Der Mann der Portugal stahl. Der größte Schwindel aller Zeiten [1619]

BORCHERT, WOLFGANG Draußen vor der Tür und ausgewählte Erzählungen [170] **, Die traurigen Geranien und andere Geschichten aus dem Nachlaß. Hg.: Peter Rühmkorf [975] **

BRANDNER, UWE ‹Innerungen› und ‹Drei Uhr Angst› / Zwei Romane [1512]

BRECHT, BERTOLT Kalendergeschichten [77], Drei Groschen Roman [263], Die Geschäfte des Herrn Julius Caesar [639], Bertolt Brechts Hauspostille [1159]

BREINHOLST, WILLY Das süße Leben des Ehemannes in Theorie und Praxis. Illustration: Léon van Roy [1249]

BRINITZER, CARL Zwei Löffel Goethe – eine Prise Shaw / Kulinarisches literarisch [1161]

BRINKMANN, ROLF DIETER Keiner weiß mehr [1254]

BRISTOW, GWEN Tiefer Süden [804] **, Die noble Straße [912] **, Am Ufer des Ruhmes [1129] **, Alles Gold der Erde [1590 ** – Aug. 73]

BUCK, PEARL S. [Nobelpreisträger] Ostwind – Westwind [41] **, Die Mutter [69] **, Die Frau des Missionars [101] **, Die erste Frau und andere Novellen [134], Der Engel mit dem Schwert / Gottesstreiter im fernen Land [167] **, Die springende Flut [425]

BURGESS, ANTHONY Der Doktor ist übergeschnappt [1257]

BUSCH, FRITZ B. Einer hupt immer / Heitere Automobilgeschichten mit Benzin geschrieben [1084] **, Lieben Sie Vollgas? Heitere Automobilgeschichten hinter dem Steuer geschrieben [1181] **, Wer einmal unterm Blechdach saß. Das fahrende Volk im Rückspiegel betrachtet [1574] **

CAIN, JAMES M. Es begann am Sacramento [1585]

CAMUS, ALBERT [Nobelpreisträger] Die Pest [15], Der Fremde [432], Kleine Prosa [441] **, Der Fall [1044], Verteidigung der

Freiheit / Politische Essays [1096], Der Mensch in der Revolte [1216], Tagebücher 1935–1951 [1474]

CAPOTE, TRUMAN Frühstück bei Tiffany [459], Kaltblütig [1176]

CARLETON, JETTA Wenn die Mondwinden blühen [1522]

CARRÉ, JOHN LE Schatten von gestern [789] **, Der Spion der aus der Kälte kam [865] **, Krieg im Spiegel [995], Ein Mord erster Klasse [1120], Eine kleine Stadt in Deutschland [1511]

CASTILLO, MICHEL DEL Der Tod der Gabrielle Russier. Geschichte einer verfemten Liebe [1573]

CAVANAUGH, ARTHUR Als die Kinder verschwanden [1568]

CHAGALL, BELLA Brennende Lichter / Zeichnungen: Marc Chagall [1223], Erste Begegnung. Zeichnungen: Marc Chagall [1630 – Aug. 73]

CHEVALIER, MAURICE Mein glückliches Leben. Erinnerungen [1613]

CHRISTIAN, TINA Verdammtes kleines Luder [1400]

CLEAVER, ELDRIDGE Nach dem Gefängnis. Aufsätze und Reden. Hg. und eingeleitet von Robert Scheer [1553]

COHN, NIK AWopBopaLooBop ALopBamBoom. Pop History [1542]

COLETTE Gigi und andere Erzählungen [143], Das Hotelzimmer [909]

COLLANGE, CHRISTIANE Madame und ihr Management. Der gut geplante Haushalt [1632 – Aug. 73]

COLLIER, JOHN Blüten der Nacht. Befremdliche Geschichten [1324], Mitternachtsblaue Geschichten [1559]

CONLON, KATHLEEN Rosalind, laß ab mein Kind [1473]

COOPER, SIMON Puppenspiele [1465]

COUTEAUX, ANDRÉ Frau für Vater und Sohn gesucht [1518]

COWARD NOËL Palmen, Pomp und Paukenschlag [616]

CRONIN, A. J. Kaleidoskop in ‹K› [10], Die Zitadelle [39], Der neue Assistent [112], Der spanische Gärtner [127], Die Dame mit den Nelken [345], Das Licht [376], Doktor Murrays Auftrag [677], Dr. Shannons Weg [774], Der Judasbaum [857], Geh auf den Markt [927], Doktor Finlays Praxis [1383], Kinderarzt Dr. Carroll [1570]

DAHL, ROALD Küßchen, Küßchen [835], . . . steigen aus . . . maschine brennt . . . / 10 Fliegergeschichten [868], Der krumme Hund. Illustrationen: Catrinus N. Tas [959], . . . und noch ein Küßchen! Weitere ungewöhnliche Geschichten [989]

DEGENHARDT, FRANZ JOSEF Spiel nicht mit den Schmuddelkindern. Balladen / Chansons / Grotesken / Lieder. Illustrationen: Horst Janssen [1168], Im Jahr der Schweine [1661 – Sept. 73]

DEGENHARDT, FRANZ JOSEF / NEUSS, WOLFGANG / HÜSCH, HANNS DIETER / SÜVERKRÜP, DIETER Da habt ihr es! Stücke und Lieder für ein deutsches Quartett. Zeichnungen: Eduard Prüssen [1260]

DIE ZEHN GEBOTE. Zehn exemplarische Erzählungen. Hg. von Jens Rehn [1233]

DILLON, EILIS Die Insel der Pferde. Illustrationen: Willy Kretzer [1202] **

DJILAS, MILOVAN Die unvollkommene Gesellschaft / Jenseits der «Neuen Klasse» [1377]

DU MAURIER, DAPHNE Rebecca [179]

DÜRRENMATT, FRIEDRICH Der Richter und sein Henker. Illustrationen: Karl Staudinger [150] **, Der Verdacht [448]

DURRELL, GERALD Zoo unterm Zeltdach. Als Tierfänger in Kamerun [1366] ** Ein Noah von heute. Illustrationen: Ralph Thompson [1419] **. Eine Verwandte namens Rosy [1510] **, Ein Schildkrötentransport und andere heitere Geschichten [1631 ** – Aug. 73]

DURRELL, LAWRENCE Justine [710], Balthazar [724], Mountolive [737], Clea [746], Leuchtende Orangen. Rhodos – Insel des Helios [1045] **, Schwarze Oliven. Korfu – Insel der Phäaken [1102] **, Tunc [1517], Nunquam [1595]

DYER, CHARLES Unter der Treppe oder Charlie erzählt Harry fast alles [1580]

ECHARD, MARGARET Unsere ehrbare Mama [1128] **

EHLERT, CHRISTEL Wolle von den Zäunen [1048] **

EINSTEIN, ALBERT / BORN, MAX Briefwechsel 1916–1955. Geleitwort: Bertrand Russell. Vorwort: Werner Heisenberg [1478]

EKERT-ROTHOLZ, ALICE M. Reis aus Silberschalen [894], Wo Tränen verboten sind [1138], Strafende Sonne, lockender Mond [1164], Mohn in den Bergen [1228], Die Pilger und die Reisenden [1292], Elfenbein aus Peking / Sechs Geschichten [1277], Limbo oder Besuch aus Berlin [1567], Der Juwelenbaum [1621]

ELIOT, ALEXANDER Love Play. Eine Romankomödie [1271]

ELLIN, STANLEY Die Millionen des Mr. Valentine [1564]

ELLIOTT, SUMNER LOCKE Leise, er könnte dich hören [1269]

ELSNER, GISELA Die Riesenzwerge [1141]

ETIEMBLE Lob eines Körpers [1582]

FABIAN, JENNY / BYRNE, JOHNNY Groupie [1477]

FALL, THOMAS Der Clan der Löwen [1309]

FALLADA, HANS Kleiner Mann – was nun? [1], Wer einmal aus dem Blechnapf frißt [54], Damals bei uns daheim [136] **, Heute bei uns zu Haus [232], Der Trinker [333], Bauern, Bonzen und Bomben [651], Jeder stirbt für sich allein [671], Wolf

Liebe unverzollt [979], Barbara und die Schlacht von Waterloo [1003], Der schweigsame Gentleman [1053], Heiratsmarkt [1104], Die galante Entführung [1170], Die Jungfernfalle [1289], Brautjagd [1370], Verlobung zu dritt [1416], Verführung zur Ehe [1212], Damenwahl [1480], Die Liebesschule [1515], Skandal im Ballsaal [1618], Ein Mord mit stumpfer Waffe. Detektivroman [1627]

HIGNETT, SEAN Liverpool 8 [1356]

HLASKO, MAREK Folge ihm durchs Tal [1479]

HOCHHUTH, ROLF Krieg und Klassenkrieg / Studien [1455]

HUDSON, JEFFERY Die Intrige [1540]

HUMOR SEIT HOMER [625]

IHR ABER TRAGT DAS RISIKO. Reportagen aus der Arbeitswelt. Hg. vom Werkkreis [1447]

IMOG, JO Die Wurliblume [1471]

J . . . Die sinnliche Frau [1634 – Aug. 73]

JEAN-CHARLES Die Knilche von der letzten Bank [1616]

JOHNSON, UWE Zwei Ansichten [1068]

JONES, MERVYN John und Mary. Jeder Tag beginnt bei Nacht [1320]

JUUL, OLE Das tosende Paradies [1062]

KARDOS, GYÖRGY Die sieben Tage des Abraham Bogatir [1519]

KAWABATA, YASUNARI [Nobelpreisträger] Kyoto oder Die jungen Liebenden in der alten Kaiserstadt [1225], Tausend Kraniche / Schneeland [1291], Tagebuch eines Sechzehnjährigen. Eine Auswahl. Hg. von Oscar Benl [1428]

KAZANTZAKIS, NIKOS Alexis Sorbas / Abenteuer auf Kreta [158]

KEROUAC, JACK Unterwegs / On the Road [1035], Engel, Kif und neue Länder [1391], Gammler, Zen und Hohe Berge [1417]

KIRST, HANS HELLMUT Verdammt zum Erfolg [1644 – Okt. 73]

KISHON, EPHRAIM Arche Noah, Touristenklasse [756]

KOCH, THILO Ähnlichkeit mit lebenden Personen ist beabsichtigt. Begegnungen [1531]

KRESSING, HARRY Der Koch [1446]

KRÜGER, HARDY Eine Farm in Afrika / Mein Momella. Zeichnungen: Francesca Krüger [1530]

KUSENBERG, KURT Mal was andres [113], Lob des Bettes. Illustrationen: Raymond Peynet [613], Der ehrbare Trinker / Eine bacchische Anthologie [1025], Man kann nie wissen. Eine Auswahl merkwürdiger Geschichten [1513]

LAWRENCE, D. H. Der Regenbogen [610], Liebende Frauen [929], Lady Chatterley [1638 – Sept. 73]

LEDERER, WILLIAM J. / BURDICK, EUGENE Der häßliche Amerikaner / Im Zwielicht der Diplomatie [845] **

LESLIE, DORIS Eine echte Peverill [1353]

LETTAU, REINHARD Täglicher Faschismus. Amerikanische Evidenz aus 6 Monaten [1614]

LEVENSON, SAM Kein Geld – aber glücklich. Chronik einer Familie [1322] **

LONDON, JACK Das Mordbüro [1615]

LOWELL, JOAN Ich spucke gegen den Wind [23] **, Das Land der Verheißung [1047] **

MACDONALD, BETTY Das Ei und ich [25] **, Betty kann alles [621], Die Insel und ich [641]

MALAMUD, BERNARD Der Fixer [1150]

MALDONADO, TOMÁS Umwelt und Revolte. Zur Dialektik des Entwerfens im Spätkapitalismus [1534]

MANN, HEINRICH Professor Unrat [35], Die Jugend des Königs Henri Quatre [689], Die Vollendung des Königs Henri Quatre [692], Novellen [1312]

MARCEAU, FÉLICIEN Creezy [1593]

MASON, RICHARD . . . denn der Wind kann nicht lesen [144], Suzie Wong [325], Zweimal blüht der Fieberbaum [715]

MATMOR, YORAM Wer spielt denn schon Klavier am Strand? [1558]

MATTHIAS, L. L. Die Kehrseite der USA [1494]

MAYER, HANS Deutsche Literatur seit Thomas Mann [1063]

MEAD, MARGARET / BALDWIN, JAMES Rassenkampf–Klassenkampf. Ein Streitgespräch [1617 – Sept. 73]

MECHTEL, ANGELIKA Kaputte Spiele [1572]

METALIOUS, GRACE Die Leute von Peyton Place [406]

MICHENER, JAMES A. Die Kinder von Torremolinos [1636 – Sept. 73]

MILLER, ARTHUR Brennpunkt [147], Nicht gesellschaftsfähig / The Misfits [446], Ich brauche dich nicht mehr. Erzählungen [1620]

MILLER, HENRY Lachen, Liebe, Nächte [227], Der Koloß von Maroussi [758], Big Sur und die Orangen des Hieronymus Bosch [849], Land der Erinnerung [934], Nexus [1242], Plexus [1285], Schwarzer Frühling. Erzählungen [1610]

Henry Miller Lesebuch. Hg.: Lawrence Durrell [1461]

MISSERLY, HÉLÈNE Zimmer zu vermieten [1131]

MITCHELL, MARGARET Vom Winde verweht [1027]

MNAČKO, LADISLAV Die Nacht von Dresden [1485]

MONNIER, THYDE Die kurze Straße [30], Liebe – Brot der Armen [95]

MOORE, BRIAN Die Wölfe von Belfast [1431]

MOORE, JOHN Septembermond [1372]

MORAVIA, ALBERTO Die Römerin [513], Cesira [637], Der Konformist [766], La

Noia [876], Inzest [1077], Die Verachtung [1111], Die Lichter von Rom [1142], Der Ungehorsam [1238], Die Kulturrevolution in China [1456]

MÖSSLANG, FRANZ HUGO Deutschland deine Bayern / Die weiß-blaue Extrawurscht [1352]

MULIAR, FRITZ Streng indiskret! Aufgezeichnet von Eva Bakos. Illustrationen: Rudolf Angerer [1429]

MURENA, H. A. Gesetze der Nacht [1492]

MUSIL, ROBERT Drei Frauen [64], Die Verwirrungen des Zöglings Törleß [300], Nachlaß zu Lebzeiten [500] **

NABOKOV, VLADIMIR Gelächter im Dunkel [460], Lolita [635], Verzweiflung [1562], Einladung zur Enthauptung [1641 – Sept. 73]

NÉMETH, LÁSZLÓ Maske der Trauer [1645 – Okt. 73]

NEUGEBAUER, PETER Lexikon der Erotik. Mit Textillustrationen [1509]

NICKLISCH, HANS Vater unser bestes Stück [1609]

NOACK, BARBARA Die Zürcher Verlobung [1611], Ein gewisser Herr Ypsilon [1646 – Okt. 73]

NOSSACK, HANS ERICH Spätestens im November [1082], Der Fall d'Arthez [1393]

OATES, JOYCE CAROL Ein Garten irdischer Freuden [1491]

O'BRIEN, EDNA Der lasterhafte Monat [1261], Mädchen im Eheglück [1520]

O'DONNELL, PETER Modesty Blaise – Die tödliche Lady [1115], Modesty Blaise – Die Lady bittet ins Jenseits [1184], Modesty Blaise, – Die Lady reitet der Teufel [1304], Modesty Blaise – Ein Gorilla für die Lady [1493]

PAUSEWANG, GUDRUN Die Entführung der Doña Agata [1591]

PERGAUD, LOUIS Der Krieg der Knöpfe [662] **

PHILIPE, ANNE Nur einen Seufzer lang [1121], Morgenstunden des Lebens [1468]

PIAF, EDITH Mein Leben [859]

POLLINI, FRANCIS Glover [1143]

PORTER, KATHERINE ANNE Das Narrenschiff [785]

PORTIS, CHARLES Die mutige Mattie [1483]

POULSEN, KNUD Wenn die Tugend Amok läuft [977]

PRÉVERT, JACQUES Gedichte und Chansons. Französisch und Deutsch. Nachdichtung von Kurt Kusenberg [1421]

PROUTEAU, GILBERT Das Geschlecht der Engel [1486]

PUZO, MARIO Der Pate [1442], Mamma Lucia [1528]

QUALTINGER, HELMUT / MERZ, CARL Der Herr Karl und weiteres Heiteres [607]

RAABE, WILHELM Stopfkuchen [100] **

RADECKI, SIGISMUND VON Das ABC des Lachens [84] **

RANDALL, FLORENCE ENGEL Denn die Nacht ist verschwiegen [1307]

RAWLINGS, MARJORIE K. Frühling des Lebens [153] *

REICH-RANICKI, MARCEL Deutsche Literatur in West und Ost. Prosa seit 1945 [1313]

REINIG, CHRISTA Orion trat aus dem Haus. Neue Sternbilder [1470]

REITBERGER, REINHOLD C. / FUCHS, WOLFGANG J. Comics. Anatomie eines Massenmediums [1594]

REXHAUSEN, FELIX Die Sache. Einundzwanzig Variationen [1418], Germania unter der Gürtellinie. Ein satirisches Geschichtsbuch [1516]

REZZORI, GREGOR VON Maghrebinische Geschichten [259], Neue maghrebinische Geschichten [1475]

RICHTER, HANS WERNER Deutschland deine Pommern / Wahrheiten, Lügen und schlitzohriges Gerede. Illustrationen: Franz Wischnewski [1537]

RINGELNATZ, JOACHIM Als Mariner im Krieg [799], Mein Leben bis zum Kriege [855]

ROBBINS, HAROLD Einen Stein für Danny Fisher [991]

ROCHEFORT, CHRISTIANE Frühling für Anfänger [1490]

RODA RODA's Geschichten [205], Heiteres und Schärferes [1521]

ROSENDORFER, HERBERT Der stillgelegte Mensch [1592]

ROTH, HENRY Nenne es Schlaf [1565]

ROTH, JOSEPH Radetzkymarsch [222], Der stumme Prophet [1033]

RUARK, ROBERT Der Honigsauger [1647 – Okt. 73]

RUHLA FRANK Vielgeliebte alte Penne. Illustrationen: Dieter Klama [1566] **

RÜHM, GERHARD Die Frösche und andere Texte [1460]

RÜHMKORF, PETER Über das Volksvermögen. Exkurse in den literarischen Untergrund [1180]

SABATIER, ROBERT Die schwedischen Zündhölzer [1633 – Aug. 73]

SAINT-EXUPÉRY, ANTOINE DE Flug nach Arras [206] **, Carnets [598]

SALINGER, JEROME D. Der Fänger im Roggen [851], Franny und Zooey [906], Hebt den Dachbalken hoch, Zimmerleute & Seymour wird vorgestellt [1015], Neun Erzählungen [1069]

SALOMON, ERNST VON Der Fragebogen [419], Die schöne Wilhelmine / Ein Roman aus Preußens galanter Zeit [1506]

SAND, FROMA Das Apartmenthaus [1440]

SARTRE, JEAN-PAUL Das Spiel ist aus / Les Jeux sont faits [59], Zeit der Reife [454], Der Aufschub [503], Der Pfahl im Fleische [526], Der Ekel [581], Die Wörter [1000], Porträts und Perspektiven [1443],

Die Mauer. Das Zimmer, Herostrat, Intimität, Die Kindheit eines Chefs. / Erzählungen [1569], Bewußtsein und Selbsterkenntnis [1649 – Okt. 73]

SCHIEFER, HERMANN / HALBRITTER, KURT Die Kunst, Lehrer zu ärgern [1472] **, Wer abschreibt, kriegt 'ne 5! Illustrationen: Kurt Halbritter [1526] **

SCHMIDT, MANFRED Mit Frau Meier in die Wüste / Eine Auswahl verschmidtster Reportagen [907], Frau Meier reist weiter / Eine neue Auswahl verschmidtster Reportagen [1081] *

SCHNECK, STEPHEN Der Nachtportier oder dessen völlig wahre Beichte [1432]

SEGAL, ERICH Love Story [1623]

SEGHERS, ANNA Transit [867], Ausgewählte Erzählungen [1119]

SELBY, HUBERT Letzte Ausfahrt Brooklyn [1469]

SERVADIO, GAIA Melinda [1420]

SHADBOLT, MAURICE Und er nahm mich bei der Hand [1589]

SIMMEL, JOHANNES MARIO Affäre Nina B. [359], Mich wundert, daß ich so fröhlich bin [472], Das geheime Brot [852], Begegnung im Nebel [1248]

SLEZAK, LEO Meine sämtlichen Werke [329] *, Der Wortbruch. Zeichnungen: Walter Trier [330] **, Rückfall. Zeichnungen: Hans Kossatz [501] **

SOEBORD, FINN Und sowas lebt [78]

SOLSCHENIZYN, ALEXANDER Krebsstation. Buch 1 und 2. Vorwort: Heinrich Böll [1395 u. 1437]

SOUTHERN, TERRY / HOFFENBERG, MASON Candy oder Die sexte der Welten [1482]

SPARK, MURIEL Die Lehrerin [1171], Mädchen mit begrenzten Möglichkeiten [1266]

SPEYER, WILHELM Der Kampf der Tertia. Zeichnungen: Wilhelm M. Busch [17] **

SPOERL, HEINRICH Man kann ruhig darüber sprechen [401] **

STAMMEL, H. J. Das waren noch Männer. Die Cowboys und ihre Welt. Mit 32 Bildtafeln [1571] **

STANDER, SIEGFRIED Ein Fremdling in der Herde / Das Pferd [1441]

STONE, IRVING Vincent van Gogh / Ein Leben in Leidenschaft [1099]

STRANGER, JOYCE Das Glück hat eine weiche Schnauze [1496]

STRICKER, TINY Trip Generation [1514]

SWARTHOUT, GLENDON Denkt bloß nicht, daß wir heulen [1640 – Sept. 73]

TAGEBUCH EINES BÖSEN BUBEN Neu bearbeitet und mit einem Nachwort von Kurt Kusenberg [695]

TANIZAKI, JUNICHIRO Naomi oder Eine unersättliche Liebe [1335], Der Schlüssel [1463]

TELSCOMBE, ANNE Oma reist aufs Dach der Welt [1538]

THOMA, LUDWIG / TASCHNER, IGNATIUS Eine bayerische Freundschaft in Briefen [1637 – Sept. 73]

TRAUBERG, URSULA Vorleben. Nachwort: Martin Walser [1330]

TRAVEN, B. Das Totenschiff [126] **, Die weiße Rose [488], Die Baumwollpflücker [509], Der Karren [593], Die Brücke im Dschungel [764] **

TROLL, THADDÄUS Deutschland deine Schwaben / Vordergründig und hinterrücks betrachtet. Illustrationen: Günter Schöllkopf [1226]

TUCHOLSKY, KURT Schloß Gripsholm. Illustrationen: Wilhelm M. Busch [4], Zwischen Gestern und Morgen [50], Panter, Tiger & Co. [131], Rheinsberg. Zeichnungen: Kurt Szafranski [261], Ein Pyrenäenbuch [474], Politische Briefe [1183], Politische Justiz / Vorwort: Franz Josef Degenhardt. Zusammengestellt von Martin Swarzenski [1336], Politische Texte. Hg.: Fritz J. Raddatz [1444], Literaturkritik. Vorwort: Fritz J. Raddatz [1539]

TURNBULL, AGNES S. Liebesidyll in einer Kleinstadt [1635 – Aug. 73]

UPDIKE, JOHN Ehepaare [1488], Das Fest am Abend [1625]

UXKULL, BORIS Armeen und Amouren / Ein Tagebuch aus napoleonischer Zeit [1215]

VASCONCELOS, JOSÉ MAURO DE Ara Ara. Ein Abenteuerroman aus dem brasilianischen Urwald [1642 – Sept. 73]

VASZARY, GÁBOR VON Monpti [20], Mit 17 beginnt das Leben [228], Die nächste Liebe, bitte [391], Kuki [1203]

VIDAL, GORE Myra Breckinridge [1211]

VONNEGUT, KURT Schlachthof 5 [1524]

WALKER, MARGARET Flieht wie ein Vogel auf eure Berge [1532]

WALSER, MARTIN Ehen in Philippsburg [557]

WANDREY, UWE [Hg.] Stille Nacht allerseits – Ein garstiges Allerlei [1561]

WEBB, CHARLES Jede will mich [1578]

WEISS, ERNST Der Fall Vukobrankovics [1622]

WELK, EHM Die Heiden von Kummerow [561] **, Die Gerechten von Kummerow [1425]

WELLERSHOFF, DIETER Die Schattengrenze [1376]

WIENER, OSWALD Die Verbesserung von Mitteleuropa, Roman [1495]

WILDT, DIETER Deutschland deine Sachsen / Eine respektlose Liebeserklärung. Illustrationen: Heiner Rotfuchs [1075] **, Deutschland deine Preußen. Mehr als ein Schwarzweiß-Porträt. Illustrationen: Ulrik Schramm [1179] **

WOHMANN, GABRIELE Abschied für länger [1178]

WOIWODE, L. Das verlorene Jahr [1575]

WOLF, ALEXANDER Zur Hölle mit den Paukern. Illustrationen: Kurt Halbritter [874] **